2011年度教育部人文社会科学项目：
当代神话的美学研究。项目编号：11YJA720032

2009年度浙江省哲学社会科学规划项目：
当代神话与文艺生产。项目编号：09CGZU5004YB

本书获温州大学中国语言文学学科出版资助

当代神话

CONTEMPORARY MYTH

颜翔林 · 著

中国社会科学出版社

图书在版编目（CIP）数据

当代神话／颜翔林著．—北京：中国社会科学出版社，2015.3
ISBN 978－7－5161－5366－6

Ⅰ.①当…　Ⅱ.①颜…　Ⅲ.①神话—文学研究—世界—当代
Ⅳ.①I106.7

中国版本图书馆 CIP 数据核字(2014)第 308899 号

出 版 人　赵剑英
责任编辑　张　林
特约编辑　张冬梅
责任校对　高建春
责任印制　戴　宽

出　　版　中国社会科学出版社
社　　址　北京鼓楼西大街甲 158 号（邮编 100720）
网　　址　http://www.csspw.cn
　　　　　中文域名:中国社科网　　010－64070619
发 行 部　010－84083685
门 市 部　010－84029450
经　　销　新华书店及其他书店

印　　刷　北京君升印刷有限公司
装　　订　廊坊市广阳区广增装订厂
版　　次　2015 年 3 月第 1 版
印　　次　2015 年 3 月第 1 次印刷

开　　本　710×1000　1/16
印　　张　18.25
插　　页　2
字　　数　251 千字
定　　价　56.00 元

凡购买中国社会科学出版社图书,如有质量问题请与本社联系调换
电话:010－84083683

目　录

Contents

前　言

中世纪思想家圣·奥古斯丁（St. Aurelius Augustinus，354—430）在《忏悔录》中以幽默的口吻说：假如没有人问我“什么是神话”，我清楚地知道它是什么；但是，假如有人问我“什么是神话”并且要求我说明，那就使我为难了。奥古斯丁的这一感慨在现代神话学家坎贝尔（Joseph Campbell，1904—1987）那里获得精神回音：“神话的诠释永远不可能有最终的定论。神话像是‘言语真实不虚的古代海神’普罗特斯（Proteus），他‘如水和燃烧的烈火一般，会悄悄地在地球上试图以不同形貌的事物出现’。想要受教于普罗特斯的生命航行者，必须‘紧紧地抓住他，更要压迫他’，他最终会以适当的形貌出现。但即使是技巧最纯熟的询问者，也无法让这位狡猾的神显现他全部的内容。”[①] 坎贝尔以诗意的比喻陈述了阐释神话的困难。因为神话是一个历时性的复合概念，所以对它予以一个确切的逻辑界定是一件困难的事情。然而，“当代神话”是否存在更是一个学术界尚在争议的问题。英国女学者阿姆斯特朗在她的《神话简史》中写道：“人类永远都会创造新的神话，时至20世纪，大量危险的现代神话冒了出来，而它们最后都导致了灭绝人性的大屠杀和种族清洗。这些神话终告失败是因为它们违背了轴心时代的伦理范式。所有生命都包含着神圣的光芒，而这些杀戮

① ［美］坎贝尔：《千面英雄》，朱侃如译，金城出版社2012年版，第260页。

神话缺乏对这些神圣生命应有的慈悲和尊敬，也缺乏孔子倡导的‘仁道’。它们充斥着狭隘的民族情绪、种族歧视、党同伐异、自我膨胀，通过对他者的妖魔化达到自我神圣化的目的。这些神话都包含负面的现代性。……我们需要神话——它所蕴含的包容性能让我们接纳所有的同类，而不是用种族、国家和意识形态来分门别类。我们需要神话——它令我们富有同情心……我们需要神话——它帮助我们创造新的精神纬度，让我们的目光超越急功近利的短视，克服妄自尊大的自私自利，去经验一种新的超验价值。我们需要神话——让我们再度敬畏大地的神性，而不仅是把它当作一种可以被使用、持存的‘资源’。这一点生死攸关，除非我们能发动一场可以比肩科技进步的精神革命，否则我们最终会毁灭掉这颗万物生长的星球。”① 显然，无论是“现代神话”或“当代神话”的话语所指都不是一个值得存疑的理论命题，而是一个令人沉思和关切的现实问题。因此，本著不眷注于过度地追问是否存在现代神话或当代神话的问题，而是思考如何运用人类已有的知识谱系和尚未开掘的诗性智慧，深入地阐释与对待它们的生成、建构和传播的问题，它内在地构成了这一著述的精神努力。面对当代神话的多元意义形态，本著尽量选择价值中立和态度悬置的怀疑论方法，以求客观叙述和中正评判，必要时也采取适度批判与反讽的态度。希望在学术探究的路径上秉持辩证理性和历史理性相互交融的立场。

面对澄澈的秋水与从容的游鱼，华夏轴心时代的庄子和惠子在心灵的理解活动之中创造出诗意与审美的神话。置身于青山幽篁而抚弄琴弦，魏晋清谈玄学的“竹林七贤”也同样创造出艺术与人生的神话。其实，无论古代、近现代还是今日，主体的心灵深处无时不在守护着古老神话的夕阳流水，也不断地滋生、创造、传播新神

---

① ［英］阿姆斯特朗：《神话简史》，胡亚豳译，重庆出版社 2005 年版，第 146—148 页。

话的朝霞晨风。从这个意义上说，人是创造神话的生灵，人也是被神话创造的生灵。

颜翔林于2013年10月16日夕阳之时

第一章

当代神话的逻辑界定

第一节 “神话”之追问

“神话”（Myth）恐怕是一个迄今为止难以准确阐释和严格界定的文化概念。美国学者斯特伦斯基指出神话内涵的丰富性和多义性：

> 神话（myth），可以同时包罗万象，而又空空如也。神话或许是唯一真实的故事，或许是精心编造的虚妄不实；它可能恰似某种神谕启示，亦可能是托名伪作；它有时貌似庄严神圣之天籁，有时又活脱野叟村妇之雌黄；它可能是真实情景的再现，亦可能是随意虚构的诗文；它可能是饱含象征意义的符号，亦可能是曲径通幽之向导；它常常传统朴素，但亦可现代时尚，等等。凡此种种，皆是神话。①

“神话”（Myth）也许是人类精神最早的自我觉醒的标志之一，尽管这种觉醒带有幻象性特征。“神话”在词源学上，它来自于希腊语“Mythos”，词根为“mu”，是使用嘴发出声音的意思。这意

---

① ［美］斯特伦斯基：《二十世纪的四种神话理论》，李创同等译，生活·读书·新知三联书店2012年版，第1页。

味着神话隐含着和语言的联系。人作为“符号的动物”（Animal symbolicum），“符号化的思维和符号化的行为是人类生活中最富于代表性的特征，并且人类文化的全部发展都依赖于这些条件，这一点是无可争辩的。”[①] 神话的确是人类最早的以语言为核心的符号化活动的结果，它奠定了人类文化发展的一个重要基础。有关神话的理论极为丰富，为了论述的方便，姑且将之划分为“传统神话理论”与“当代神话理论”这两个不同的历史和逻辑的对象。需要说明的是，所谓“传统神话理论”，是指对古代神话或者对某些现代原始部落的神话而做的理论研究；与此相应，“当代神话理论”则是指对现代社会中的神话或神话意识所做的理论研究。

德国浪漫派的代表人物之一谢林，对神话表现出一种形而上的沉迷和推崇，他在《艺术哲学》中认为：“神话乃是任何艺术的必要条件和原初质料。”“神话乃是犹为庄重的宇宙，乃是绝对面貌的宇宙，乃是真正的自在宇宙、神圣构想中生活和奇迹迭现的混沌之景象；这种景象本身即是诗歌，而且对自身来说同时又是诗歌的质料和元素。它（神话）即是世界，而且可以说，即是土壤，唯有植根于此，艺术作品始可吐葩争艳、繁茂兴盛。”[②] 谢林在艺术本体论的着眼点上，规定了神话的逻各斯中心地位。在他看来，神话象征最高的美学意义和包含所有的艺术特征，它是审美活动和艺术活动的起始原因。不仅如此，神话还被他转喻为哲学和伦理观念诞生的源泉：

> 神话既然是初象世界本身、宇宙的始初普遍直观，也就是哲学的基础，而且不难说明：即使希腊哲学的整个方向，亦为希腊神话所确定。最古老的希腊自然哲学，便是最先从中产生者；当阿那克萨哥拉（“诺斯”）尚未赋之以，以及继其后的

① ［德］卡西尔：《人论》，甘阳译，上海译文出版社1985年版，第35页。

② ［德］谢林：《艺术哲学》上册，魏庆征译，中国社会出版社1996年版，第64页。

> 苏格拉底尚未以尤为完满的形态赋之以理性主义因素之时，它依然是纯属现实主义的。①

这位对神话强烈偏爱的思想家，表现出哲学视野上的“神话至上论”。他为人类的文化起源确立了一个唯一性动因——“神话”，它被规定为人类精神的图腾与偶像，甚至被抽象成了宇宙的本质或本源，构成为世界的终极意义和精神存在的最高价值，它已经和柏拉图的理式、黑格尔的理念和绝对精神成为同一性质的存在，被提升为形而上的具有普遍哲学意义与伦理价值的“逻各斯”。谢林的“神话哲学”，其本身就是一个虚构的“哲学神话”，是凭借浪漫派虚假的主观逻辑所建构的一个思想楼阁，尽管它不乏哲学和美学的价值，然而终归只限于希腊文化或希腊神话的范畴，还难以具有适用于人类不同文化的普遍意义。

像他的德意志同胞谢林一样，尼采同样表现出对希腊神话的哲学与美学的双重迷醉。他在一系列的著述中，推出所构想的“酒神精神”（阿波罗精神）和“日神精神”（狄俄倪索斯精神），认为前者象征了梦幻和理想，后者隐含着欲望和放纵。而两者的结合就导致希腊悲剧乃至整个艺术的诞生。在尼采看来，阿波罗和狄俄倪索斯这两种神话精神的汇合就构成了整个西方艺术乃至于整个西方文明的诞生。他在《悲剧的诞生》中说：

> 这是一个无可争辩的传统：希腊悲剧在其最古老的形态中仅仅以酒神的受苦为题材，而长时期内唯一登场的舞台主角就是酒神。但是，可以以同样的把握断言，在欧里庇得斯之前，酒神一直是悲剧主角，相反，希腊舞台上一切著名角色普罗米修斯、俄狄浦斯等等，都只是这位最初主角酒神的面具。在所

①［德］谢林：《艺术哲学》上册，魏庆征译，中国社会出版社1996年版，第76页。

有这些面具下藏着一个神，这就是这些著名角色之所以具有往往如此惊人的、典型的“理想”性的主要原因。[①]

姑且不论尼采这样的论断是否符合古代希腊艺术的实际，但至少可以认为是对古希腊悲剧乃至整个古希腊艺术起源的一种美学阐释。尼采的神话理论更重要的内容在于，感伤于神话意识或神话精神的衰微，竭力阻止神话的消亡趋势，对科学精神进行“审美”批判，试图重建一个当时历史语境里的希腊神话的乌托邦，从而复活德意志民族的神话精神：

只要想一想这匆匆向前趱程的科学精神的直接后果，我们就立刻宛如亲眼看到，神话如何被它毁灭，由于神话的毁灭，诗如何被逐出理想故土，从此无家可归。只要我们认为音乐理应具备从自身再生出神话的能力，那么，我们就会发现科学精神走在反对音乐这种创造神话的能力的道路上。[②]

谁也别想摧毁我们对正在来临的希腊精神复活的信念，因为凭借这信念，我们才有希望用音乐的圣火更新和净化德国精神。否则我们该指望什么东西，在今日文化的凋敝荒芜之中，能够唤起对未来的任何令人欣慰的期待呢？

……悲剧端坐在这洋溢的生命、痛苦和快乐之中，在庄严的欢欣之中，谛听一支遥远的忧郁的歌，它歌唱着万有之母，她们的名字是：幻觉，意志，痛苦。——是的，我的朋友，和我一起信仰酒神生活，信仰悲剧的再生吧。苏格拉底式人物的时代已经过去，请你们戴上常春藤花冠，手持酒神节杖，倘若虎豹讨好地躺在你们的膝下，也请你们不要惊讶。现在请大胆

① ［德］尼采：《悲剧的诞生》，周国平译，生活·读书·新知三联书店1986年版，第40—41页。

② 同上书，第73页。

做悲剧式人物，因为你们必能得救。你们要伴送酒神游行行列从印度到希腊！准备作艰苦的斗争，但要相信你们的神必将创造奇迹！①

尼采运用富有情感诱惑力的诗歌语言，表达对复活古希腊神话精神的坚定信念，而音乐被他看作一种复活希腊神话精神和净化德国精神的首先选择的工具。他坚信“没有神话，一切文化都会丧失其健康的天然创造力。唯有一种用神话调整的视野，才把全部文化运动规束为统一体。”② 尼采也许没有意识到，当他在企图复活古典神话的同时，他恰恰又在虚构一种在新的历史语境里的新的神话，这就是尼采式的“神话”和具有普遍性的德意志民族精神的“神话”。无疑，尼采的神话理论具有二重性，一方面它关切传统神话意识和神话精神的衰微，认为客观上导致艺术创造力和生命激情的萎缩，而科学精神的日趋强化则加剧神话的消亡，进一步逼迫“诗”离开理想的故土。这种对待神话眷恋的怀旧情结反映了尼采古典主义的人文精神，在一定程度上具有历史的合理性和美学价值；另一方面尼采的神话理论，弥散着浓厚的种族主义的谬误和文化偏执的情绪，包含着德国学者普遍存在的希腊情结和德意志情结，当然，储藏这两种情结也无可厚非，不过它们常常作为西方中心论的精神本源和狭隘民族主义信仰的心理基础，甚至还被利用作为后来的“纳粹神话”的思想资源，这就是一个值得深思的问题了。其实，尼采的神话理论所隐含的负面内涵是不能忽视的，它甚至构成对美学的一种无意识的危害和对世界普遍价值的明确颠覆，它事实上也是一个彻头彻尾的种族神话的象征品，因此隐蔽着“反美学”的特征。任何一种神话均包含着“欺骗”的双重性：它既

① ［德］尼采：《悲剧的诞生》，周国平译，生活·读书·新知三联书店 1986 年版，第 88—89 页。

② 同上书，第 100 页。

主动性地“欺骗”别人，同时又被动性地“自欺”。当然，尼采的“神话”也不例外。

列维—斯特劳斯对神话研究做出了一定的贡献，他的《结构人类学》《神话学》《野性的思维》《忧郁的热带》等都是堪称经典的神话理论著作。列维—斯特劳斯从结构主义的观点展开对神话的探索，着重探究了神话思想的特征。在《野性的思维》里，他认为：

> 神话思想的特征是，它借助于一套参差不齐的元素表列来表达自己，这套元素表列即使包罗广泛也是有限的；然而不管面对着什么任务，它都必须使用这套元素（或成分），因为它没有任何其它可供支配的东西。所以我们可以说，神话思想就是一种理智的“修补术”——它说明了人们可以在两个平面之间观察到的那种关系。[①]
>
> ……
>
> 实际上，产生神话的创造行为与产生艺术作品的创作活动正相反。对于艺术作品来说，起始点是包括一个或数个对象和一个或数个事件的组合，美学创造活动通过揭示出共同的结构来显示一个整体性特征。神话经历同样的历程，但其意义相反：它运用一个结构产生由一组事件组成的一个绝对对象（因为所有神话都讲述一个故事）。因而艺术从一个组合体（对象+事件）出发达到最终发现其结构；神话则从一个结构出发，借助这个结构，它构造了一个组合体（对象+事件）。[②]

列维—斯特劳斯认为神话是借助一套参差不齐的元素表列来表示自己的意识，也就是说，神话的基本元素（神话素）是不变的，

① ［法］列维—斯特劳斯：《野性的思维》，李幼蒸译，商务印书馆1987年版，第22—23页。

② 同上书，第33—34页。

而且众多神话故事都隐含着基本相同的结构。另外，他区别了神话与艺术的不同，认为神话有着相同的稳定的无意识结构，由相同的故事元素构成不同的组合体。而艺术则由一个或数个对象与事件的组合，以不同的结构和方式来显示一个整体性特征。像西方许多的神话学家一样，列维—斯特劳斯将神话思维看作土著民族或未开化民族的“野性的思维”，而这种思维无疑属于低级的思维形式，它与科学思维或逻辑思维形成一个明显的对照。他还认为：“神话（它一直在逃避历史的乌托邦梦想中汲取养料）在一贯地与意指作用的缺乏进行着斗争，而科学（它限于通过无止境的校正来进行）则渴望认知，而不渴望意指作用。”[①] 这些看法，既包含着合理性成分，但是也存在一定的谬误。尤其是将神话思维看作为“野性的思维”，可以说是对神话思维的误解。因为神话思维一直是人类重要的思维方式，迄今为止仍然发挥着它积极的功能，随着历史文化语境的变化，它继续施展着它的精神魅力，尤其对人类的审美活动和艺术活动产生着巨大而深刻的影响。

另一位法国文化人类学家列维—布留尔写作的《原始思维》，也对神话做出了深入的研究。他仍然没有摆脱将非西方的民族视为野蛮人的思想窠臼，将他们的思维称之为“原始思维”或“原逻辑的思维”（Prélogical thought）。这种思维体现为拥有世代相传的神秘性质的“集体表象”，并且这些集体表象之间的联系超越一般的逻辑形式，它们凭借存在物与客体之间神秘的互相渗透而产生联系。例如他通过对丧葬仪式的研究，揭示了某些原始部落对待死者的心理状态，显现了在他们的信仰中，生与死被消解了逻辑界限。他还通过对原始部落的某些巫术、习俗以及他们神秘梦幻的研究，阐述了原始思维具有人神互渗、生者与死者互渗、超越因果律、时间逻辑等特点。他认为：

① ［法］若斯·吉莱莫·梅吉奥：《列维—斯特劳斯的美学观》，怀宇译，天津人民出版社2003年版，第134页。

> 相应地说，神话则是原始民族的圣经故事。不过，在神话的集体表象中神秘因素的优势甚至超过我们的圣史。同时，由于互渗律在原始思维中还占优势，所以伴随着神话的是与它所表现的那个神秘的实在的极强烈的互渗感。……这里，问题在于在神话中也如同在圣史中一样，原始人获得社会集体与其自身的过去的互渗，他感到社会集体可说是实际生活在那个时代，他感到他与那个使这部族成为现在这样子的东西有一种神秘的互渗。简而言之，对原始人的思维来说，神话既是社会集体与它现在和过去的自身和与它周围存在物集体的结为一体的表现，同时又是保持和唤醒这种一体感的手段。①

布留尔对于神话思维所具有的构成集体意识的积极作用有着比较清晰的认识，他所认为的原始思维的"互渗律"也客观地存在于某些民族的文化心理之中。然而，必须指出的是，布留尔像许多西方学者一样，也是欧洲中心主义的信奉者，他以"地中海文明"作为人类文明的最高形式，而其他文明都是低级形态的文明，与此相对应，非"地中海的文明"的思维方式都是原始思维的方式。据说，布留尔因为阅读了法译本的《史记》产生了探究原始思维的冲动，但是他的《原始思维》中有关对中国人的思维研究所援引的材料仅仅限于德·格鲁特（der Groot）这位曾经生活在中国的传教士写作的《中国人的宗教》（*The Religion of the Chinese*）一书。而格鲁特的《中国人的宗教》以及他的《中国的宗教体系》（*The Religious System of China*）均是充满了偏见和谬误的著述，而且所考察的历史对象和文化背景不能全面和客观地反映中国的思想文化的状况。其实，无论是布留尔还是格鲁特，都表现出对于中国的思想传

① ［法］列维—布留尔：《原始思维》，丁由译，商务印书馆1981年版，第437—438页。

统和文化传统的无知与偏见。布留尔所讨论的有关中国人的“原始思维”也限于当时历史条件下的某些原始部落的文化心理状况。

像弗洛伊德发现“无意识”对于个人的精神存在所具有的重要意义一样，荣格提出的“集体无意识”学说则具有理解人的普遍存在的精神结构的理论意义。荣格的“集体无意识”的主要内容是“原型”（Archetypes），“原型”则属于原始意象（Primordial images）储藏，而这些原始意象又往往来源于神话思维或神话意识。这样，我们就看到了荣格的集体无意识的理论和神话的逻辑联系。荣格在《集体无意识的概念》一文中写道：

> 集体无意识是精神的一部分。它与个人无意识截然不同，因为它的存在不象后者那样可以归结为个人的经验，因此不能为个人所获得。构成个人无意识的主要是一些我们曾经意识到，但以后由于遗忘或压抑而从意识中消失了的内容；集体无意识的内容从来就没有出现在意识之中，因此也就从未为个人所获得过，它们的存在完全得自于遗传。个人无意识主要是由各种情结构成的，集体无意识的内容则主要是“原型”。
>
> 原型概念对集体无意识观点是不可缺少的，它指出了精神中各种确定形式的存在，这些形式无论在何时何地都普遍地存在着。在神话研究中它们被称为“母题”；在原始人类心理学中，它们与列维—布留尔的“集体表现”（此概念一般译为“集体表象”——引者注。）概念相契合；在比较宗教学的领域里，休伯特与毛斯又将它们称为“想象范畴”；阿道夫·巴斯蒂安在很早以前则称它们为“原素”或“原始思维”。①

美国学者 C. S. 霍尔和 V. J. 诺德尔对荣格的集体无意识的概念

① ［瑞士］荣格：《心理学与文学》，冯川、苏克译，生活·读书·新知三联书店 1987 年版，第 94—95 页。

作了这样的阐释："集体无意识是一个储藏所，它所储藏着所有那些被荣格称之为'原始意象'（Primordial images）的潜在的意象。原始（Primordial）指的是最初（First）或本源（Original），原始意象因此涉及心理的最初的发展。人从他的祖先（包括他的人类祖先，也包括他的前人类祖先和动物祖先）那儿继承了这些意象。"①集体无意识的"原型"无疑是神话的象征品，或者说由它建构了神话思维和神话意识。如果说"集体无意识"隐喻着整个人类的精神存在的本质，集中地体现了人类普遍存在的思维方式；那么，"原型"（Archetypes）也不仅仅作为某个民族或者某个原始部落的集体经验和思维样式，扮演为一个特定的蒙昧心理的角色，而是作为人类所共有的精神结构而普遍地存在于每一个人的心理深层之中。无疑，荣格对神话思维的理解不仅具有形而上的眼光和超越民族偏见的襟怀，更呈现出一种对人类心理结构的深刻洞见。更进一步，荣格从"集体无意识"的"原型"概念出发，探讨了文学与心理学的关系，认为文艺创造与"原型"存在密切联系，"艺术创作和艺术效用的奥秘，只有回归到'神秘共享'的状态中才能发现"，因此，神话思维构成艺术诞生和发展的重要因素，而且仍然影响着现代文艺的走向。

作为文化人类学功能学派的代表人物马林诺夫斯基也对神话发表了精湛的看法，在《巫术、科学、宗教与神话》一书中批评了历史派神话学将一切神话都看作历史的观点，他说："我们不能否认，历史与自然环境必然要在一切文化成就上留下深刻的痕迹，所以也在神话上留下深刻的痕迹。然将一切神话都只看作历史，那就等于将它看作原始人自然主义的诗词，是同样错误的。"②他注重从神话对于社会功能的角度探究其存在的意义与价值：

---

① ［美］C. S. 霍尔、V. L. 诺德贝：《荣格心理学入门》，冯川译，生活·读书·新知三联书店 1987 年版，第 40—41 页。

② ［英］马林诺夫斯基：《巫术、科学、宗教与神话》，李安宅译，中国民间文艺出版社 1986 年版，第 83 页。

> 我们就要见到，研究活着的神话，神话并不是象征的，而是题材底直接表现；不是要满足科学的趣意而有的解说，乃是要满足深切的宗教欲望，道德的要求，社会的服从与表白，以及甚么实用的条件而有的关于荒古的实体的复活的叙述。神话在原始文化中有必不可少的功用，那就是将信仰表现出来，提高了而加以制定；给道德以保障而加以执行：证明仪式底的功效而有实用的规律以指导人群，所以神话乃是人类文明中一项重要的成分；不是闲话，而是吃苦的积极力量；不是理智的解说或艺术的想象，而是原始信仰与道德智慧上实用的特许证书。①

马林诺夫斯基未免过于强调了神话所具有的现实作用和社会功能，而忽视了它对于审美和艺术的积极作用，并且否定了神话的象征功能以及想象性的创造活力。这使得他的神话观念难免存在着实用主义和保守倾向的弊端。

能够同时对“传统神话”和“当代神话”这种不同类别的神话形式都进行深入探讨的理论家为数稀少，而恩斯特·卡西尔可谓当之无愧的一位。他的有关神话的思考丰富而精湛，笔者仅就他的神话与情感、神话与语言这两个环节进行描述。卡西尔批评了使神话理智化的企图——将它解释为理论真理或道德真理的一种寓言式的表达，认为这样做必然会彻底失败。他指出：

> 神话的真正基质不是思维的基质而是情感的基质。神话和原始宗教决不是完全无条理性的，它们并不是没有道理或没有原因的。但是它们的条理性更多地依赖于情感的统一性而不是

① ［英］马林诺夫斯基：《巫术、科学、宗教与神话》，李安宅译，中国民间文艺出版社1986年版，第86页。

依赖于逻辑的法则。这种情感的统一性是原始思维最强烈最深刻的推动力之一。

……

神话是情感的产物，它的情感背景使它的所有产品都染上了它自己所特有的色彩。原始人绝不缺乏把握事物的经验区别的能力，但是在他关于自然与生命的概念中，所有这些区别都被一种更强烈的情感湮没了：他深深地相信，有一种基本的不可磨灭的生命一体化（Solidarity of life）沟通了多种多样形形色色的个别生命形式。原始人并不认为自己处在自然等级中一个独一无二的特权地位上。所有生命形式都有亲族关系似乎是神话思维的一个普遍预设。①

卡西尔揭示出神话或神话思维的一个隐秘，那就是它更多地依赖于情感的信仰而不是依赖于逻辑与经验。尤其是体现关于生命存在的观念上，神话思维认为生与死之间不存在一条明显的分界线，世界上的任何生命形式都是一体化的可以互相沟通或者相互转移的循环性质的存在，它们之间结成了神圣的亲族关系，哪怕是人与动物、植物之间也不例外。诚如卡氏所论，神话和神话思维呈现出超越理性和逻辑的特性，它们更凭借于情感信仰而发挥社会功能，然而，卡西尔有所忽略的神话的另一个事实是，神话往往也包含着理性思维和理性精神，只不过它们以潜藏的方式存在于神话意识之中。卡西尔对于神话的另一个独特思考是揭橥了语言与神话的潜在联系。在其《语言与神话》里，睿智地指出：

语言意识和神话—宗教意识之间的原初联系主要在下面这个事实中得到表现：所有的言语结构同时也作为赋有神话力量

① ［德］卡西尔：《人论》，甘阳译，上海译文出版社1985年版，第104—105页。

> 的神话实体而出现；语词（逻各斯）实际上成为一种首要的力，全部“存在”（Bing）与“作为”（Doing）皆源出于此。在所有神话的宇宙起源说，无论追根溯源到多远多深，都无一例外地可以发现语词（逻各斯）至高无上的地位。①

卡西尔在语言与神话之间寻找到一种密切的本质性关联，那就是语言与神话都作为构成人类精神本质的基本存在，它们不仅充当人类思维的工具，而且本身就作为一种本体性结构而发挥强大的符号功能。在他看来，语言、神话、艺术构成人类精神三位一体的同一性的文化活动的要素，它们是精神存在同一本质的不同存在方式而已，而它们所共同具有的一个特征就是“隐喻”性和“隐喻思维”（Metaphorcal thinking）。卡西尔揭示了语言、神话、艺术之间的深层隐秘。

在对传统和经典的神话理论予以描述和阐释之后，我们借此提出对神话的本体论理解：神话即是人类精神对现实的虚假超越。神话的美学特性呈现于：其一，神话追求的是可能性存在而非实存的对象。其二，神话沉醉于诗意和审美的虚构，因此所有的神话类型都寄寓着文学艺术性质。其三，神话以话语方式得以可能。神话不在话语中产生，又离不开话语而产生，因此，没有话语就没有神话存在的可能，就像剩余价值不在流通中产生而又离不开流通而产生一样。其四，神话借助于话语进行叙事、抒情、阐释这几种主要方式寻求生存空间并催生自我意义。神话的叙事担负着故事与人物、故事与语境、故事与场景的结构功能，在借助于话语的叙事改变着事实和虚构故事、人物、场景，从而赋予神话以丰富而复杂的意义。神话的抒情是以多种修辞方式改变表现对象的客观性而注入神话制造者的情感，而神话创造者借以对故事、人物、语境、场景的

① ［德］卡西尔：《语言与神话》，于晓等译，生活·读书·新知三联书店1988年版，第70页。

阐释，使神话超越现实性而走向一种宏大崇高、神秘荒诞或者理想和唯美、合理和动情的境界。其五，神话运用了所有的修辞技巧和文学策略，尤其是隐喻与象征、寓言与反讽、循环与反复等方法得到最广泛和最娴熟的运用。

第二节 当代神话

“当代神话”理论是指承认神话和神话思维在现代社会生活的客观存在并对其作出研究的理论。学术界有时候也称为“现代神话”（Modern Myth）其基本内涵没有本质的差异，只是能指不同，其所指具有同一性。为了叙述和表达的一致性，以免引起阐释的歧义，我们统一指称为“当代神话”（Contemporary Myth）这一概念。

当代神话理论认为，“神话”在现代社会中甚至在后现代社会中依然不会消亡，只不过它改变了与以往神话不同的存在形式，甚至以现代科技作为神话的构成元素和面具伪装。斯特伦斯基认为：“我们不应把神话当作某种古已有之的实存之物，而应将之视作一种‘繁荣昌盛的工业’，它不断推陈出新般地创新制造和市场营销着被‘称为’神话的那样一种产品。‘神话’一如‘幻象’——是由辛劳在神话创作坊中的艺术家与知识分子冥思苦想出来的戏法，或由他们精心创造出来的‘思维构造’。总之，神话工业表面上将自已装扮成异域神奇和古风遗韵的‘输入者’，然而实际上，却是从自然科学和人文科学中编撰出来的、最耐人寻味的神话产品的‘输出者’。因此，在其错综复杂、千变万化的形式中，‘输出者’实际彰显着作为‘神话’工业的现代文学特征。”[①] 显然，在这一理论意义上，当代社会必然性地存在着神话，它只不过是当代创造主体精心编造的结果，甚至带有工业社会和文化产业的痕迹。

① ［美］斯特伦斯基：《二十世纪的四种神话理论》，李创同等译，生活·读书·新知三联书店 2012 年版，第 2 页。

其实，神话在现代社会没有消失只是改变了存在的形式而已。一方面，“当代神话”改变了某些特征以适应现代语境，继续在社会生活中存在和发挥潜在的功用。例如，它依然虚构理想中的“英雄”或“武士”，使其在电影与电视等现代科技手段所组成的符号形式中出现，像邦德、兰博等形象，既产生娱乐效果，又为国家主义、民族正义等等虚假的意识形态的传播发挥作用。但在表现手法上，它放弃采用传统神话中的英雄不死或者死而复活的生命循环的模式；另一方面，“当代神话”一般不再采用传统神话的完整的故事叙述方式来打动接受者，它对结构化的叙述失去了兴趣，而热衷于某些意识碎片的衔接与组合。也就是说，当代神话的“故事性”降低而被代替为某些意识形态的片段连接，或者某些心理情绪的变化伪装。例如“国家神话”醉心于将国家权力和国家利益以神话思维的方式包装起来，“民族神话”则将“民族”虚拟为一个完善的合乎理想的乌托邦存在，“阶级神话”和“政治神话”就以神话思维的终极世界的许诺来唤起社会革命的暴力热情，或者建立一个虚假的价值王国和伦理世界。田兆元教授在《神话与中国社会》中指出：“国家的神话是一个社会占统治地位的神话，而民族神话是一个民族共同信奉的神话，二者的合流是自然而然的。……国家利用民族神话宣扬国家意志，于是国家的神话披上了民族神话的外衣，散布到大众心灵中去。所以，进入了国家制以后，没有一种民族神话不浸染着国家神话的成份。”[①] 此论无疑精当。就现代社会而言，现代人类的神话意识从表面看由于受到科学技术的影响似乎被淡化和削弱了，然而，事实不尽如此。神话与神话思维仍然牢固地存在于现代心灵的深处。

从思维方式上看，以往所谓的“形象思维”与“抽象思维”的逻辑划分存在着一定的问题，它本身就是逻各斯中心主义的产

① 田兆元：《神话与中国社会》，上海人民出版社1998年版，第130页。

物。以往西方人类学家所声称的“野蛮的思维”或“原始思维”、“神话思维”等思维方式在现代社会的存在者的精神结构中仍然不可能被消解，它们作为集体无意识的“原型”同样存在于每一个民族和每一个生命个体之中。因此，这个世界仍然具有神话和神话思维的心理土壤。就像西方学者习惯于将人类思维区别为野蛮人的思维和欧洲人的思维，并且强硬地给这种人类思维的一体性存在划分出一个逻辑鸿沟一样，我们也习惯为古代人和现代人武断地划出一条思维方式的界线。例如维柯探讨原始民族的“形象思维”，否认他们有任何理智性的思维，克罗齐在《美学史》中就认为这是一个错误。维柯还将“形象思维”与推理能力截然对立起来，在《新科学》中认为：“推理力愈薄弱，想象力也就成比例地愈旺盛。”[①] 再如斯特劳斯所称之的“野性的思维”，布留尔所说的“原始思维”或“前逻辑思维”，卡西尔讨论的“神话思维”，等等，都是有意识或无意识地站在欧洲中心论立场上对其他民族的文化谬误或文化偏见。其实，不同种族、不同文化圈、不同历史语境里的存在本体，秉承着相同的思维方式，就以维柯的“形象思维”、斯特劳斯的“野性的思维”和布留尔的“原始思维”而言，它们都可以归纳为“诗性的思维”，表现为反逻辑、反常识、反经验、反表象等特征，然而正是这类思维，呈现出想象力的自由和直觉领悟的延展，蕴含着超越日常经验和机械逻辑的审美特性和智慧生成，反倒比所谓一般的逻辑思维更具有认识意义和美学意义。并且，可以大胆推断，这种思维可能是高于逻辑思维的思维形式，属于更高精神梯度的思辨形式。胡塞尔现象学所推崇的“本质直观”（Wesensschau）、“意向性体验”、“本质地看”等等高度理性化的思维方式，不正和我们曾经贬低的那些古人的或野蛮人的思维有着潜在的相通之处吗？也许是一个有趣的悖论：曾经被认定的低级思维恰恰应该

① ［意］维柯：《新科学》，朱光潜译，人民文学出版社1986年版，第98页。

是高级的思维，至少是有其自身价值与意义的美学思维和艺术思维，这些思维，可以归纳为“诗意思维”。正是本源于上述对神话思维的探究，在这样一种理论前提下，有理由认为，无论在现代历史语境里，还是延续至将来，神话和神话思维都不可能中断，它们必定施展着强大的精神作用，影响人类文化的进程和走向。

卡西尔对当代神话同样做出自己的深入思考，他在《国家的神话》一书中就对国家主义的神话进行探究，认为它构成当代神话的一个重要内容。他还肯定神话思维对于文化的积极作用：“我们从历史上发现，任何一种伟大的文化无一不被神话原理支配着、渗透着。难道我们能够说，所有这些文化（巴比伦的，埃及的，中国的，印度的和希腊的），都完全是人的‘原始愚昧’的诸多面具和伪装，以至于从根本上否认它们的一切价值和意义吗?”[①] 问题还在于，能否承认神话和神话思维在现代科技的历史条件下和文化语境里的作用，能否认同它对现代心灵的深刻影响及其对文化艺术的积极或消极的影响。我们无疑既承认当代神话的存在，也认为它对社会思潮和文化艺术构成了深刻的影响，并且力图揭示这种影响的程度和机制。匈牙利学者皮洛从电影视角阐释“世俗神话”的论题，对此展开较为深入的思考，他肯定了现代神话或当代神话的正面价值与合理性意义。

> 为什么神话有这种广泛性？何种需要促使神话问世？当然，这不仅仅是满足对生活的含糊的和非理性的解释的需要，甚至也不是我们对深奥事物和未知事物顶礼膜拜的愿望的需要。神话是一个体系，它包括理想和价值、禁忌和礼仪的整个网络，也包括调节我们的行为与社会交往的习俗。因此，它完全可以作为社会群体的凝聚力；它可以借助强迫力量和仿效意

① ［德］卡西尔：《国家的神话》，范进等译，华夏出版社 1999 年版，第 5 页。

> 志发展和维护社团集体意识，提供行为模式。神话可以具有广泛性，但是，为此应当使人超越自身，突破个体性的狭小圈子。过去，这种超验性是由神性和巫术的介入保证的。如今，确实有一种新的“神化”类型或仪式担负起必不可少的催化作用。但是，有一个因素自古以来永远有效：神话是通过表现个人身上最具个性的特点达到普泛性的。……神话是“自我”与“非我”之间、异质的自我意识与同质的外部世界形象之间的桥梁。神话是禁忌与欲望的满足：在神话中寄托着有关可能的统一性和创造出平衡可感的世界的令人欣慰的淡淡希望。①

就当代神话这个论题而言，我们从逻辑分类开始，初步地分析它的结构和某些特征，以后章节将进行细致深入的探究。

一　科技神话

现代社会一个显著的标志就是科学技术的飞速发展，它给人类生活带来巨大的“神话式”的改变。当科技力量满足了人的部分本能欲望的同时，也刺激了潜在的更多更大的欲望诞生。于是人的欲望对于科技工具的无限的享乐追求就构成了存在本质的新的怪圈和悖论。这样，就必然导致对科技的崇拜意识。如果说“知识就是力量”隐喻了启蒙时代对于理性工具的激情式追求，那么，“科学救国”的口号是否也可以理解为一种对于“科学”所抱有的梦幻式的神话？它是否也象征着一种特定历史语境中的“科技神话”？处于后工业社会的历史语境，科技已经成为一种宗教式的“图腾”，所有社会问题和人的生存困境都需要它来承担，人们对它寄予无限的厚望。科技水准成为衡量一个国家、民族乃至于个人的存在意义与价值的尺度，成为一种超越文化的精神性指标。科技在改变人类

① ［匈］伊芙特·皮洛：《世俗神话——电影中的野性思维》，崔君衍译，中国电影出版社2003年版，第109页。

物质生活质量的同时，也在改变他们内心深处的情感和信仰。如此一来，现代心灵对于科技的膜拜就顺理成章地成为新的宗教和神话。诚如当代神话学家戴维·利明和埃德温·贝尔德所指出的那样：

> 20 世纪的人们信仰神话的劲头如同过去人们对宗教的绝对信仰，只不过这些神话不是由那些我们每周听其布道 1 小时的牧师或拉比具体化的，而是由以很冷静的态度进行工作的医师、科学家、军人具体化的。
>
> ……
>
> 新出现的神话似乎是在使科学与宗教结合。这种结合的结果不是只信仰某个宗派或科学的观点，而是导致新一代神话创造者称为“意识扩张”的东西。[①]

科技神话的传播者往往由科技活动的承载者来担负，而它又呈现出与宗教相互渗透的特点。

在现代社会中，的确观察到了科技神话的身影。民众对于科技作用产生了理性主义的“迷信”，相信它能够解决所有的社会问题，就像原始人相信面临危难的时刻，必然会出现神秘的“英雄”来解救自己一样。对于科技的过度信赖和依赖，必然导致一种科技神话的产生。在商品与消费所构成的现代社会的经济链条中，由科技手段所制造的商品往往成为科技神话的直接象征。于是，每一个存在者又都作为“消费者”感受和参与科技神话的传播和再制造，由对科技的迷信转移到对商品的迷信，科技的神话当然也就转换为商品的神话。例如许多高科技成果的商品被现代传媒以“广告”的形式扩散，广告凭借语言和图像、音乐等符号化活动达到对商品的修辞

① ［美］戴维·利明、埃德温·贝尔德：《神话学》，李培茱等译，上海人民出版社 1990 年版，第 151—152 页。

夸张，进一步对它们进行神话意识的包装，于是这些消费者就被科技神话所征服。作为科技神话的变种——“信息神话”正在悄然无声地向我们走来，它是以高科技为主导的神话象征品。在现代生活中，每一个人似乎都被一种看似神秘而又极其简单的无所不在的“信息”异化了，“信息”奴役了每一个存在个体：每时每刻都在传播信息又同时被信息所传播，它似乎成为凌驾于精神之上的神灵，被尊崇为“至尊神”。固然不能否定科技给现代社会所带来的巨大利益和欲望满足，然而必须对科技神话抱有怀疑主义的理性警惕，也必须看到科学技术给人类精神存在所带来的负面影响，应该注视到科技对人类所构成的现实性的和潜在性的巨大危害与危险。“科技神话”也许是造成新的历史悲剧的潘多拉匣子。

二　国家神话

国家神话构成当代神话的另一个侧面。国家神话有益的一面在于，它能够激发和调动整个国民的国家意识和爱国情感，使个体存在服从于国家利益，从而有利于国家的进步和繁荣。例如像美利坚合众国，可以看作一个典型的制造“国家神话”的国家。无论历史上美国民众对于华盛顿、林肯、肯尼迪等人物的崇拜情感，还是当今奥运会上的狂热飘摇的星条旗，还有好莱坞的电影和各种商品的广告，都隐喻地说明了美国“国家神话”的普遍存在和强大势能。在此再一次援引两位美国神话学家的一段精湛之论：

> 当然，国家主义的神话采取了众多的外在形态。比如“美国方式”、“美国梦”、“美国人知道怎么办”这些话，就是国家主义的一种形态（美国神话）的产物。这种神话中的英雄是戴维·克罗克特或丹尼尔·布恩（他们是边疆的开拓者），历史学家和讲故事的人把他们的事描绘成无所不在的神话。他是个由贫致富的英雄霍雷肖·阿尔杰，或者是个用自己的足智多

> 谋胜过了旧世界老谋深算的说大话的粗汉。然而最重要的或许是，他是个美国总统，人们希望他体现那些决定并鼓舞美国文化的东西。在前面的章节里，我们已经讲过华盛顿这位“美国之父”的神话。本世纪也造就了一位总统，不过他的命运是以极其悲剧的方式变成神话的。肯尼迪是本世纪出生的首要的总统，人们希望他以他那新的想象力改变世界。人们把他的施政与亚瑟王的朝政相比，他的死成为持久的、极度痛苦的和英雄的典礼。而且，当美国各阶级和各政党的人守望着这种神话般的丧葬仪仗队穿过华盛顿时，这位年轻总统的死便产生了一种全美国的团结感，即美国神话的再次诞生。①

遗憾的是，冷战后这个唯一超级大国，仍然在制造虚幻的国家神话，它并没有给整个世界带来福音和新的公正与秩序。悲哀的是，无数第三世界的或者说是“后殖民文化”时期的个体存在，依然被“美国神话”所迷醉，将它看作当今世界上完美无缺的国家形式。其实，在迄今为止的历史里，绝不可能存在着一个完美的或理想的国家形式和政权制度，因为人类的文明历史也许刚刚开端，还没有达到一个相对的符合理想的境界。所以，应该清醒地意识到，“国家神话”在某种意义上属于精神的致幻剂和有害的麻醉品。从美学意义考虑，它客观地构成对审美活动的压抑和损害，甚至极大程度地遮蔽了主体的精神自由和想象力。

需要补充论证的是，国家神话往往暗中转移为一种“阶级神话”，它由对国家主义的信仰转变为对这个国家的社会主体的某个阶级的信仰。历史上许多政治家都蛊惑民众相信，存在着一个先进的和革命性的阶级，它代表历史发展和进步的积极力量，你们属于这个阶级或者应该努力地融入这个阶级，这样就可以使国家产生巨

① ［美］戴维·利明、埃德温·贝尔德：《神话学》，李培荣等译，上海人民出版社 1990 年版，第 147—148 页。

大的推动力，由此促进历史的变革和向着美好的未来演进。法国大革命就缔造过这种“资产阶级”神话，中国的旧民主主义革命则创造过一个“小资产阶级”神话。

三　民族神话

与国家神话密切关联的是民族神话，它同样构成对现代社会的意识形态的力量。传统的神话观念无疑蕴含着浓厚的民族意识，民族情感占据为任何一种神话传说的内容之一。在现代社会中，尽管民族神话的外观似乎不再呈现十分明显的无理性色彩，然而其深处仍然隐藏着强烈的非理性情结。“雅利安神话”和“纳粹神话”可以看作现代历史上最不幸的民族神话的典型象征，它必须被批判和否定。

> 对土地的崇拜导致对充满活力的民族国家的浪漫主义理想进行可怕的模仿。对于纳粹来说，祖国当然不是民族自豪的变体，而是雅利安伊甸园的未来的墓地。纳粹的信条如同20世纪的另一意识形态，即共产主义许诺一个无阶级的黄金时代；又如大多数的现代民族主义，它包含了弥赛亚观点和历史观点，而这两种观点乃是犹太—基督教传统中最基本的东西。这种传统的基础在于期待未来的观念，即期待历史上终将到来的某一时刻，到那时，被上帝选中的并由弥赛亚引导的民族将被迎入天国乐园。①

这个看法包含了对民族神话的尖锐批判和深刻嘲笑，它客观地揭示了民族神话所带有的欺骗性和反人类的思想实质。迄今为止，这种民族神话顽固地停留在历史进程之中，犹太人和巴勒斯坦人之

① ［美］戴维·利明、埃德温·贝尔德：《神话学》，李培茱等译，上海人民出版社1990年版，第151—150页。

间流血冲突的悲剧原因之一，就是“民族神话”投射给这两个民族的心理阴影从而带来的恶果。犹太人和巴勒斯坦人以及某些阿拉伯人，他们都是民族神话或种族神话的牺牲品。当然，在众多的虚假意识形态中，民族神话占据着重要地位，它常常演变成了暴力冲突和恐怖活动的实践行为，给这个本来就动荡不安的世界增添麻烦的因素。从更宏大的历史背景来讲，民族神话更可能导致东西方世界的多民族意识形态甚至暴力形式的对抗，亨廷顿的忧思不是毫无道理的杞人忧天，他的《文明的冲突》也许无意识地隐含了民族神话的意识。在这个世界上，民族神话比国家神话也许更具有潜在的危险性，它不仅构成对历史与现实的危害，而且构成对人类普遍的审美精神的危害。

四　英雄神话

它属于传统神话在现代历史语境中的正常延续，所不同的是，它与传统神话中的“英雄神话”相比，更多地蕴含理性主义和科学主义的因素，较多地添加实用观念和工具功能的特性。传统的英雄神话又称之为“元神话”，英雄的生平经历成为神话的基本框架，一般划分为八个部分：出生、成年、隐修、探索、死亡、降入地府、再生、神化。这八个部分构成了英雄神话的故事结构，为英雄形象的确立和升华奠定了感性基础。在古典神话中，神话英雄的再生与复活的模式具有普遍性，或者说，英雄的死亡与再生成为古典神话的一个基本主题。英国神话学家理查德·P. 亚当斯在《弥尔顿〈利西达斯〉中死亡与再生的原型模式》一文里精湛地揭示了神话中的英雄“生活、死亡和再生的模式”[①]。而在当代神话中，英雄生平不再采用以往的基本结构，神奇的出生方式被扬弃了，如弗雷泽曾经注意到的传统神话中的英雄往往由处女孕育，出生后遭

---

①［美］约翰·维勒克主编：《神话与文学》，潘国庆等译，上海文艺出版社1995年版，第248页。

遇到被抛弃于大自然的命运，而救他们的往往是下层民众或者是动物。另外，传统神话中的英雄的奇特经历，如屠龙、打败妖魔、神秘的隐修、探险、奇遇、死亡和复活等故事因素也往往被当代神话所舍弃。现代的英雄神话，在观念形态上采用实证主义，放弃了一些非现实性的虚构叙事，采用适度的人物夸张和情节修辞，更多借助于先进的科技手段来实现古代神话中的某些英雄所要达到的目的。曾经在中国风靡一时的好莱坞电影《真实的谎言》，故事里主人公——那位由施瓦辛格扮演的现代“神话英雄”，完全以高科技作为神话道具来演绎一个在基本结构上类似于古代英雄传说的虚拟故事：英雄战胜恶魔，从而拯救民众和国家。

对当今艺术中的“英雄神话”问题，姚文放教授曾在《当代审美文化的宗教意识》一文中认为，当代英雄神话是一种同质性的文化形态，有关这种同质性，作者有一段精湛的论述，援引如下：

> 可以发现一个共同的模式，那就是由平民、恶人和英雄三方力量所构成的金字塔式结构，整个故事有如一场有着固定套路的“三角游戏”：(1) 平民过着有秩序的宁静生活；(2) 来了恶人，平民受到恶人的欺凌；(3) 平民恳请英雄惩罚恶人；(4) 英雄力图保持中立但受到恶人挑衅；(5) 英雄忍无可忍，愤而翦除恶人；(6) 平民恢复往日的正常生活；(7) 英雄隐姓埋名，远走他乡。整个金字塔结构由恶人的出现而形成张力，也随着恶人被英雄消灭而使张力得到缓解，恶人的消失使得英雄失去了存在的必要，于是英雄最后也退出了故事的情境，总之，故事从平民的正常生活开始，到重新恢复平民的正常生活结束，构成了周而复始的循环式进路。这场“三角游戏”还有许多固定的游戏规则：例如英雄不受到恶人挑衅便决不首先还手，英雄的中立态度总是被恶人所打破，英雄不断陷于困境却总是能绝路逢生，面对枪林弹雨却总是能刀枪不入，

> 最后的胜利总是归于英雄，而胜利的英雄总是走上归隐之路，即使与恶人同归于尽，也是一种特殊的归隐方式。[①]

论文客观地揭示了当代文艺中的英雄神话的一些特征。尽管英雄神话被不同样式、不同地域的创作者以文艺形式所表现的时候，难免会呈现某种意识形态和写作策略的差异，然而其稳定的文化特征和神话结构相对不变。如果将英雄神话延伸到文艺之外，在现代社会的现实生活里，无论是国家官方的意识形态，还是民间的精神信仰，也无论是政权控制下的新闻传媒，还是大众流传的日常话语，都不乏“英雄崇拜”的情结流露。只不过官方利用它来维护政权的稳定和合法性，确立一种有益于社会进步的道德准则；而民众则希冀利用“英雄”来达到仅仅依靠自身的力量所不可能完成的铲除非道德的恶势力的目标，尤其是生活在一个专制的社会制度中的民众，这种对维护神圣正义的“英雄”的需要就是一种迫切的政治幻想的恰当体现。而对审美而言，“英雄神话”尽管被寄寓了虚幻的乌托邦内容，然而它毕竟为生活于平淡无味的历史语境中的人们提供了一种超越平淡的有限的快乐和有限的美感。

五　政治神话

政治神话是一个比较宽泛的范畴，它在一定的逻辑限度上包含民族神话、国家神话、英雄神话等因素。然而，政治神话附丽着强烈的意识形态色彩，政治神话在国内学术界是一个讨论稀少的论题。其实，当代神话的重要结构之一就是政治神话。政治神话和社会制度没有必然性逻辑关联，在当代政治生活的公共空间，政治神话渗透到无论选择任何社会制度的国家和政治版图之中。政治神话相应的崇拜对象是权力（Power）。社会权力的金字塔结构表明等级

① 姚文放：《当代审美文化的宗教意识》，《学术月刊》1996年第3期。

权力的作用机制。因此，对于权力崇拜的心理势能和权力的等级成正比例。权力在狭义上指称政治权力，在广义上它指称一切在当代社会的公共空间发挥主导性的力量。因此，权力不在结构之中产生，但是又离不开结构，就像剩余价值不在流通中产生而又离不开流通而产生一样。福柯说："权力不仅存在于上级法院的审查中，而且深深地、巧妙地渗透在整个社会网络中。知识分子本身是权力制度的一部分。"[①]

卡西尔对政治神话进行分析："现代的政治神话则以颇为不同的方式进行，它们并不是从要求或禁止一定的行为开始，而是为了控制人们的行为而改变人。政治神话的行动方式活像一条毒蛇，它在攻击其牺牲品之前努力对其进行麻痹，使人们没有怎么抵抗就沦为它们的牺牲品，他们还没有认识到实际上发生了什么事就已被击败和征服了。"[②] 从这个意义上讲，政治神话体现"思想诱拐"和"情感绑架"的双重功效。这一方面在于当代的政治神话以公共性的话语霸权对大众进行知识和教育熏陶，利用一系列话语的规训和技巧，最终达到对他们全面宰制的目的；另一方面，科技传媒成为政治神话最有力和最有效的意识形态的散播工具，它们成为当代政治神话的制造、修改和传播最便捷和最强大的形式。

政治神话包含两个逻辑相关的结构：国家神话和民族神话。如果说，科技神话较多禀赋个体的欲望因素，它和意识形态保持相对疏远的距离，而国家神话则更多包含着群体的理性结构，和政治、法律等意识形态存在密切关系。国家神话使整个国家的民众相信，这个国家的神圣和合理，它接近于神话境界的完美和理想，哪怕它是在从事侵略和杀戮的非正义暴行。例如纳粹德国就曾经制造过这样的国家神话。因此，国家神话已经超过了正常的爱国主义的概念范围，容易变异为一种危险的意识形态，导致历史悲剧的产生。

---

① 《福柯集》，杜小真编译，上海远东出版社 2003 年版，第 205—206 页。

② 卡西尔：《国家的神话》，范进等译，华夏出版社 1999 年版，第 347 页。

> 历史、法律或经济学等，对真理的无私探讨在极权主义制度里是不可能得到许可的，而对官方意见的辩护却成为唯一目标。在所有极权国家里，这些学科已成为制造官方神话的最丰产的工厂，而统治者就用这些神话来支配他们的子民的思想和意志。因此，在这些领域里甚至连追求真理的伪装都被抛弃了。什么学说应当传授和发表都由当局来决定，这是不足为奇的。①

国家神话的正面价值在于，它能够激励国民的爱国意识，使无数的个体意志服从于国家的总体意志，从而有利于国家的稳定和加强国家力量。卡西尔对政治神话作出独特的阐释：

> 神话一直被描述为无意识活动的结果和自由想象的产物，但在这里我们发现，神话是按照计划编造的。新的政治神话不是自由生长的，也不是丰富想象的野果，它们是能工巧匠编造的人工之物。它为二十世纪这一我们自己伟大的技巧时代所保存下来，并发展为一种新的神话技巧。从此以后，神话可以与任何其他的现代武器（譬如机关枪和飞机）同样意义上以同样的方式被制造出来。②

他对于政治神话的精辟分析，厘清了其生成机制和特点，揭示了它理性化和程序化的运作策略以及所寄寓的政治动机与目的。迄今为止，这一思想对于我们依然具有启发意义。与国家神话密切关联的是民族神话，民族神话非常容易地转变为狭隘的民族主义，从

① ［英］哈耶克：《通往奴役之路》，王明毅等译，中国社会科学出版社 1997 年版，第 153 页。

② ［德］卡西尔：《国家的神话》，范进等译，华夏出版社 1999 年版，第 342 页。

而造成民族冲突并酝酿社会悲剧。

六　消费神话

消费社会的强大逻辑像一张无人不被包罗的网，每一个存在者又都是消费社会这个棋盘上一粒盲目的棋子，遵从着消费社会的游戏规则。波德里亚认为消费活动不断地制造出消费神话，消费社会唯一真实的逻各斯即是消费社会的意识形态及其消费风尚，它们共同构成社会公共常识的逻辑力量，而占据中心位置则是商品及其商品拜物教，后者构成消费神话的核心要素。商品和消费者的关联即是消费神话产生的先决条件和逻辑基础。波德里亚指出："由各种符号所构成的系统演变成为各种'当代神话'的可能性。"① 他进一步论述了时尚和现代性的关系：

> 时尚和现代性并非背道而驰：时尚清清楚楚地陈述变化的神话——它使这种神话作为最高价值存在于最日常的方面，同时它也陈述变化的结构规律：因为这种变化是由模式和区分性对立的游戏构成的，即由一种在任何方面都可与传统代码相匹敌的秩序构成的。因为现代性的本质正是二元逻辑。正是这种逻辑在促进无限的分化，加强决裂的"辩证"效果。现代性不是所有价值的变质，而是所有价值的替换，是它们的组合和它们的歧义性。现代性是代码，而时尚则是它的象征标志。②

神话隐匿在时尚和现代性的交织关系之中，它们构成复杂的网络联系。消费神话一方面围绕着时尚而运转，另一方面遵循着符号的逻辑而施展功能。换言之，没有时尚就没有消费神话存在的理由

---

① 冯俊等：《后现代主义哲学讲演录》，商务印书馆2003年版，第573页。

② ［法］波德里亚：《象征交换与死亡》，车槿山译，译林出版社2006年版，第129—130页。

和生存空间，而缺乏符号逻辑和符号崇拜的消费活动必然极大地降低消费神话的魅力。

消费神话滋生两个密切关联的对象：商品与符号。对于商品的崇拜导致恋物情结，这不是现代社会的专有，只是现代社会和后现代社会加剧了这种恋物情结，并且将之密切地联系到符号崇拜。对商品使用价值的确认是人类有史以来的普遍心理，对商品的形式美的欣赏同样也是漫长的历史产物和人类的审美经验投射。后现代消费社会对商品的恋物情结和以往历史上对商品拜物教所存在的差异是，后现代社会的消费心理普遍弥散着对商品符号的崇拜，商品的符号价值上升为首要选择，使用价值已经退居为次要的需求。选择一种商品除了满足某些实用性目的之外，更多附加着对社会地位、身份区隔、审美品位等要素的证明。由于地域文化差异及其后殖民主义的历史因缘，某些处于政治、经济、科技、军事、文化等弱势的国家或地域的消费者，对处于强势地位的国家或地域的商品更是以自己的谦卑心态去仰慕和崇拜，以购买那些强势国家或地域的商品来满足自己的虚荣心，尤其是以对某些强势国家或地域的奢侈品的青睐和狂热购买来确立自己和同类身份比较中的优越感，因为在他们看来，那些贴上强势国家和地域的商品符号弥散出神话般的光泽，具有审美乌托邦的价值与精神升华的意义。显然，这些消费者是利用被文化殖民的商品符号来证明自我的抽象价值。简言之，这是一种坠落于“符号殖民”的精神陷阱的举动。其实，这种后殖民主义的商品崇拜只能导致更加沉重的文化失落感和价值危机。

消费神话还直接催生出媚俗的逻辑结果。媚俗表现在对某些稀缺商品的迷恋和崇拜，以摹仿或仿象的方式进行制作和生产，以满足一部分消费者的需要。波德里亚对此做出精湛而深刻的分析：

> 当代物品中一个主要的、带有摆设的范畴，便是媚俗。媚俗物，通常是指所有那些粉饰的、伪造的“蹩脚”的物品、附

> 属物品、民间小杂什、“纪念品”、灯罩或黑人面具的总体，所有那些在各地特别是度假休闲之地激增的伪劣博物馆。
>
> ……
>
> 媚俗显然对于那稀缺、珍贵、唯一的物品（其生产本身也可以工业化）进行了重新估价。媚俗和“真实”的物品，就这样根据一种如今总是处于变动和扩展之中的特殊物资的逻辑，双双地构筑了这个消费世界。媚俗有一种独特的价值贫乏，而这种价值贫乏是与一种最大的统计效益联系在一起的：某些阶级整个地占有着它。与此相对的是那些稀缺物品的最大独特品质，这是与它们的有限主体联系在一起的。这里与“美”并不相干。①

消费社会中的“媚俗”潮流清楚地表明，消费神话存在着媚俗的动因，因为媚俗构成世俗社会的价值倾向和审美趣味，成为整个社会的必然性选择。而这种媚俗甚至鄙弃了对“美”的承诺和守护，媚俗的趣味成为首要的和唯一性的追逐心理目标。消费神话推崇的媚俗就是稀缺、时尚、符号和虚荣，并且裹挟着权力崇拜、美色至上、性欲消耗、金钱力量等要素，它们成为整个社会的神话偶像和审美对象。因此，消费社会中的媚俗不仅仅限于波德里亚所界定的“物品”而扩展到对诸多非物质对象的沉醉与崇拜，而这一切都以对物品和符号的占有与消费为目标。

消费神话在一定程度和境域还创造出浪费的合理性和浪费伦理。不言自明的理论是，人类的过度消费必然带来自然的惩罚和形成未来的悲剧。老子有“三宝”：“曰慈、曰俭、曰不敢为天下先。”②“俭”是人类轴心时代形成的伦理原则。然而，在后现代的消费社会，“俭”已经被淹没在消费欲望的洪流之中。浪费一方面

① ［法］波德里亚：《消费社会》，刘成富等译，南京大学出版社2008年版，第98—99页。

② 《老子·第67章》，《诸子集成》第3册，中华书局1954年版，第41页。

成为刺激生产与加剧消费的重要方法，另一方面成为经济学中不得不选择的策略之一。在后现代的消费社会中，无论是一般形态的社会思潮还是具体的消费者，尽管流于表面地侈谈节俭主义和虚假地承诺向往素朴生活的道德原则，而潜藏的心理都对浪费进行推波助澜，以浪费和奢侈作为身份优越的标志，象征着自己置身于社会等级的中层或上层，这一世俗社会的价值取向将使人类步入一个充满危机和悲剧的未来陷阱。

第三节　审美神话

无论是传统的神话观念还是现代的神话观念，它们都试图在审美活动、艺术活动和神话之间建立一种逻辑关联，也的确可以看到它们潜在的或间接的联系。然而，我们通过对不同的神话观念的考察研究后认为，它们都没有形成一种严格意义上的“审美神话”的范畴，而我们试图建构一种“审美神话”（Aesthetic Myth）的概念，本着理论研究的“辨异”和“求同”双重展开，首先寻找出“审美神话”和传统的神话概念的区别，其次在“神话”概念和美学、审美之间建立一种较为清晰的理论意义上的逻辑关联，最后使自己的概念得以确立，为当代神话的理论确立奠定基础。

一　与以往神话观念的差异

“审美神话”概念的确立，首先在于寻求和以往神话观念的差异性。这两个概念应该说是对“神话”（Myth）的转喻而来，它保留了以往“神话”的某些特征，然而更多地赋予当下性的理论内涵。

首先，本质之差异。“审美神话”的概念，和传统神话的本质性差异在于：传统神话在原初意义上是“神的故事”，像卡西尔所指出：“对谢林而言，一切神话本质上都是诸神的理论和历史。谢林的神话哲学，就像安德鲁·朗、威廉·施米特和威廉·科珀的人种学理论一样，假设在多神教神话之前，有一个最初始的原始神教。"[①] 总之，神话中的神灵属于人类早期心理经验的幻想或幻觉的产物。像费尔巴哈在《基督教的本质》论述宗教里的"上帝"不过是人的精神的异化一样，神话里的"神"也是人的自我精神的异化。费尔巴哈说：

> 上帝之意识，就是人之自我意识；上帝之认识，就是人之自我认识。你可以从人的上帝认识人，反过来，也可以从人认识人的上帝；两者都是一样的。人认为上帝的，其实就是他自己的精神、灵魂，而人的精神、灵魂、心，其实就是他的上帝：上帝是人之公开的内心，是人之坦白的自我；宗教是人的隐秘的宝藏的庄严揭幕，是人最内在的思想的自白，是对自己的爱情秘密的公开供认。[②]

和上帝一样，神在本质意义上也是人的精神异化或人的自我意识。但是，与宗教里的上帝有所不同的是，人主要凭借理性信仰来确立上帝的存在和价值，而神话中的"神"则更多属于人的精神的幻象性存在，主要依赖于心理的幻想或幻觉乃至梦幻而存在。美国神话学家约瑟夫·坎贝尔在《生物与神话——神话学导论》中写道："神话如梦如幻，而且像梦一样，它也是心灵的自发产物，它像梦一样也揭示了人的心理，从而揭示了人类的整个本质及其命运，像梦一样——像生活一样——对于未开启的自我而言，它是不可思议的，然而它又像梦一样保护了那个自我。"[③] 坎贝尔的论述显

---

① ［美］大卫·比德内：《神话、象征与真实性》，引自约翰·维克雷主编《神话与文学》，潘国庆等译，上海文艺出版社 1995 年版，第 180 页。

② ［德］费尔巴哈：《基督教的本质》，荣震华译，商务印书馆 1984 年版，第 42—43 页。

③ ［美］约瑟夫·坎贝尔：《生物与神话——神话学导论》，引自约翰·维克雷主编《神话与文学》，潘国庆等译，上海文艺出版社 1995 年版，第 66 页。

然在神话与梦之间找到了一种相似性的精神特性，却忽略了“梦幻”往往是构成神话和神话意识的重要因素。弗雷泽、列维—斯特劳斯、列维—布留尔、马林诺夫斯基、卡西尔等人都不同程度地涉及了原始思维或神话思维和梦幻之间的密切关系。如果说梦幻或幻觉构成了传统神话的一个本质特征，而作为神话的主体——“神”必然属于幻想或者梦幻的产物。与此存在差异的是，“审美神话”恰恰拒绝了神的存在，“神的故事”不再作为“神话”的主要内容，“神”也不再充当神话主体。那么，它就将人的自我存在接纳为这种神话的主要内容，人的精神的自由活动成为神话的主体。同时，“审美神话”放弃传统神话以信仰情感的方式确立梦幻或幻觉的合理性和真实性，从而确立“神”的合理性和真实性的思维规则，转向为清醒地意识到梦幻或幻觉的虚拟性或假定性，当然，也不完全否定它们在审美活动和艺术活动中的积极作用和潜在功能。

其次，生存功能之差异。“审美神话”和传统神话存在着生存功能的差异。传统神话和梦幻存在着一定的联系，梦幻在精神分析理论的意义上，象征着某种潜意识的欲望的满足，弗洛伊德认为：“梦是一种完全合理的精神现象，实际上是一种愿望的满足。梦可能是清醒状态的明白易懂的精神活动的延续，也可能由一种高度复杂的智力活动所构成。”[①] 既然神话在一定程度上和梦幻存在着逻辑联系，梦幻是潜意识的欲望的满足，那么，也就意味着传统神话无法摆脱本能性的生物欲望以及功利性的目的追求，事实也如此。正如弗雷泽在《金枝》里所揭示的那样，神话与氏族社会的仪式、巫术、古代制度、历史事件、历史人物、宗教信仰、自然现象、地理名称等等存在着密切的联系。其他一些神话学家也论述了神话具有论述现存体制的作用，体现出隐喻历史事实和解释人性的功能，神话在古代社会还担负娱乐的责任，等等。这就意味着，传统神话在

① ［奥］弗洛伊德：《梦的释义》，张燕云译，辽宁人民出版社 1987 年版，第 114 页。

生存意义上，既表现着个体潜意识本能的欲望，又负载着集体无意识的原型所体现的群体意志，因此它具有许多实用性的社会功能，在当时的社会生活中起着一定的功利性作用。我们所界定的“审美神话”，在生存功能上，它既排斥个体的本能欲望的存在，承诺审美活动必然是对生物性的潜意识本能的清除和过滤，而只有这样才可能保证主体的精神自由和展开心灵世界的无限可能性；又拒绝社会群体的感性的和理性的功利性因素进入精神自律的活动，因为任何一种对现实性的功利目的的介入活动都可能破坏审美活动的自由性和纯粹性，从而导致美的被遮蔽和被颠覆。其次，传统神话在生存功能上，由于处于特定的历史文化语境，必然体现社会的意识形态，如道德感和价值准则、民族主义、种族主义、国家主义等等观念，因此它必然地破坏审美活动的超越性和自主性，使美屈从于其他意识形态的价值杠杆，因此无法获得存在的澄明和空灵。而“审美神话”就在于它们攫取于传统神话所禀赋的想象力和领悟力的活性因素，借鉴了它的梦幻方法和幻觉的自由性，从而为审美活动开辟了一条绝对自由和自主的理想道路。但是它们对传统神话所原初包含的欲望本能、功利目的、价值准则、道德意识等等妨碍审美的因素尽量剔除，以保证主体存在对美的自我发现的可能性。

再次，具体形式的差异。从结构形式上考察，传统神话作为“神”或“英雄”的故事，必然表现出一个相对完整的叙事结构，列维—斯特劳斯就是通过对不同的神话元素的研究，从语言学的结构原理上受到启发，揭示了不同神话所具有的同一性的完整的无意识的结构模式，他在《结构人类学》中说：“不论神话是个人的再创造，还是来自传统，它从其个人的抑或集体的源泉中（在这二者之间不断地进行着互相渗透和交换）汲取它使用的形象材料。但是结构保持不变，而象征功能则是通过结构来完成的。”[1] 而“审美

① ［法］列维—斯特劳斯：《结构人类学》，陆晓禾等译，文化艺术出版社1989年版，第40页。

神话”，则放弃这种结构的整体性，它也不采取叙述故事的方式来呈现自我，而以想象的碎片和幻象的组合表现某种精神的象征和理念的隐喻，揭示心灵的某一瞬间的生命体验和智慧领悟，就算是完成了自我的使命。

传统神话思维必然依赖于符号活动而得以可能，列维—斯特劳斯认为：“神话思维，是伴随着符号进行的，这就是说伴随着一些其可能的组合是有限的构成单位；科学是伴随着概念进行的，这就是说伴随着一些更为‘自由的’表现进行的，因为这些表现具有理想的无限的指代能力。”① 同时，神话思维还注重于符号的连续性和象征的具体性。任何一种神话故事或英雄传说，都借助于一连串的符号象征活动得以表达某一种主题和意义，尤其是这些符号被赋予强烈的情感色彩和道德观念，每一个神话故事的符号都蕴含着情绪化的色彩。卡西尔曾深刻地揭示出神话的基质就是“情感的基质”这样的事实。“审美神话”符号性不表现太多的兴趣，无论是感性符号还是抽象符号，都不能构成对美的决定性意义，因为“美”作为人类精神的虚无化存在，它的特征之一就在于其对于符号活动的缺席。符号化活动可以表现出美的存在，然而这并非意味着可以推导出美之本源在于符号化活动的结论。因此，传统神话必然呈现出符号性，“审美神话”表现为对于符号的悬搁和漠视。

传统神话在感性形式上都表现出一定的象征性质，它总是当时现实生活的直接和间接的象征，总是服从某种社会性的功能。“审美神话”保持和现实存在的一定距离，基本上不承担社会责任和道德义务，所以它放弃任何的象征功能，仅仅作为纯粹的自律的存在，只是澄明自我和领悟自我，象征对它来说是多余的工具和符号。

最后，文化语境的差异。传统神话的文化语境中，当时历史背

① ［法］若斯·吉莱莫·梅吉奥：《列维—斯特劳斯的美学观》，怀宇译，中国社会科学出版社2003年版，第17页。

景下的存在者，对于神话保持着坚定的理性信念和感情信仰，认为神话就是历史与现实的客观而真实的摹本，他们毫不怀疑神话的真实性和权威性，神话对于他们来说就意味着是真理和准则，神话构成他们的历史观和世界观，成为判定道德意识和衡量价值观念的神圣尺度。所以，传统神话必然设定一个终极的道德目标和恒定的真理标准。“审美神话”不再信奉这样一个精神的终极存在或者永恒的真理标准，认为它们和虚假的“上帝”没有什么本质的区别。“审美神话”存在于一个理性主义和科学主义的文化语境，存在者清醒地意识到“神话”的虚拟性和幻觉特性，因此解构所谓的终极世界和永恒的真理与价值。存在者仅仅是在审美活动中凭借超越一般的实证观念和科学态度的诗性思维去领悟美的存在，以想象力和智慧去阅读现实世界的审美现象，或者虚拟一个超越实证眼光的非现实世界，去获得审美的诗性体验。因此，两种神话的承载者所具有的不同的文化眼光也决定着各自神话的不同特征。

二 “审美神话”之内涵

我们试图提出一种新型的神话观念，这就是“审美神话”不是对于传统神话的一种简单的话语或思维的模仿，也并不企图复活古典的神话精神或者重建一种古典神话的结构图景。而仅仅是借助于一种对传统神话“转喻”，截取它们特殊的精神方法，尤其是想象力和诗性智慧，呈现自己独特的存在方式和精神内涵。“审美神话”的基本内涵为：

首先，对终极的假定。传统神话假定一个终极的道德世界和真理世界，因为神话思维的一个基本特征就是设定一个终极性的存在，例如设定一个至尊神，它是至高无上的天神，作为最高权力偶像的化身，象征着法律和公正。如《楚辞·九歌》里的“东皇太一”，希腊神话中的“宙斯”（Zeus），古罗马神话中的“朱必特”（Jupiter），他们代表了一种绝对的权力和终极的信念。传统神话设定终极的真理和永恒的道德原则，它以彼岸世界作为这种真理和道德的象征。如屈原《天问》中的“天”，就被设定为代表终极真理和永恒道德的超现实的存在。我们也假定了一个美学的“终极”：它就是——美。它是心灵守护的终极家园，寄寓着人类精神的永恒迷恋和热爱。这个终极，也就是——虚无。它类似于庄子的道，象征着一种最高的精神悬浮状态，隐喻着生命存在的无限可能性和寄寓着空灵的智慧和诗性的幻觉。如果传统神话设定的终极具有某种实在性和物质性的因素，我们所设定的这个“终极”则排斥了所有实在性的和物质性的东西，它表征为一种纯粹心灵性的结构，和任何功利性的目的划清界限。美学上的这个神话“终极”，没有时间和空间概念的限制，因此它是无终极的“终极”，它与人类精神并存。这个终极，当然属于神话意识的乌托邦，或者说是美学意义上的乌托邦，然而它却真实地蕴含了人类精神的无限向往和迷恋，因为它可能把存在者的心灵从繁琐庸碌的日常生活中救赎出来，使其诞生一种诗性的眼光和超越命运之负累的勇气。这个终极，同时也象征着纯粹的爱，这种“爱”就是对美的迷狂的热恋。然而它和马尔库塞理论意义上的“爱欲”有着本质的区别，马尔库塞在《审美之维》和《爱欲与文明》中，都从弗洛伊德的精神分析理论角度强调了人的本能的爱欲对审美活动的决定性作用：

> 美作为一个可欲的对象，它原初的本能相关，即同爱欲与死欲相关的领域。这两个对立的东西，在神话中，通过快慰与恐惧的表现而连接在一起。美具有扼止攻击性的力量：它阻止和牵制着攻击者。[①]
>
> 俄耳浦斯和那喀索斯爱欲的目的是要否定这种秩序，即要实行伟大的拒绝。在以文化英雄普罗米修斯为象征的世界上，

① ［德］马尔库塞：《审美之维》，李小兵译，生活·读书·新知三联书店1989年版，第109页。

> 这种否定乃是对一切秩序的否定。但在这种否定中，俄耳浦斯和那喀索斯揭示了一种有其自身秩序、为不同原则支配的新的现实。俄耳浦斯的爱欲改变了存在，他通过解放控制了残酷与死亡。他的语言是歌声，他的工作是消遣。那喀索斯的生命是美，他的存在是沉思。这些形象涉及到审美方面，它们的现实原则必须在这个方面寻找和证实。[①]

弗洛伊德更是直接地在美与性本能之间建立了逻辑关系，他在《论升华》一文中说："对于美的爱，好象是被抑制的冲动的最完美的例证。'美'和'魅力'是性对象的最原始的特征。"[②] 马尔库塞将美与主体存在的爱欲本能密切地联系起来，认为爱欲具有否定现存秩序的功能，它可以对现实存在进行审美化的"大拒绝"。也就是意味着爱欲可以改变非人道的异化存在，对存在者进行审美的救渡。与马尔库塞的观念不同，我们这个"终极"的爱，过滤了所有本能的爱欲，它抽象为纯净的精神向往，有如神话意识中对虚幻世界的沉迷，对上帝与神灵的信仰，对传奇故事的热恋和对英雄的崇拜一样，其迷恋的性质相同，只不过"审美神话"的拥有者在理智上意识到这种"爱"的虚拟性，他们仅仅在想象力的驱使下和在诗性智慧的作用下去接受这种终极的爱的对象，然而它同样具有对现实秩序的否定功能和对功利准则的拒绝作用。

其次，无限可能性。传统神话思维倾向于假定"无限"性质的存在对象，它既可能是一个无限性的实体存在，也可能是一种无限性的信仰或情感。如神话思维诞生出的天堂与地狱，妖魔与仙女，英雄与恶人，正义与邪恶，真理与谬误，等等，这些二元对立结构在神话中被设定为超越历史时间的趋于无限的存在，具有不可更改

① ［德］马尔库塞：《爱欲与文明》，黄勇、薛明译，上海译文出版社 1987 年版，第 125 页。

② ［奥］《弗洛伊德论美文选》，张唤民、陈伟奇译，知识出版社 1987 年版，第 172 页。

性质。例如传统神话思维往往设定了神或英雄的生命存在的无限性，他们的生命结构形成为一个周而复始的循环链条，因此可以克服时间的有限性，同时这些神话中的神或英雄乃至于某种生物，也可以克服时间的限制而达到生命的无限：

> 在古典神话中，凡人的神性化作植物或花卉，也是表现永生的常见象征。……生殖崇拜仪式的目的之一便是促使这一循环的完成，神的再生必定伴随着植物与动物的再生与繁殖。从这一角度来看，田园挽歌中这一最最哀怨动人的谬误其实根本不是谬误，而是仪式的一个完全合理的方面。然而，在田园挽歌中，譬如在《利西达斯》中，这一用法经常被颠倒过来：花卉或一般植物，象征着诗人对于自己朋友的死亡的哀悼，更象征着他对朋友再生的希冀。[①]

而“审美神话”确立的“无限”，仅仅就存在者而言，它指向精神的无限可能性。从时间意义上讲，“审美神话”确立了美与审美活动的超越历史时间的无限性，正像詹姆逊在《语言的牢笼》中所论及的“索绪尔所从事的工作的第一条原则就是一条反历史主义的原则。”[②] 所谓反历史主义即是指索绪尔从共时性原则确立了语言的结构的不变性，索绪尔在《普通语言学教程》中说：“语言中凡属于历时的，都只是由于言语。”[③] 与此相对应，我们将“美”或“审美活动”理解为类似语言（Language）的恒久不变的精神结构，而将艺术活动、实践活动理解为类似于言语（Parole）的变化结果。

---

① ［美］约翰·维克雷主编：《神话与文学》，潘国庆等译，上海文艺出版社 1995 年版，第 245 页。

② ［美］弗雷德里克·詹姆逊：《语言的牢笼·马克思主义与形式》，钱佼汝、李自修译，百花洲文艺出版社 1995 年版，第 5 页。

③ ［瑞士］费尔迪南·德·索绪尔：《普通语言学教程》，高名凯译，商务印书馆 1980 年版，第 141 页。

美作为人类精神的超越历史时间的无限延伸的稳定不变的结构，它组成心灵世界的一种神秘的契约性关系，并影响着文化和艺术的发展和走向。

"审美神话"无限可能性还指美不属于确定性的现实性存在，也不是一种实证性的对象化存在，不能以逻辑的方式和分析的手段去理解美的存在和特性，因为它处于瞬间变换的意识流动的过程之中，所以也无法对其做出预见和推论。它以瞬间生成和瞬间变幻的方式使自我呈现出无限可能性。任何一种可能都是美的一个瞬间的存在形式，而在经历了这个瞬间之后，美又生成为一种存在方式，具有不再重复以往的新的基质。这也许才构成了美之为美的魅力之一。

最后，抽象的梦幻。传统神话和梦幻存在着密切的联系，美国神话学家约瑟夫·坎贝尔指出："梦和幻觉与神话象征主义之间的关系，从但丁到安达曼人做梦者（Oko-jumu），已经众所周知，无须多加引证。任何民族的保护性自我防御宗教象征，与最有天赋的做梦者的梦之间存在着密切联系。"[①] 荣格在《心理学与文学》中认为，文学创作和集体无意识的原型紧密相关，而集体无意识的原型又和梦幻存在着潜在联系，他认为："诗人为了最确切地表达他的经验，就非求助于神话不可。如果认为诗人是运用第二手材料进行创作那就大错特错了。原始经验是他的创作之源，为避免使人一眼看穿，因此要求加上一层神话意象的外表。"[②] 他甚至认为但丁的《神曲》、歌德的《浮士德》，都带有神话的幻觉性质。传统神话的梦幻往往携带着潜意识的本能欲望，或者属于一种理性目的或者实践意志的隐喻，而"审美神话"表现为主体对梦幻的过滤功能，它蒸发和抽象掉传统神话思维中潜意识的本能欲望，排斥

① ［美］约翰·维克雷主编：《神话与文学》，潘国庆等译，上海文艺出版社1995年版，第65页。

② ［瑞士］C. G. 荣格：《人·艺术和文学中的精神》，卢晓晨译，工人出版社1988年版，第106页。

对理性目的和实践的主动接纳，仅仅守护着主体存在的审美化幻觉，它以清醒的白日梦状态去对世界进行体验和领悟，而不像传统神话思维那样确认自己的梦幻是真实和有效的。当然这种抽象的梦幻不同于沃林格所论述的“抽象冲动”，“是人由外在世界引起的巨大内心不安的产物，而且，抽象冲动还具有宗教色彩地表现出对一切表象世界的明显的超验倾向，我们把这种情形称为对空间的一种极大的心理恐惧。”① “审美神话”当然不会滋生一种对空间的恐惧心理，它只是清洗掉神话意识中的功利性和目的性的因素，而强化神话思维中的梦幻或幻觉的心理功能，然而又在精神活动中理智化地意识到这种梦幻或幻觉的虚拟性，它仅仅要获得一种纯粹审美性质的内心欣慰，而这种欣慰则又凭借心灵的自欺而获得。

我们在“诗性神话”的意义上设定美的另一种存在方式，从而为美寻找到和神话思维的逻辑关联。就像神话意识和神话思维永恒地存在于人类精神文化的神秘迷宫中一样，美也必然存在于人类精神无限可能性的心理结构之中。

第四节　信仰与神话

如果说传统神话意识寄寓了一种对神灵、上帝、英雄、永生等信仰，那么，同样作为人类精神活动的审美活动，它无疑也包含了一定的信仰因素。

“信仰主义”，传统哲学上又称之为“僧侣主义”。在我国一度产生较大影响的由苏联罗森塔尔、尤金编纂的《简明哲学辞典》将之视为“重信仰而轻科学的反动理论”。② 列宁将信仰主义称之为：

① ［德］W. 沃林格：《抽象与移情》，王才勇译，辽宁人民出版社 1987 年版，第 16 页。

② ［苏联］罗森塔尔、尤金主编：《简明哲学辞典》，生活·读书·新知三联书店 1978 年重印版，第 308 页。

“一种以信仰代替知识或赋予信仰以一定意义的学说。”① “信仰”(Fides)，体现为超越知识和实证的情感活动，然而又不单纯由情感的因素所组成，有时它也带有一定的理性成分，所以它高度地将情感和理性糅合在心理结构之中。信仰在人生价值方面具有明显的二重性，一方面可以确立主体的终极关怀，顽固地守望着生命的道德意志和神圣理想；另一方面，蒙昧的信仰可以引诱存在者陷入一个危险的精神泥潭，使自我被虚幻的意识所欺骗，从而丧失掉生命的智慧和理性。然而，就传统神话的“信仰”而言，它没有什么负面的因素，因为神话思维本身就拒绝科学和实证的观念，它更大程度上趋向于艺术和审美的层面。

一　神话信仰

神话的特征之一是它呈现出精神的信仰性，这种“信仰”的心理原因主要是情感，理性只起到辅助性功能。神话的信仰从内容上考察，主要包括上帝、神灵、英雄、正义、永生等方面。这里讨论与美学有关的方面。

首先，永生的信仰。神话思维首先关涉到对于生命循环即永生的信仰。卡西尔认为神话：“对生命的不可毁灭的统一性的感情是如此强烈如此不可动摇，以至到了否定和蔑视死亡这个事实的地步。在原始思维中，死亡绝没有被看成是服从一般法则的一种自然现象。”② 列维—布留尔在《原始思维》中说：“生和死的概念对我们来说只能由生理的、客观的、实验的因素来确定，但原始人关于生与死的观念实质上是神秘的，它们甚至不顾逻辑思维非顾不可的那个二者必居其一。对我们来说，人要不是活着，就是死的：非死非活的人没有。但对原逻辑思维来说，人尽管死了，也以某种方式

① 《列宁全集》第37卷“1893—1922年家书集”，人民出版社1959年版，第361页。

② ［德］卡西尔：《人论》，甘阳译，上海译文出版社1985年版，第107页。

活着。死人与活人的生命互渗，同时又是死人群中的一员。”[①] 马林诺夫斯基更为深入地论述了这一问题：

> 不死的信仰，乃是深切的情感启示底结果而为宗教所具体化者；根本在情感，而不在原始的哲学。人类对于生命继续的坚确信念，乃是宗教底无上赐予之一；因为有了这种信念，遇到生命继续底希望与生命消灭底恐惧彼此冲突的时候，自存自保的使命才选择了较好一端，才选择了生命底继续。相信生命底继续，相信不死，结果便相信了灵底存在。构成灵的实质的，乃是生底欲求所有的丰富热情，而不是渺渺茫茫在梦中或错觉中所见到的东西。宗教解救了人类，使人类不投降于死亡与毁灭；宗教尽这种使命的时候，只利用关于梦、影、幻像等观察以为助力而已，有灵观底核心，实在是根据人性所有的根深蒂固的情感这个事实的，实在是根据生之欲求的。[②]

马林诺夫斯基所论述的宗教对于生命永恒的信仰，实际上和神话思维的生命循环意识属于同一性的问题。从文化哲学意义考察，人类信仰的起源的根本性原因就是对于死亡的畏惧心理，悲剧意识与生俱来地沉积于人类的心理结构之中。原始心灵对于生存所面临的第一个畏惧对象就是——死亡，它构成了人类精神最高最本源性的痛苦。海德格尔以哲学语言勾画了灰暗生命背景：

> 向死亡存在奠基在烦之中。此在作为被抛在世的存在向来已经委托给了它的死亡。作为向其死亡的存在者，此在实际上死着，并且只要它没有到达亡故之际就始终死着。此在实际上

① ［法］列维—布留尔：《原始思维》，丁由译，商务印书馆1981年版，第298页。

② ［英］马林诺夫斯基：《巫术、科学、宗教与神话》，李安宅译，中国民间文艺出版社1986年版，第33页。

死着，这同时就是说，它在其向死亡存在之中总已经这样那样作出了决断。日常沉沦着在死亡之前闪避是一种非本真的向死亡存在。[①]

海德格尔将死亡设定为存在者的存在的起点并且视之为时刻伴随此在的压抑性势能，他试图由此唤醒此在对于生命存在的价值与意义的领悟，这似乎为生命存在灌注了一种哲学的蕴含，然而毕竟无法排遣对于死亡随时袭来的畏惧感。莎士比亚戏剧中的丹麦王子对死亡之思似乎比海德格尔有着诗人的敏感，他的“生存还是毁灭”（To be or not to be）的独白成为文学史上经典台词之一。对于生命与死亡的永恒论题，任何的理性思考都显得苍白和脆弱，对于死神的黑色阴影，生命中所有的智慧和意志必将有如秋天里面临萧瑟西风的枯叶。唯一能够救渡人类的工具只能是神话的永生信仰，它以想象力和情感来克服精神对于死亡的极度恐惧。神话以神灵、上帝、英雄生命循环的故事模式使我们确信，永生是客观的不容怀疑的事实存在，而且死亡的生命还可以复活，因为生与死之间并非存在着一条不可逾越的界限。荣格以现代人的观念深刻地意识到神话的永生信仰的存在意义：“‘你脑子里关于上帝的影像或你对灵魂不朽的观念已经消失了，这就造成了你的心理新陈代谢功能失常了。’古代的长生不老药，实际上比我们所想的不知道要深奥多少倍，要有意义多少倍！”[②] 神话的永生信仰构成人类精神的首要信仰，这种信仰以情感抗拒经验和以想象力抗拒逻辑实证。它具有形象思维的特征和诗意的倾向，当然也具有某些潜在的美学特性，只是美学的信仰排斥它所隐含的功利和欲望的成分。

其次，神灵的信仰。传统神话信仰的另一个构成对象是神灵、

① ［德］海德格尔：《存在与时间》，陈嘉映、王庆节译，生活·读书·新知三联书店1987年版，第310页。

② ［瑞］C. G. 荣格：《人·艺术和文学中的精神》，卢晓晨译，工人出版社1988年版，第19页。

上帝、英雄等方面，如果说神灵或上帝具有超越现实的想象因素，为人类精神的异化形式，而英雄则由现实性的人物演变与提升而来。他们共同构筑了神话信仰的偶像。无论是对神灵、上帝或者英雄的信仰，其同一性都在于，首先，神话意识都将他们看作自己的神圣偶像，他们是一种真理与正义的象征，代表了一种完善的道德走向和伦理价值。其次，他们是救世主，担负着拯救世界、历史、人类的神圣使命和责任，同时也往往能够实现人类所赋予的重任。再次，他们集中了人类所有的智慧和预见性，甚至具有超越人类所有经验和智慧的神秘力量。最后，他们都属于永生的存在，无论是神灵、上帝还是英雄，他们生命循环不息，即使死亡也可以复活。正像神话学家所说：

> 英雄崇拜几乎和人类文明一样悠久。甚至原始人就已认识到，他之所以能够在异己的和经常是敌对的世界中生存下来，全靠其杰出首领的英勇和足智多谋。于是就有了各个部落所尊敬的一系列文化英雄，人们在故事、舞蹈、歌唱中赞美这些人物的技能和勇敢。当这些文化发展得比较成熟，其历史演变较为复杂时，那些熟记本部落大量口头传说的长者，就开始巩固和充实他们的历史，从而使某些前辈完全具有神话的性质。久而久之，这种进程就把英勇的斗士变成战无不胜的半人半神，并把贤哲尊奉为偶像化的圣人。这种圣人包括世界三大宗教（佛教、基督教、伊斯兰教）的创立者在内。佛陀、基督和穆罕默德都是真实的历史人物，但经过数百年的历史演变，他们自身的个性特征已被纯粹神话的气氛所湮没。……10 世纪宋代的一幅中国画所示，佛祖已经舍弃世俗人格的一切痕迹，具有纯属神话的品格。①

---

① ［美］戴维·利明、埃德温·贝尔德：《神话学》，李培茱等译，上海人民出版社 1990 年版，第 37 页。

神话思维中对于神灵的信仰，其实属于神、上帝、英雄，乃至于祖先的综合体信仰，他们是同一逻辑的不同存在形式而已。他们构成神话意识中最普遍的崇拜对象和信仰对象，在一定程度上具有了审美的意味。然而，他们作为神话思维的产品，附属一定的欲望目的和利益动机，从而限制了审美活动所应该具备的自由品质，使自己不可能获得超越性的主体功能。同时，又因为依赖对外在事物的信仰导致自我的无限可能性的消解，促使自我意识的萎缩，使功利性的信仰妨碍于诗性精神之飞扬，由此使审美活动不可能具有独立性和自由性。

神话的神灵信仰往往消解了存在者自身的意义与价值，使人异化为神灵的附属品，人的自由意志被束缚在神灵的压抑性力量之中而不能发挥自主的作用，从而成为神灵的奴役和陪衬而无法成为历史舞台上的主角。其次，人在精神活动中由于处于边缘的地位，必然丧失自己的话语权力，他不可能去自由言说，当然也无法倾听到自己的声音，因为神已经成为人的代言人。尤其是随着这种信仰的权威被稳固，人的无限可能性只能逐渐地被削弱，直至丧失人的想象力和创造灵感。神灵的信仰最终导致人类审美精神的失落。

最后，正义的信仰。传统神话的信仰从抽象的观念形态来考察，还包含着真理和正义的信仰。有关真理问题，已经作了一定程度的探究，这里主要就“正义”问题进行简要辨析。

传统神话像信奉“真理”一样信奉一种叫作“正义”的东西。“正义”在传统形而上学里，被抽象为和上帝同样神圣的存在，柏拉图信奉不移的“理式”、黑格尔迷恋的“理念”以及康德所推崇的永恒的道德律令，乃至于叔本华的“生命意志”和尼采的“权力意志”等等，都可以看作哲学家所守护的“正义”的东西。神话思维同样规定了“正义”存在的合法性和合理性，将之视为纯粹的、抽象化的信仰对象。神话意识中的正义信仰，首先是借助于神灵或上帝来得以体现的。因为在原始人类看来，只有神灵或上帝才有资格充当“正义”的代表者或裁判者。其实，仔细地辨析“正义”的内涵，就会发现它不过是“真理”这一虚假意识在道德领域的变形而已，如果说真理象征为一种普遍的合理性和神圣性的存在对象，那么，正义则被隐喻为在道德层面的“真理”仆人。黑格尔在《美学》中设定了一个可以实行对两种片面性的历史力量进行和解的超然存在——历史的永恒正义。他以古希腊悲剧《安提戈涅》为例证进行解说，认为悲剧中冲突的双方均有合理的一面，但是也都有片面的不合理的一面，冲突的双方最终导致一个悲剧性的结局，而这种结局则体现了历史的永恒正义的和解和胜利。[①]“正义”被规定为一种道德和伦理的力量，亲情和法律的冲突，唯有依赖于“正义”来衡量，而“正义”恰恰来自于神话意识的信仰，这构成一个悖论或循环论证。事实上，传统神话所信仰的“正义”依然是逻各斯中心主义的产物，它假定一个驱逐自我或者使自我无法出场的境域，在这个境域里有一个端庄的偶像，它就叫“正义”。它既代表着道德也代表着法律、习俗，当然也象征一种合理的美的事物。因此，神话思维所信仰的“正义”一直是在历史上被供奉的虚假偶像，并深刻地影响了迄今为止的哲学、政治、法律、经济等等方面。我们认为，传统神话思维所构想的“正义”概念，和柏拉图的“洞穴幻象”没有本质的差异。从美学视角上看，这种“正义”只能成为一种虚假的审美抽象，而不可能成为审美活动的真正构成。

二　审美信仰

美从神话意义上看，它具有信仰的相似性质，它构成人类终极的精神家园之一。传统美学一个重要的思维误区就是以理性信仰代替审美信仰。我们恢复审美信仰在审美活动中的应有地位，将它与

① 黑格尔有关《安提戈涅》的悲剧见解，可参见其《美学》第一卷的第三章的相关论述，也可参见朱光潜的《西方美学史》下卷的“德国古典美学”中“黑格尔”一节。

神话信仰做出必要的逻辑区别。

首先，自我信仰。传统的神话信仰是遗忘自我存在或自我缺席的信仰，信仰对象由神灵、上帝或非人的英雄来担当。我们所推崇的审美信仰，它将神灵、上帝、英雄从审美活动中逐出，将自我接纳为审美活动的主体并且安置到这一舞台的中心。或者说，将神灵、上帝、英雄还原为自我的象征体，转化为人的现实性存在，使它们仍然获得在当今语境中的权力，然而仅作为一种精神性的抽象或虚假的象征品而存在。神灵、上帝、英雄成为自我心灵的符号和存在的感性模式，自我精神的无限可能性取代他们成为审美活动的主角。

自我信仰首先清洗掉“本我”（Id）和“自我”（Ego）的因素，因为它们秉赋着潜意识本能的欲望，容易将对审美活动引导到一个生命的享乐场所，从而构成对审美活动的破坏性力量。然而，它接受“超我”（Super-ego）的入场。因为“超我”不仅仅限于道德的结构，它还可以引导存在者走向一个高尚的审美目标。其次，自我信仰排斥道德戒律，认为自我信仰不是道德信仰而是诗意信仰，因为道德自律与他律都不能解决审美的问题，道德倾向和美没有任何本质性的必然联系。关于这一点，克罗齐有过精湛之论。最后，自我信仰抛弃实践意志的因素，认为存在主体所具有的日常经验与生活目标并不意味着和美之间有什么关系，相反，它们有可能形成对审美体验的障碍和遮蔽。

在这样一个前提之下，自我信仰首先就属于纯粹意识的自我确立，也就是自我心灵对于自我存在的直接“阅读”或直接领悟，自我就是自己的摊开着的“书本”。“自我”为生活世界“立法”，为生命存在的意义与价值确定一个标准，并由此圈定一个“世界”中心；其次，自我信仰就是自我对自我的怀疑与否定、提问和回答、批判与重建。它不仅获得一种“自恋欲”（Narcissism）的显明，而且是集聚自我信仰和自我批判的精神对立，正是在这种对立之中使

“信仰”得以可能，由此也表明，传统神话的信仰基本由情感所构成，审美信仰却导入理性的因素。最后，自我信仰限于审美活动和艺术活动之中，并且这种信仰不构成话语垄断和权力意志，它只是独立自足的不妨碍他人存在和自由的自我意识。自我信仰也不是真理信仰或者科学的、实证的信仰，是虚拟的、幻觉的、假定的信仰形式，而且也时刻意识到这种信仰的“虚无”性质，把它作为一种形而上超越性存在而守望着。犹如神话思维中守望那个永远不会出现的“太虚幻境”或者屈原《九歌》中的湘水女神，这种以自我信仰作为图腾崇拜的心灵活动，为审美活动打开一扇惊鸿一瞥的窗口。

其次，虚无之信仰。无论是传统的神话信仰还是宗教信仰、政治信仰，它们无一例外地确定了一个理性的或感性的功利主义的目标，至少是为了某一种社会意识形态或者被某一个社会集团所役使，它们无法超越工具性质的范畴。除此之外，其他信仰均有现实性的目的性和具体的物质对象。即使是神话信仰和宗教信仰，它们都设定神灵和上帝的存在。自我信仰的这个“自我”，既不是弗洛伊德精神分析理论上的“本我”和“自我”，也不是现实存在中的那个物质化生存和工具化生存的那个“自我”，它严格过滤掉本能欲望和实践意志等因素，作为精神的无限可能性的象征品，作为纯粹的审美抽象的存在，却是充满悟性和生命智慧的存在。这个“自我”，就是高度虚无化了的自我，它排除本能的、实践的、工具化的、功利主义的外在因素，只作为诗意的和智慧的生存方式而存在，它只是一个悬浮的、空灵的、幻觉化的自我，类似于庄子哲学中的“真人”境界，或者是秋水游鱼的绝对自由和澄明的境界。与其说是对自我的信仰，还不如说是对自我所想象的生命的理想境界的沉迷。正是这种对于自我的虚无化的信仰，可以将自己从现实世界的身“累”和心“累”中解救出来，使自己置身于审美欢愉和艺术创作的宁静之中，当然不是走向宗教的“寂灭”或“轮回”，不以毁灭生命的应有权力为代价。审美的虚无信仰也不是颜回式的自我忍受和自我摧残，否定所有应有的物质享乐，甚至连生命的基本存在都不能保护，它在诗意的原则上有限度地撇弃对物质享乐的迷恋，守护良知，引导心灵飘逸到一个更空灵更自由更澄明的精神目标。

虚无信仰肯定精神的超越性和诗性，撇弃对于物质的追逐，但肯定生命的基本的感性权力。另一方面，虚无信仰排斥意识形态对于审美活动的否定、侵占与腐蚀。审美信仰的虚无性必须否定任何意识形态对于自己的渗透，才可能保持自我的纯粹性和独立性。虚无信仰或者表述为对“虚无”的一种信仰态度，它唯有悬置意识形态才可能保证自己获得一种纯粹意识和诗性精神，回到最高的澄明状态。意识形态作为理性化的存在方式，它必然以逻辑化的方式、强制的社会力量迫使心灵活动服从于它的存在，从而使精神的自由被剥夺，由此丧失审美活动的主体性和想象力。同时，任何一种意识形态都是具有功利性的或者潜藏一定欺骗性的精神存在，它也必然使心灵活动陷入功利目的性和虚假意识的泥潭，无法获得对美的领悟。由此，审美主体唯有守护着对虚无的信仰，才可能使审美得以可能。这构成我们的又一个基本的理论原则。

最后，直觉的信仰。我们放弃对于知识、理性、经验、实践、真理等的信仰，转而趋向于对直觉的信仰。因为只有凭借直觉（Intuition）活动才可能接近美的本身，或者更确切地说，从自我意识中获得美的领悟。克罗齐将直觉看作知识的构成之一：

> 知识有两种形式：不是直觉的，就是逻辑的；不是从想象得来的，就是从理智得来的；不是关于个体的，就是关于共相的；不是关于诸个别事物的，就是关于它们中间关系的；总之，知识所产生的不是意象，就是概念。[①]

① ［意］克罗齐：《美学原理·美学纲要》，朱光潜译，外国文学出版社 1983 年版，第 7 页。

和克罗齐的这一看法不同，我们将直觉理解为非知识形态的精神活动。尽管直觉活动可能符合于知识形式，但是在美学意义上，将它和知识严格区分开来。同时，我们也不接受克罗齐的直觉即是表现的观点，而认为直觉就是未经过表现也不必经过表现的心灵活动。然而，克罗齐关于直觉具有联想的特性这一看法可以部分采纳。我们认为，在审美活动中，主体不依赖于逻辑形式把握世界和认识自我，既不赋予现象界以客观形式，也不以自我情感去征服对象，它以直觉的方式去想象化地领悟世界和阅读自我，或者说是对自我进行提问和回答，由此直觉被设定为精神的信仰之一。然而，直觉存在于心灵的隐秘之处，它不能被表现或被形式化，因为它一旦被“表现”，就必然被改变为一种逻辑化的和观念化的东西，带有工具理性和目的性。并且这种“表现”使其堕落为现实性的“话语”，成为非我的东西或异化的东西。从“表现”的形式来看，它往往借助于语言或者其他感性符号得以呈现，而这些形式仅仅揭示美的外象却不能呈现美的本真存在。

对于直觉的信仰旨在表明这样的姿态，那就是美仅仅在直觉活动中可能属于澄明的或者本真的存在，它才是原初状态的未被变形或异化了的自我，同时也因为对于直觉的信仰，才排斥了逻辑工具和其他功利性目的对于美的侵蚀。因为知识形式对于审美活动是不可靠的，它容易以概念和逻辑的方式来切割世界和心灵，由此破坏审美的完整性和有机统一性。还因为直觉活动潜在地和诗意的想象相沟通，对直觉的信仰也就意味着对于诗意超越的向往和守望。在庄子哲学里，充满智慧和幽默的审美活动都是借助于直觉得以展开的，它放弃语言、逻辑、知识、经验、情感等理性与感性的因素，在最大程度上衍射想象力和体验的功能，以直觉承担审美智慧的开启和发挥诗意的创造，才保证心灵的自由和完整，获得了精神的无限可能性的展开。所以，审美活动对于直觉的信仰就是对自我信仰的直接延伸。

审美信仰和传统的神话信仰既有联系又有区别，它以自我的超越现实欲望和否定知识形式的魅力获得独特的存在方式。在传统神话被现代心灵逐渐消解的今日，必须看到神话思维依然存在于文化心理结构之中，现代心灵仍然在制造新的神话和神话信仰。我们有限度地规定自己的审美信仰，并打通和神话思维的潜在联系，希冀承认和设定一种当今文化语境之中的审美神话和审美信仰。

第五节　历史变形

现代社会的科技发展并不意味着神话和神话思维的终结，而神话和神话思维却以历史变形的方式潜藏于人类的物质生产和文化活动之中，继续发挥着重要的功能。在后现代社会中，当代神话在新的文化语境之下，表现出的典型样式是科技神话、政治神话、国家神话、民族神话、英雄神话、消费神话、财富神话、明星神话等，它们承袭了传统神话的符号和结构形式而又有所变异和发展，对社会意识形态和文化生产依然施加一定的积极作用和审美影响。

神话和神话思维作为人类精神的原初形态，对于文明和文化的诞生与发展产生过极其重要而深远的影响。随着主体世界的逻辑思维、抽象思辨等实证理性和工具理性在历史发展过程中逐渐凸显强化，神话和神话思维的某些功能逐渐弱化和转换。因此，“神话消亡论”者普遍认为，神话已经沦落为精神场景中的夕阳余晖，实用理性的日臻强化和科学技术的飞速发展对它构成消解性的势能，它曾经拥有的美好时光已经黄鹤一去。马克思在《政治经济学批判·导言》中写道：

> 希腊神话不只是希腊艺术的武库，而且是它的土壤。成为希腊人的幻想的基础、从而成为希腊神话的基础的那种对自然

的观点和对社会关系的观点，能够同自动纺织机、铁道、机车和电报并存吗？在罗伯茨公司面前，武尔坎又在哪里？在避雷针面前，丘必特又在哪里？在动产信用公司面前，海尔梅斯又在哪里？[①]

这段为知识界耳熟能详并且援引过若干次的有关神话的论述，甚至被不少学者作为“神话消亡论”的理论依据。马克思在此语境所指称的是古典神话，而非当今意义的当代神话。在后现代的历史语境里，科学技术的发展已经超越了马克思所生活的工业时代，然而是否意味着“神话”和“神话思维”的完全解构和消亡呢？答案是否定的。神话学家列维—斯特劳斯说：

我们知道，神话本身是变化的。这些变化——同一个神话从一种变体到另一种变体，从一个神话到另一个神话，相同的或不同的神话从一个社会到另一个社会——有时影响构架，有时影响代码，有时则与神话的寓意有关，但它本身并未消亡。因此，这些变化遵循一种神话素材的保存原则，按照这个原则，任何神话永远可能产生于另一个神话。[②]

在斯特劳斯看来，神话仅仅在空间上消亡，而在时间上则不会消亡。因为神话的基本元素和基本结构是恒定的，一则神话在进入不同的地理环境和人文背景后，它的构架、代码、寓意必然发生变异，但是神话的基本要素、结构不会发生质的变化，所以它在历史时间中不会消亡，只仅仅在某个地域会消亡。斯氏的看法无疑具有一定的合理内核。然而，斯氏的神话理论毕竟限定于相对狭窄的逻

① 《马克思恩格斯选集》第2卷，人民出版社1966年版，第113页。

② ［法］列维—斯特劳斯：《结构人类学》，陆晓禾等译，文化艺术出版社1989年版，第259页。

辑范围，而我们关注的理论焦点是在现代性的历史背景中，以往的神话和神话思维如何转换和变异为“当代神话”并对意识形态产生何种影响。在此，简略描述当代神话理论，沿循它的思维路径而进一步探究。

“当代神话”理论是指承认神话和神话思维在现代社会生活的客观存在并对其特性、结构、功能、表现、传播等方面进行研究的理论。当代神话理论认为，“神话”在现代社会中甚至在后现代社会中依然不会消亡，只不过它改变了与以往神话不同的存在形式和象征符号，有时候以现代科技作为神话的构成元素和面具伪装。美国当代神话学家戴维·利明和埃德温·贝尔德在《神话学》中阐述了对“当代神话”的见解：“神话的创造者们力求古老的神话置于相互联系之中，并使它们成为对新神话有所益助的构架。”[①] 在他们看来，神话在现代社会没有消失只是改变了存在的形式而已，它广泛介入到日常生活和意识形态之中。“当代神话”改变了古典神话某些特征以适应现代语境，某些神话元素、象征符号、叙述模式、表现形态有所修改，但是其根本的思维方式和无意识的心理结构所构造的神话文本和审美意象，继续在社会生活中存在和发挥潜在的功用，深刻地影响着市民社会的精神文化生活。当代神话呈现的重要特性之一是“象征”，然而这个“象征”我们借助于波德里亚的话语来阐述：“象征不是概念，不是体制或范畴，也不是‘结构’，而是一种交换行为和一种社会关系，它终结真实，它消解真实，同时也就消解了真实与想象的对立。”[②] 当代神话是在交换行为和以经济为主要关系的社会活动之中，确立自己的存在方式和价值意义。因此，当代神话的政治、经济色彩要远远高于古典神话，消费意识也超越传统神话的审美意识而成为接受者的主导性意识。同时，当

① ［美］戴维·利明、埃德温·贝尔德：《神话学》，李培茱等译，上海人民出版社 1990 年版，第 152 页。

② ［法］波德里亚：《象征交换与死亡》，车槿山译，译林出版社 2006 年版，第 206 页。

代神话消除了真实和想象的对立，“防真”和“模拟”成为重要的表现手段。当然，当代神话依然热衷于虚构理想中的“英雄”或“武士”，在电影与电视等现代科技手段所组成的叙事舞台上出场，它们感性化的符号形式更能适应现代人的审美趣味和接受心理。当代神话更加重视符号的虚构功能，西方先锋电影艺术家，借助于科技手段，在电影里构建光的“寓言”，“这个寓言处于观众的眼睛和光的超自然力量之间。影片《人工湖》则是另一个极端，它对超自然光进行了直接的暴露，并成功实现了与光合二而一的渴望。当片中形象与光融合时，观众在知觉上有了个人视觉与超自然光融合的相似体验”。[①] 从虚拟的光的“寓言”诞生的审美符号，显然具有纯粹虚构的神话意义。当代神话中的艺术文本，借助于塑造的人物形象，一方面顺应消费和娱乐的目的，另一方面也臣服于国家的政治、经济、法律、道德、宗教等主流意识形态，达到市场效益和社会功能的契合。在审美意象方面，当代神话中的形象生成，一方面来源于日常性的生活世界，甚至某些现实性人物被升格为神话性的象征品，诸如新闻报道中的人物、明星、名人、公众人物等都可能成为神话人物。尽管现代人的神话意识由于受到科学技术的影响一定程度上被淡化和削弱了，然而，神话与神话思维仍然牢固地存在于现代心灵的深处并释放强大的意识形态的功能，并且影响于文艺创作和现实生活。卡西尔对神话做出了精湛而深入的运思，他在《国家的神话》中指出：“在一定意义上，神话思想与神话想象的动机都是共同的。在全部人类活动和全部人类文明形式中，我们发现有一种‘多样性中的统一性’。艺术给予我们一种直观的统一性；科学给予我们一种思想的统一性；宗教和神话则给予我们一种情感的统一性。艺术向我们敞开一个‘生活形式’的宇宙；科学向我们展示一个规律和原则的宇宙；宗教和神话则开始关注生活的普遍性

① ［加拿大］威廉·维斯：《光和时间的神话——先锋电影视觉美学》，胡继华等译，四川人民出版社2006年版，第176页。

和根本性的同一性。”[①] 显然，无论社会如何发展和进步，神话和神话思维依然潜在地影响我们的生活世界和人文心理。

当代神话以不同于古典神话的存在方式和表现特性，对社会思潮和文化艺术构成一定的影响，而且这种影响程度和作用机制还没有获得广泛和深入的认识和揭示。在当代社会，科技成为第一生产力，成为人类制造商品的重要工具，它本身也成为消费对象，成为人们在生活世界中无时不在的伴侣。科技的巨大力量也深刻地影响和改变人类的意识形态，主体沉醉于科技产品的使用价值和符号价值的同时，必然性地滋生对科技的崇拜和迷信，因此导致科技神话的生成。首先，人们对科技的巨大作用产生超越理性的崇拜和迷信，相信科技能够解决现实世界和未来社会的一切问题。其次，科技和商品的高度融合制造出消费社会中无孔不入的市场需求，在这个市场中每时每刻都存在着科技的身影，因此，高科技商品伴随着神话意识在社会土壤中不断地扩张，促使科技神话转移为商品神话。再次，科技和信息的结缘直接衍生出“信息神话”。人既是信息的主人，又是信息的奴隶。在生活世界中，信息成为神话式的奇妙法术，左右了主体的情感和行为。最后，科技神话在文艺领域表现样式之一，就是科幻影视中的“异形形象”（Alien）。诚如所言：“用符号学的术语来说，异形的形象是一个漂浮的能指。这就是说，异形的视觉形象只有在参照异形的其他视觉呈现方式而且不关涉到‘真实的’宇宙空间时，才能被如此解释。”[②] 这些异形形象，往往是天外怪兽、机器人、古代神灵，或者多种生物混合品，它们被现代科技所包装或武装，以科技和神话的混合形式展示一种漂浮的能指意义，在不同的语境中产生不同的思想意义，一方面给现代困顿疲乏的审美心灵以感性的刺激，另一方面表达创造者的意识形态。

---

① ［德］卡西尔：《国家的神话》，范进等译，华夏出版社 1999 年版，第 44—45 页。

② ［美］米尔佐夫：《视觉文化导论》，倪伟译，江苏人民出版社 2006 年版，第 242 页。

在历史的册页上一直徘徊着国家神话的幽灵。在表现形态上，科技神话关联着社会阶层的消费欲望和对未来生活的期许，因此，它和意识形态的关系相对疏离。而国家神话一直和政治、法律、权力等要素紧密结合。“国家神话”使整个国家的民众相信这个国家的神圣、合法和合理，它接近于神话境界的完美和理想。国家神话在一定意义上等同于政治神话，换言之，国家神话就是关于国家的政治神话。国家神话为国家所从事的任何活动进行辩护，力图证明国家意志和行为的正当性，哪怕这个国家在从事侵略和杀戮的非正义暴行，第二次世界大战时的纳粹德国和日本就曾经制造过这样的“国家神话”。因此，国家神话已经超过了正常的爱国主义的概念范围，容易变异为一种危险的意识形态，导致历史悲剧的产生。当然，国家神话的有益一面在于，它能够激发和调动整个国民的国家意识和爱国情感，使个体存在服从于国家利益，从而有利于国家的进步和繁荣。当今美国，也是一个制造“国家神话”和政治神话的强大机器。各种场合高昂飘舞的星条旗，好莱坞的电影和琳琅满目的美国商品广告，迅捷而密集的传媒和庞大而先进的军事武库，都是美国神话的一种折射。美国神话一方面体现在对美国英雄的崇拜，另一方面体现在平凡人物对美国梦的追求与实现。

> 林肯象本·弗兰克林以及霍雷肖·阿尔杰这类英雄一样，象征着美国梦一个独特方面，即它的无阶级性。林肯象征着谓之人的神话，由此产生了现代美国所谓的“向上流动”的社会学神话。在这种神话里，建立在“新教工作道德”基础上的“成功”是美国人追求的目标。对于新一代美国英雄来说，冒险的场所（猎取的场所）是城市。而城市郊区则是他的伊甸园。或许这种“向上流动”的最根本的象征是在一声爆炸中耗费昂贵地离开混沌世界的宇宙飞船。而一旦回到市郊之后，原始神话的象征就是家——这个“男人的城堡”了，它由一个妇

> 女支配，而她是结婚仪式中被她丈夫抱进家门的。
>
> 当然，美国神话并非对所有的人都起作用。也不是所有的妈妈都被看作大地母亲，成功地实现目标的人，相对说来只是极少数。……当对某种神话的信仰破灭之后，人们本能地寻找新的神话取而代之。这一点可以解释第二次世界大战后在东欧、非洲和南亚出现的民族主义运动。而且也可以解释美国少数民族近年来出现的族籍意识的潮流。①

国家神话一个显著的特征即是创造国家英雄，一方面，这种国家英雄的角色主要由这个国家缔造者或统治者来扮演。另一方面，国家英雄由按照国家意志进行建构的英雄形象所担当，他们既可能是现实中存在的人物，也可能是艺术作品所虚构的伟大而完美的形象。尽管有些人物是现实性存在，然而在由国家权力支配的意识形态作用下，由宣传工具或媒体的叙事和阐释，他们被赋予了超越本身或本原性的意义，一方面在审美叙述的过程中被涂抹色彩和构造出新的感性意象；另一方面，被形塑为某种抽象的理念和符合主流意识形态的典型形象，从而达到神话意义的生成。

国家神话中一个不可忽视的元素是皇权崇拜或皇室崇拜。即使在现行历史阶段，皇权与皇室依然是国家神话的一个重要来源。在为数不多的国家，还存在着皇权或皇室，不管它们是否拥有对国家的权力或者对政治、经济、法律、文化等的巨大影响力，君主和皇室依然是民众崇拜的对象，是一个国家、民族的偶像和精神价值的象征品，他们往往成为国家神话的代表性符号，转移为神话式的人物。国家神话另一个特征是和民族神话的密切关联。民族国家作为政治、经济、历史、文化等要素的聚合物，有史以来它就附庸着种种神话的元素，每一个民族国家的历史轨迹无不包含着史诗、传

① ［美］戴维·利明、埃德温·贝尔德：《神话学》，李培茱等译，上海人民出版社1990年版，第148页。

说、神话故事、英雄传奇等文化烙印。当今的国家神话一方面继承和延续着有关国家的神话传统，另一方面又制造出新的神话要素。国家神话不仅由个别的人物和事件所建构，也由某些集体对象和重大历史事件所组成。诸如法国资产阶级大革命、巴黎公社、十月革命、五四运动、辛亥革命等重大的历史事件和集体对象都可能成为国家神话的载体和对象。国家神话在历史流变的过程中，不断地增加着现实性素材，渗透进多方面的意识形态内容。

第二章

当代神话的美学特性

第一节　乡村神话与都市神话

古典神话一般是以大自然和乡村为背景，叙事素材密切关联于农耕、狩猎、商业、战争等方面，故事样式往往带有神异和传奇的色彩，美感和诗意构成神话的艺术基调，古典神话在一定的逻辑层面上可以等同于文艺。而当代神话和古典神话的重要差异性之一，不仅是神话生成的土壤发生了变化，尽管乡村题材还有所保留和延续，但是当代神话的中心和重点已经向城市转移，叙事背景也从乡村转换为大都市。匈牙利电影美学家皮洛认为：

> 大城市与现代神话的联系绝非偶然：各种密集的生活现象、默认的或明文规定的新社会惯例、愈来愈深入的新感知形式和绝非无足轻重的电影传播特性，都促使这种世俗神话扎下深根，促使电影扮演更加明确的角色。[①]

城市扮演着现代文明的主角，所以“电影神话的真正用武之地

---

① ［匈］伊芙特·皮洛：《世俗神话——电影中的野性思维》，崔君衍译，中国电影出版社2003年版，第108—109页。

仍然是大城市，仍然是生存搏斗场——都市。”[①] 电影神话作为当代神话的结构之一，显然依托于大城市的背景，依赖于大都市的人物、题材、故事、元素、符号等一系列内容和形式。除了电影之外，其他的神话样式也大多数建立在大都市的背景之上，因为大都市充斥着众多的人口，占据着政治、经济、文化、教育等多样化的机构，散布着密集的信息，陈列着琳琅满目的商品，簇拥着发达传媒和迅捷交通，拥有着奢华的餐饮和旅游、休闲、娱乐等欲望满足的场所。更重要的是，大都市提供了无数青年人梦想和渴望的无限性想象空间，因此，它也是神话故事、神话人物和神话符号的滋生温床。所以，当代神话基本上都属于都市神话，而乡村神话只作为都市神话的陪衬和补充，满足一部分城市人暂时逃避城市的渴望，复活着一些成年人怀旧情结和对古典神话的诗意缅怀，也应和着一部分年轻的小资产阶级的猎奇心和回归自然的虚假口号。

由于政治经济、历史文化和消费社会等综合因素的基本规定性，都市神话呈现出各种要素交织的表现特征，有学者认为：

> 当代神话所传承的神话，其神圣性渐趋淡化，神话已演变为一种讯息、一种精神、一种符号及一种意义构成方式。神话要复兴时代的活力，需要重新经历“神话化程序”，即重新建构可供人们想象的神话空间。也就是说，我们有必要认识神话的时代性过程，正如我们所知的上古神话的历史演变一样，每一个时代的神话都被注入了时代的因素，数个世纪以后，这种时代性转化为神话内部的一种因素。而对时代来说，神话则是其活力的来源之一。当一个时代能够为神话的再现提供充分的空间和时间，那么，无疑便孕育了强烈的民族意识和进取动机。一定程度上，通过神话资源的转化，人类文化的总体精神

---

① ［匈］伊芙特·皮洛：《世俗神话——电影中的野性思维》，崔君衍译，中国电影出版社2003年版，第125页。

与诗性智慧得以传承和理解，人类的本质意义得到维护与强调。[1]

假如我们保持些许辩证理性和历史理性的眼光，也许可以发现当代神话的某些负面因素。在此我们采取价值中立的态度和怀疑论的悬搁方法，对都市神话进行相对客观公允的分析与判断。

传统神话的神圣性与神秘性和正义原则在都市神话中已经基本消解，实用主义和工具理性成为神话叙事的基本价值立场，经济崇拜和符号图腾成为都市神话的主旋律，欲望原则和功利原则成为神话故事和人物的价值标准。依据笔者的观察和分析，当下都市的公共空间的社会交往奉行着“对等原则”。所谓“对等原则”主要包括如此要义：其一是权力与社会地位对等。官位相同、社会等级同类的人们才使交往与游戏得以可能。其二是资本对等和经济地位对等，处于同一资本、金钱数量、物质水准的人们参与性质相似的交互活动。其三是拥有的社会资源对等，由于不同的人物拥有社会各种资源不相同，人们在选择交往对象期间，自然地靠拢与自己拥有相等社会资源的对象进行交往。其四是交往的各方从对方获得的利益对等，能否获得等量的利益与价值成为当下交往的衡量准则之一。其五是交往各方的符号价值对等，以此获得等价的虚荣心满足和价值认同感，诸如个人影响力、头衔、名位、称号、美貌、趣味等象征性资本对等。“对等原则”作为公共空间的普遍性和约定俗成的交往原则，它客观地影响到都市神话的思维方式、价值观和审美观。在类似于“对等原则”等众多因素的制约下，都市神话已经颠覆了传统神话的道德范畴和良知内涵，而代之以利益交换为目的、炫耀符号资本为时尚，以充满财富幻想和追逐权力游戏从而迎合芸芸众生的期待视野。于是，在都市的宏大背景中，随处可以瞥

① 万建中：《神话的现代理解与叙述》，《北京师范大学学报》2009 年第 1 期，第 78 页。

见广告神话、励志神话、科技神话、美容神话、财富神话、明星神话、商品神话、偶像神话等等绚丽的身影，神话故事充溢着金钱、权力、欲望、名利场等元素，而古典神话的浪漫与诗意、唯美与率真、神圣与神秘的气息早已消失踪迹。

当代神话的碎片化叙事取代传统神话的完整结构叙事，故事的逻辑性和有机性降低，偶然性和随意性增长，神话的现实主义关切超越了浪漫主义诉求。古典神话以完整有机的故事作为自身存在的重要价值之一，故事性甚至是神话的核心意义之所在。与这种完整的故事密切相关，一方面是神话中的神祇、英雄、妖魔、精怪、野兽、生物等符号意象，另一方面是神话的故事和形象的变化环境或背景。当代神话放弃了故事的完整性和有机性，只选择事件的某些片段进行拼接和粘贴，构成一个看似真实却虚假的表象。我们进行非逻辑性质的枚举即略见一斑，诸如：政治运动中的偶像神话或模范神话，社会活动中的英雄神话、学术领域的大师神话、科学泰斗神话、教育圈的励志标本神话、生活世界的娱乐明星神话、体育明星神话、奥运会神话、资本神话、商业大亨神话、网络神话、广告神话等等。这一类神话往往截取某些象征性的符号，将之理想化和虚幻化，生成接受者的膜拜情绪，从而在神话制造者和接受者之间达到情感互动的效果，由此达到神话制造者的设定意义。都市神话中的故事是碎片化和拼接性质的，人物表现出典型的单面人和符号化或象征意义的特征，带有“化妆”和“修饰”的色彩。都市神话中的角色往往由商业精英、影视明星、文化名人、作家、艺术家、批评家、学术“大师”、著名政客、科学家、体育明星、僧侣等人物充当，他们不是作为原生态的真实人物出现在公共空间，而是以被修辞和被幻象化的重构意象浮现在公众的视野，成为满足公众想象力和渴求自我实现的对象，他们寄托了民众内心所模拟的偶像。

都市神话的叙事背景包含着典型环境和基本道具等因素。都市神话的典型环境是公共空间，诸如高级商场、购物中心、大会堂、歌剧院、电影院、奢华酒店、酒吧、茶楼、医院、博物馆、公园、游乐场、歌舞厅、会馆、体育馆、球场、游泳池、别墅、机场、车站、教堂、寺庙、公墓、政府、电视台、广播电台、报社、大学、警察局、银行、邮局等，它们也是文艺作品常见的叙事空间和最基本的选择素材。这些公共空间和物质对象是都市神话生成的背景，是神话人物活动的环境，当然也是神话意识萌芽的土壤。它们一方面是世俗生活的维系，也是每一生存个体必须依赖的物质对象，是生活世界中最常见的符号意象。另一方面，它们也是滋生都市神话的温床。它们寄托着理想主义和温情脉脉的情感满足，象征着虚假的心理慰藉和对未来的梦想与渴慕。与这些背景相联系，是都市神话的基本道具，主要由琳琅满目的商品所构成的眩目符号：汽车、服饰、饰品、箱包、皮鞋、眼镜、手表、手机、平板电脑、网络、咖啡、美食等。这些物品被广告、传媒和流行意识赋予了诸多附加的符号价值和象征意义，成为散发魔力的对象，它们具有和传统神话中某些神器、法器、法物等同样的功能，引诱人们滋生物恋和商品拜物教的情绪。

如果简略分析都市神话中的几个基本结构，那么，可以发现一些它们潜藏的内质。

其一，爱情神话。尽管都市神话有时候延续了传统神话偶然性相遇的缘分或一见钟情的邂逅模式，但是，和古典时期的爱情神话不同，在某种意义上，当下都市消解了传统的爱情神话模式和价值标准，也摒弃了忠贞执着、追求唯一性和永恒性的爱情神话，不再许诺永远和忠贞，爱情不仅和财富、地位、等级、相貌、身材等物质对象紧密关联，也和诸如文凭学历、头衔、时尚、气质等诸多符号资本相互联系。爱情神话沉湎于矫情的惊喜设计、感官的满足、刻意营造的浪漫、奢华的场面和盛大的狂欢，而遗忘了素朴、率真和诗意。

其二，友谊神话。传统神话中的友谊，超越利益成为一种纯粹的道德原则，为了友谊甚至舍弃生命，友谊的完美性和高尚性成为人生中崇高精神的一个象征。《三国演义》中的“桃园结义”即是这种古典友谊神话的伟大象征。然而，当代都市神话中友谊的可贵性虽然存在，却褪去神圣的色彩，更多成为一种交换价值和符号价值的体现。友谊和社会等级、利益关切扭结在一起，成为博取更高社会地位和更大利益或更大名誉的工具。当代的友谊结盟更多地和政治、经济、文化、宗教等团体相关，和地域裙带、同学师承等因素纠结于一体，友谊已经和功利主义、实用主义画等号，因此对友谊的忠诚和永恒性的守护已经成为古老的奢望。当代都市中的友谊神话变换为一种轻松愉快、没有沉重担当的喜剧故事，贯穿着交换原则和呈现出彼此间虚荣心认同的轨迹。

其三，时尚神话。都市是一个制造时尚和引领时尚的巨大剧场。时尚包括服装、饰品、家居、装饰、饮食、美容、健身、旅游等无所不在的模仿性潮流。时尚作为一种被推演和被不断增生的符号形式，无时不在地影响公众的价值观和审美意识，构成了都市中最普遍和最外显的神话。波德里亚认为：

> 时尚表现的是符号已经达到的阶段，它等同于浮动货币的瞬间运动平衡。所有文化，所有符号系统都来此相互交换，相互组合，相互感染，建立短暂的平衡，它们的机制在瓦解，它们的意义不在任何地方。在符号秩序中，时尚是纯粹的思辨阶段——没有任何一致性和参照性的约束，不比浮动货币中的固定平价或黄金可兑换性的约束更多——对时尚而言（也许很快对经济而言也一样），这种不确定性意味着循环和反复特有的维度，而（符号或生产的）确定性则意味着一种连续的线性秩序。这样，经济的命运就在时尚的形式中显出了轮廓，时尚在普遍替换的道路上远远走在货币和经济之前。[①]

① ［法］波德里亚：《象征交换与死亡》，车槿山译，译林出版社2006年版，第134页。

时尚在本质上在永不停歇地制造符号效应和引导着货币与经济的动向，左右着世俗社会的审美意识和不断浮动的趣味标准。罗兰·巴特认为："流行是至高无上的，其符号是武断随意的。因此，它必须把符号转变为一种自然事实，或理性法则：含蓄意指不是无端。"[①] 时尚寻找自我的合理性存在，它证明自我符合"理性法则"，然而这一理性法则就神话的运作逻辑，以虚假的合理性掩盖了自身的变化特点。"时尚清楚地陈述变化的神话——它使这种神话作为最高价值存在于最日常的方面，同时它也陈述变化的结构规律：因为这种变化是由模式和区分性对立的游戏构成的，即由一种在任何方向都可与传统代码相匹敌的秩序构成的。"[②] "时尚与政治经济学是同时代的，它像市场一样，是一种普遍形式。所有符号都来到时尚中相互交换，如同所有产品都来到市场上发挥等价作用。时尚是唯一可以普遍化的符号系统，所以它重新控制其他一切系统，如同市场排除其他一切交换形式。"[③] 时尚神话在本质上也就是符号神话，一小部分人制造时尚符号，以不同方式和媒介证明这些符号存在的前卫性和合理性，将之作为当下的审美标准和价值象征。符号是可变的，而时尚却是不变的。时尚寄生在符号的躯体上存活，符号借助于时尚而得以如流星般的瞬间风光。

其四，体育神话。在文化人类学意义上，体育是人类生命本体的自由狂欢。它是最古老的身体文化活动，也是人类在悠闲时间的快乐游戏。古希腊时代的"奥林匹克"盛会即是体育神话的滥觞，而现代"奥林匹克"运动也只不过是古希腊体育神话的复活性篡改。随着政治化以及民族主义情绪的泛滥，古老的"奥林匹克精神"持续不断被异化和修改，尤其商业化和消费文化对奥林匹克运

---

① ［法］罗兰·巴特：《流行体系》，敖军译，上海人民出版社 2011 年版，第 242 页。

② ［法］波德里亚：《象征交换与死亡》，车槿山译，译林出版社 2006 年版，第 129 页。

③ 同上书，第 133 页。

动以及所有体育活动的渗透，体育神话日益凸显它残酷的浮华与奢侈的娱乐相交杂的特性。体育神话像一面缀合着民族主义、爱国主义、国际主义、英雄主义、个人主义、集体主义、功利主义、实用主义、理想主义等空洞符号和虚假意识的鲜艳旗帜，它同时也是励志教育、虚荣心培养、名利角逐、强身保健运动、商品推销、政治表演、话语霸权运作的堂皇舞台。体育成为一个实实在在的各种意识形态和形形色色目的相混合的万花筒或者大杂烩，成为沾染各种世俗尘埃的游戏广场。而现代的奥林匹克运动和奥运会已经成为政治表演、声誉博取、商业运作、符号资本操纵、个人命运沉浮、集体娱乐狂欢等的巨大庙堂，被提升为一个巨大的都市神话，激发着无数人的娱乐冲动、健身强体和少数人的一夜成名与迅速暴富的激情与梦想。体育领域的冠军崇拜或金牌梦想是典型的神话意识显露。“冠军”作为唯一性和至高无上性的荣誉，也是古典神话的崇拜物，是英雄偶像得以可能的条件之一。而现代奥运会的“金牌”更是承载着无数运动员或体育迷们神话般的光荣和梦想，奥运会在客观现实上已经成为人类虚荣心的最大竞技场，也沦落为政治神话和财富神话的炼金炉，它客观上构成了都市神话中最普遍、最刺激神经的经典样式。奥运会及其竞技项目俨然成为国际性的政治、文化、经济、科技、安全等全方位的表演，各国政客们扮演着幕后操纵者，而运动员则成为最显赫夺目的神话人物和神话演员。都市神话中最能眩目的方式就是表演，而表演在体育场景中是司空见惯和富于煽动性的。罗兰·巴特对体育项目中的自由式摔跤有过精湛的分析：

自由式摔跤具有炼金术炼制、蜕变的力量，这是表演和宗教仪式特有的。在摔角场上，乃至在有意的耻辱和丑行深处，摔角手都处于神的境地，因为在某些片刻，他们是打开自然的钥匙，区分善恶的完美姿势，揭去覆于公道上的面纱，最终使之一目了然。[①]

他认为："自由式摔跤的长处，在于它属夸张的表演"，"我们注意到美国的自由式摔跤呈现为虚构（神话化）的善恶之间的比赛（含有准政治性质，坏摔角手总是被看作赤色分子）。法国自由式摔跤则完全是另一番神化过程，它属于道德范畴而非政治类别。"[②] 简言之，自由式摔跤蕴藏着十足的神话表演，在表演之中寄寓着不同的意识形态和价值理念。

其五，传媒神话。都市神话的传播工具显然是代表新技术的传播媒介。麦克卢汉指出："一切媒介都给我们的生活赋予了人为的感知和武断的价值。""媒介是社会的先锋。绘画、音乐和诗歌中的先锋已经不复存在。媒介本身就是先锋。"[③] 显然，媒介已经宰制了都市的生活，左右了都市人的意识形态以及审美趣味和时尚选择。一方面，都市神话借助于传媒得以扩散和转换意义；另一方面，传媒本身就构成了都市神话的一部分，多声部的都市生活使传媒神话得以确立。麦克卢汉睿智而尖锐地指出了传媒的偏向性：

> 每一种传媒都有偏向，其扭曲性都远远超过了弥天大谎的偏向。有些报纸的风格在形态和语气上，都与真实的观念差之千里。如果用这种方式来表现，最紧迫和可靠的事实也会变成对现实的滑稽模仿。[④]

有趣的是，由于传媒的刻意扭曲，一切现象和事实都不再原生

---

① ［法］罗兰·巴特：《神话修辞术·批评与真实》，屠友祥译，上海人民出版社2009年版，第42页。

② 同上书，第40页。

③ ［加］麦克卢汉、秦格龙编：《麦克卢汉精粹》，何道宽译，南京大学出版社2000年版，第312—313页。

④ 同上书，第312页。

态地客观存在，而是被重新编码和重新赋义的次生神话。其实，无数现象都表明这样一个事实：都市人的思维方式和价值观都被传媒所支配。人们在相信和接受传媒的同时，也无意识地放弃了自己的理性判断力，丧失了存疑与否定、反思和批判的辩证理性和历史理性。都市中的传媒神话晓谕我们：传媒像一个巫师，他能够指点过去、洞察现在和预言未来，占卜个人和国家的命运；传媒像一个魔术师，它巧妙地欺骗民众的眼睛和耳朵，更巧妙地欺骗受众的心理，使民众宁可相信自己的糊涂感觉而不接受事实；传媒像夸夸其谈的心理咨询师，依靠江湖话语就能够治疗所有的心理疾病，恢复一个人的精神健康；传媒像一个全知全能的人生导师，或者说就是扮演上帝的代言人，它代表着正义、象征着良知、等同着百科全书、类似于"神圣同盟"、相像于传奇与神话，它是真理的标准和道德的裁判所……所以，传媒无论在理论逻辑上还是在实际运作中都诞生了和神话同一性的意义与价值。因此，都市神话密切地关注和传播着正统的意识形态性，重视传播符号所附着的政治、经济、文化等象征功能。因此，它必然性地成为官方的忠实仆役。

都市神话在话语表达方式上，主要依存于官方话语和主流媒体话语，以口语、俗语、谚语、网络流行语等作为辅佐性话语。作为都市神话陪衬的乡村神话，它已经变异为都市人短暂逃避现实的想象性桃花源，所谓"美丽乡村建设"也只是多种蛊惑人心的口号之一，因为它本身也是一个神话虚构，是一种无法兑现的遥遥期票。

第二节　传播·广告·影像

当代神话一个重要的外在特性是将传播（Communication）、广告和影像这三个因素实行三位一体的有机缀合，最大程度地发挥了它们的合力。换言之，当代神话也正是借助了传播、广告和影像的作用获得自己的价值与意义。

在形而上学意义上，绝对的和普遍的“真实”存在着一定的限度，在这个世界上，因为人类无法认识一个绝对的和全面的“真实”，所以“真实”不能成为一个客观和绝对的存在对象。因此，传播永远和“真实”保持距离。一方面，因为意识形态、党派、阶级、宗教、民族、国家、政治或经济共同体等的缘故，任何一个传媒和传播人对事实的描述、报道、评价都是片面和扭曲的。另一方面，传媒和一般传播者对被传播对象缺乏深刻的运思和细致的理论探究，它只能流于表层地描述现象和分析事件，而传媒往往追求哗众取宠、夸饰炫耀的轻浮姿态，达到最大量地吸引受众从而实现政治宣传的工具职能和达到获取商业利润的目的。巴尔扎克早就以辛辣的语言嘲讽报纸是“贩卖思想的妓院”，现代传播理论家麦克卢汉指出：

> 我们必须用对媒介的兴趣，取代过去对主题（subjects）的兴趣。这是合乎逻辑的回答，因为媒介已经取代了昔日的世界。即使我们想要恢复昔日的世界，也只有在对媒介如何吞没旧世界的方式作出精深的研究之后，我们才能恢复这个旧世界。如今，我们开始意识到，新媒介不仅是机械性的小玩意，为我们创造了幻觉世界；它们还是新的语言，具有崭新而独特的表现力量。……假如语言是人们创造和使用的大众传媒的话，那就可以说，任何一种新媒介就是某种意义上的语言，就是集体经验的编码；这种集体经验是通过新的工作习惯和无所不包的集体意识获得的。①

麦氏敏锐而睿智的目光早已洞察了传媒的隐秘。当代神话主要的建构工具就是传媒，它既作为传播神话的介质，其本身也成为神

① ［加］麦克卢汉、秦格龙编：《麦克卢汉精粹》，何道宽译，南京大学出版社2000年版，第311页。

话的一部分。因此，它扮演着双重的角色。而当代神话的传播又不仅依赖于一般意义上的官方传媒，还包括口头传播、标语传单等传统传播方式和网络、短信息、微信、微博等后现代的高科技传播方式。从上述意义考察，神话在传播之中生成和变化、丰富和成型，然而，由于传播的非中断性和连续性，也决定了神话的永无终结性。旧的神话在传播之中不断被改编、涂抹和变幻，新的神话在传播之中源源不断地被制造。这个世界，只要存在着传播就相应存在着神话，这也就是为什么民间生活、公共空间、网络世界等谎言永无止息的原因之一。

传播为什么存在着制造神话或谎言的可能呢？从人类学的视野运思，人类和所有生物形式一样，为了生存、食物、利益就必须借助于伪装和造假的手段。因此，伪装和造假是所有生物必须掌握的生存本能。而作为“宇宙的精华，万物的灵长”的人类，除了保持和其他生物一样的生存本能之外，还由于政治、经济、种族、民族、宗教、国家、地域、血缘、宗族、文化等意识形态的需要，出于情感和价值观的原因，依照自我的动机、理想、愿望、欲望，凭借理性目的和逻辑形式，去设想人物、事件、社会、历史和未来的存在与发展的可能性，在诸多情境和语境中，人们宁愿选择相信自我的设定和符合自己愿望的可能而舍弃接受真实客观的事实。从这个意义上说，人的确如尼采所言是一种卑微的生物。因此，在本体论意义上，神话是人类精神对现实的虚假超越。人类假定符合主体理念的物质、社会和精神的存在方式，假定自我所青睐的审美模式和道德标本，从而创造出神话。这就是神话制造和传播的动机与隐秘。

就当代神话而言，主体依赖于现代传媒所持的动机、立场、价值观、情感态度等因素，从自己对现象界的观察视角，凭借个体化的话语方式，对社会事件分别采取肯定与否定、贬损与溢美、赞赏与批判等传播态度，由此导致神话的诞生。如此，就可以理解为什么在社会革命和政治动荡之中，传播与谎言或传媒与谣言紧密地关联。所以，当代神话的产生奠基于传播和传媒的动机与立场，起源于传播者对“听觉效应”和“眩目效应”的追求，也本源于传播者企望达到产生接受者的心理效应和情感效应的目的。传播和传媒均期望能够在公共空间掀起传播风暴，产生类似于核裂变的信息连锁反应，从而实现自己的价值目标，使神话意义得以可能。例如当今的网帖追求点击率、微博渴望转发率。由此，传播与传媒潜藏着强大的思维暴力，它们共同地剥夺了受众独立观察、自主判断和自由思考的机会与权力。从这个意义上看，“神话”是一种隐藏的精神暴力，当某些主体以自己的理想和愿望去剥夺他者的理想和愿望的时候，神话也就客观地产生了。而在神话产生的同时，也意味着一种精神暴力的客观化生成。这也意味着，只要这个世界存在着传播与传媒，就有神话产生的土壤，神话是人类精神永恒性的可能存在。

当代神话呈现多维度、多方式的传播姿态，诸如人际传播（Interpersonal Communication）、群体传播（Group Communication）、组织传播（Organization Communication）、大众传播（Mass Communication）、单向传播（One-Sided Communication）、双向传播（Two-Sided Communication）、互动传播（Interactive Communication）等均存在。当代神话拥有多种传播渠道（Communication Channel）和有效传播（Effective Communication）的结果。尤其是网络时代的来临，当代神话的传播方式主要凭借于网络空间的巨大优势得以无限地放大与夸张，而当代神话的内容和种类也变得缤纷异彩。与其说知识与信息支配了人们的日常意识形态，在某种意义上，还不如说神话和神话思维左右了人们的心理选择和价值观。这也许是人类永远难以摆脱的魇魔和精神悲剧。

和传播与传媒密切相关的是广告。其实，在文化学的宽泛意义上，“广告”不是一个现代发明，而是古已有之的陈旧产物。然而，广告借助于现代传媒和传播得以复活与蜕变，产生巨大的社会能量和消费活动，甚至推动了历史进程和影响了国家战略。因此，在后现代社会的信息与消费相互扭结的关节点上，我们重新考量广告的意义与价值，就不得不收起对它的天然鄙视和厌烦，而对它采取冷静思考和肃然起敬的态度。

众所周知，一般意义的广告是现代商业社会的产物，它也是科技和传媒的结合体，换言之，没有现代科技和传媒的合力作用，广告的功能和效力就必然大打折扣。借助于现代高科技传媒，广告将触角伸展到生活世界的每一个角落。正如波德里亚所言：

> 广告也许是我们时代最出色的大众媒介。如同它在提到某一物品时却潜在地赞扬了所有同类物品一样，如同它透过某一物品和某一商标却实际上谈的是那些物品的总体和一个由物品和商标相加而构成的宇宙一样——同样，它就这样伪造了一种消费总体性。①

所以，广告有着和神话相同的虚构与伪造的本性。波德里亚所针砭的消费社会的“伪事件、伪历史、伪文化”其实在广告之中有着到处可觅的踪影。众所周知，广告中存在所谓的“3B 原则”，它由广告大师大卫·奥格威从创意学入手提出，即：美女（Beauty）、动物（Beast）、婴儿（Baby）。以“3B”作为广告的表现元素和手段，因为它们契合了人类普遍关注爱与美、生命的善良天性。美女——寄托着审美和性欲诉求；婴儿——象征着怜爱和生命期待；动物——体现同情与怜悯的慈悲情怀。所以，它们也最容易获得消费者的眷注和青睐。“3B 原则”也被称之为“ABC 原则”，两者之间存在着同一性。即 Animal、Beauty 和 Child。Animal——广告选择

① ［法］波德里亚：《消费社会》，刘成富等译，南京大学出版社 2008 年版，第 116 页。

动物以象征自然的力量和魅力，从而赢得消费者的喜欢、同情和怜爱，也满足现代人追求野性和自由的幻想。Beauty——广告偏爱挑选美女，为了体现美感与性感相交织的魅力，因为美女是超越时空、超越意识形态的永恒主题。Baby——广告创意中喜爱涉及婴儿和儿童，因为他们象征着充盈的生命力和无限可能性，蕴含着成年人所不能企及的美感，而且他们身上所散发的勃勃生机是成年人所经历过的成长记忆，所以每一个生命存在都能体悟和心会。其实，在古典神话中，美女（Beauty）、动物（Beast）、婴儿（Baby）是不可缺少的重要结构，它们成为神话故事的基本素材，“3B 原则”或“ABC 原则”早已属于古典神话的固定构成。所以，当下广告所谓的“3B 原则”或“ABC 原则”只不过是对传统神话的复活和继承。

与此相关，电视广告片表现的基本要素为图像（Video）、声音（Audio）和时间（Time）这三个方面。电视广告以充满动感活力的形体和鲜艳变幻的色彩，构成流动的连续图像，以生动直观的方式影响受众的心理。声音是广告片进行表现的另一个重要因素，它是各种声音信息经过广告创造者缀合后的表现，加之背景音乐或歌曲。由此广告使声音与图像相互匹配，一方面向受众提供丰富的资讯信息，另一方面赋予它们一定的美感和感染力。电视广告片的另一个特征是将所有需要传达的广告信息储存在时间的流程中，因为一旦脱离了时间因素，信息将无法得以传达。由此，广告、传播与传媒、影像的缀合，合乎逻辑地生成了当代神话。波德里亚指出：“当宣告不再是自发的启事，而变成了一种‘新制品’之时，当代广告就诞生了（正是由此，广告变得与‘新闻’同质了，后者自身也受到同一种‘神话制造’工作的支配：广告和‘新闻’就这样构成了相同的视觉、文字、声音和神奇的实体，它们在各种传媒中的承接和交替都令我们觉得自然——它们激起了相同的‘好奇心’和相同的戏剧性/游戏式吸收）。记者和广告商都是神奇的操纵者：他们导演、虚构物品或事件。”[①] 广告使物品成为一种“伪事件”，“后者将通过消费者对其话语的认同而变成日常生活的真实事件”。广告将商品变成伪物品和伪事件，变成一种虚构性的符号，而符号被赋予了象征和寓言的意义，从而诞生了商品神话和世俗神话。广告混淆了真与伪的概念和分界线，使自己接近于艺术的边缘，却无法证明自己作为艺术的合理性和合法性，它始终羞羞答答地保持和艺术的适度距离，因为它一旦承认自己是“艺术”，就意味着自我道德篱笆的毁坏。所以，广告永远卑微地充当着艺术的守门人和看客的低贱角色。

另外，我们讨论人类迄今为止的最普遍、最矫情、最虚无、最持久、趋于无限延伸的广告。其一是政治广告，其二是宗教广告。如果一般意义上的广告只是推销商品，而政治广告则主要宣传和推广某一党派、政府、国家或国际组织的意识形态、方针政策、纲领决议等方面的内容，它包括各式各样的文本形式和运用所有的传媒方式。宗教广告渗透于经书、典籍、布道、弥撒等不同方式之中，它们借助于所有可以选择的传播媒介和传播方式，宣称自己的教义是世界唯一性的真理和至尊完美的信仰。政治广告充斥着理性的狡诈和感性的迷惑，以理性与情感的合流达到对芸芸众生进行智慧的剥夺，以说服人们接受自己的意识形态和权力统治，以许诺遥远未来的策略征服受众的心理。无论是东西方的政治广告，还是古代和现代的政治广告，也无论是美国有关民主、人权、自由、平等、博爱等政治广告，还是中国曾经的“伟大、光荣、正确”等红色经典的政治广告，它们都是经典的神话果实。从历史上看，绝大多数的政治广告包含着精心设计的虚伪和欺骗，一般没有持久的道德感和共时性的良知。和政治广告相比，宗教广告尽管包含着空洞的承诺和虚无的假定，但它寄寓着一定的道德信念和善良人性，存在着某

① ［法］波德里亚：《消费社会》，刘成富等译，南京大学出版社 2008 年版，第 118 页。

些合理性的高尚动机。因此，在价值形态上，宗教广告比政治广告显然略胜一筹。然而，无论是政治广告还是宗教广告，它们在本质上都是神话思维和神话意识的产物，都是虚假的神话建构，是对人类辩证理性和历史理性的愚弄。

如果说古典神话的传播方式主要依赖于口头和文字，而图像传播只是辅佐性质的，那么，当代神话的传播方式主要依赖于影像，并且是活动的影像和虚拟的影像，这在影视和网络等领域表现得尤其显著。特别是影视和网络的虚拟影像更适合制造当代神话，它们建构的符号与意象和神话有着本质的一致性。

我们对“影像”（Image）进行具体的分类理解。首先，神话所呈现的对象不是物体的实在本身，而是事物的某些“本影”和“半影”。如果说“本影”在一定程度上尚能够接近物体的本来面目，那么“半影”和物体的本来面目的差异就较大。[①] 神话所折射的是对象“半影”。从这个譬喻意义上，所有神话都属于人类精神的“投影”或“侧影”，它不是追求对于现实世界和人类自我的直接存在的表现，而是以变化的或变形的“影像”达到精神的自我“伪装”的审美效果。绝大多数的神话是现实世界和精神自我的“倒影”或者“镜像”，因此不是“实像”而是“虚像”。在物理学的光学意义上，“虚像”不能被显示在屏幕上，也不能使照相底片感光，但是可以被人的眼睛或者借助于放大镜、显微镜、望远镜等光学仪器观察到。然而，神话和艺术作品所形成的“虚像”，尤其是那些高超玄妙的艺术文本所显现的审美“虚像”，可以被具有领悟力的审美眼睛所接受，更可以被心灵来接受，却无法被“光屏”接收和使“底片”感光，因为那些“光屏”和“底片”往往是缺乏悟性和审美想象力的受众。所以，神话和艺术相似于虚假的

① 关于“本影”与“半影”，见《辞海·理科分册》上册：“点源与物体周缘联线范围的后方区域是物体的本影。如果发光体不是点光源，则其后方可分为光线完全不能照到的区域，称为‘本影’；和只有部分光线到达的区域，称为‘半影’。”上海人民出版社 1977 年版，第 149 页。

水中“倒影”和“镜像”，或者是物体的“投影”和“侧影”，它们都担当了“虚假”的“伪装”者的角色。其实，人类文化包括神话和艺术有史以来何尝不是狂热地沉溺于对虚假的“影像”的相思与追求呢？诸如“真理”、“正义”、“信仰”、“上帝”、“爱”、“美”、“终极”、“永恒”、“理想”等，在怀疑论的哲学意义上，它们都不过是人类精神的虚假“影像”而已。然而，怀疑论明鉴出它们的本来面目，并非彻底地否定它们有限的存在价值和意义，正如其指出神话的“面具”与“影像”的特征而绝不是为了确立一个完全的价值否定的目的。恰恰相反，我们在肯定逻辑的意义上以揭示其面向“伪装”的有限意义和美感。在此，我们改造心理学的“幻影”（Illusion）术语，譬喻性地阐述神话“伪装”的另一个层面。这里的“幻影”又不限于心理学理论所指的失常的心理状态所产生的“幻视”的影子，它属于正常的心理结构进入神话体验而产生的影像或意象。从接受的角度看，神话所制造的“幻影”具有满足欣赏者渴望接近无限可能性的虚拟世界的心理愿望的特性，使主体脱离现实境域的压抑和苦闷，宣泄自己的游戏本能的过剩精力，借助于对“幻影”的欣赏而到达“狂欢”情绪的释放。“幻影”从而保障了神话制造者和接受者的心理对应和精神对话，在两者之间建立了一个虚幻的心灵桥梁。

当代神话所建构的影像有限度地保留本影，主要由半影、投影、侧影、幻影、倒影、镜像、拟像等因素组成。应该说，影视和网络在最大范围和程度上满足了当代神话的影像建构。它们最适合制造出非现实性的幻影和拟像的视觉效果，从而刺激接受者的审美感官和欣赏心理，激发他们超越现实和摆脱束缚从而走向神话境界的感性冲动。因此，我们也可以理解为什么科幻和玄幻的影视作品受到广泛青睐这一审美现象了。波德里亚指出，仿造是从文艺复兴到工业革命的“古典”时期的主要模式，生产是工业时代的主要模式，而仿真或仿像是目前这个受代码支配的阶段的主要模式。在后现代的消费社会，拟像和仿像成为主要的创造模式。显然，拟像或仿像的模式即是接近和等同于神话制造的模式。波德里亚感叹“冷酷的数码世界吸收了隐喻和换喻的世界。仿真原则战胜了现实原则和快乐原则。”① 仿真的影像或拟像的效果也许超越了现实事物给予人们的快乐和美感，它们寄寓的意义显然具有超越现实的神话性质。虚拟影像或仿真影像是广告中经常使用的有效法术，广告正是凭借它们获得受众的视觉惊异和审美陌生感，从而征服观众的消费心理。而影视艺术尤其是科幻和玄幻题材的作品，更是沉醉于虚拟影像和仿真影像的营造，以此满足观众的审美趣味不断流变、渴求新奇怪诞的视听效果的欲望。

如果说广告和影视借助于虚幻的图像以实现神话效应和美感生成，从而确证当代神话的现实性是一个可以理解的现象，那么，如何解释政治领袖和宗教教主的影像所蕴含的神话意义呢？尽管从表层上看政治领袖和宗教的影像不能简单地等同于神话形象，但是，这些影像被传播者和传媒赋予了崇拜的内涵和虚构的成分，被设定为真善美合一的膜拜偶像与象征符号，它们不等同于任何现实性存在，也没有任何可以对应的客观对象，它们被传播者营造了强烈的“光晕效应”（glittering generality），已经成为一种客观的神话事实。除此之外，诸如明星影像、英雄影像、名人影像、建筑影像、商标图像、商品影像、徽章图像等等，它们都程度不同地隐匿着神话的要素与意义，部分影像甚至被赋予了“神”的某些属性，成为图腾和崇拜的对象。所以说，当代神话无孔不入地渗透到生活世界的方方面面。

第三节　狂欢·诙谐·面具

“当代神话”这一概念，既不是一个理论的虚构，也不是一个

① ［法］波德里亚：《象征交换与死亡》，车槿山译，译林出版社2006年版，第110页。

思辨的假定，而是一个真切存在的事实。只有人们对它获得深刻而全面的认识，持有辩证理性的态度，才不至于让它支配主体的意识，左右人们的价值观和审美意识，从而恢复主体对世界的正确直观和真理性的体悟，获得生命的智慧、诗意与美感。有学者睿智地指出：

> 神话不仅仅存在于原始人的“非理性”的心智和生活中，在“理性”的现代，我们依然在一定程度上处于一个神话社会，依然生活在神话之中。假如一定要把原始居民的最真实的生活体验看作神话，那今天我们的体验也同样在制造神话。神话以虚假的对象，构造着我们所体验的世界，以想象完成对世界的建构。而理性在现代神话，在意识不到自身的局限的情况下，正在进行着种种神话的建构。现代神话是神话从原始思维向理性的扩展。理性，在一定程度上依然蒙着神话的色彩。现代高度发达的理性并未完全清除和摆脱神话。不仅在现代文化的各个领域的成果中，而且在现代人的思维方式中，依然渗透着神话性。与神话对应的理性，用于超越神话思维的理性，本身也是具有神话性，这种神话性可能会以不同于原始思维的面貌出现，但是它们都具有一些共同的特点、方式和效果。①

当代神话存在于生活世界的方方面面，客观地影响着我们的意识形态和行为实践。甚至在我们的不经意间，也有神话隐蔽地在场。都市中的广场文化、文艺晚会、狂欢派对、嘉年华、运动会、娱乐、休闲等等，无不包含着神话运作的可能。这里，我们着重考察当代神话继承古典神话的狂欢传统和面具的伪装功能，从而认识它对人们的审美意识和价值取向所产生的潜在影响。

---

① 徐翔：《作为现代神话的学术理性：略论理性与神话的交点》，《理论与创作》2009 年第 5 期，第 21 页。

节日中的狂欢和放纵是古希腊酒神狄俄尼索斯的传统。尼采在《悲剧的诞生》中写道：

> 我们就瞥见了酒神的本质，把它比拟为醉乃是最贴切的。或者由于所有原始人群和民族的颂诗里都说到的那种麻醉饮料的威力，或者在春日熠熠照临万物欣欣向荣的季节，酒神的激情就苏醒了，随着这激情的高涨，主观逐渐化入浑然忘我之境。还在德国的中世纪，受酒神的同一强力驱使，人们汇集成群，结成歌队，载歌载舞，巡游各地。在圣约翰节和圣维托斯节的鼓舞者身上，我们重睹了古希腊酒神歌队及其在小亚细亚的前史，乃至巴比伦和崇奉秘仪的萨刻亚人（Sakāen）。[①]

与此类似，当代神话也包括以节日狂欢和节日庆典的方式证明自己的存在价值、精神意义和审美特性。费瑟斯通指出：

> 斯达利布斯与怀特（1968）讨论了相关的狂欢、节日与交易会的性质，认为这是象征性的颠覆与反叛，在这些活动中，高雅与低俗、官方与民间老百姓、荒诞不经与规范经典之间的分野，处于交互地建构和解构的过程中。他们引用巴赫金的著作来说明，狂欢是荒诞的身体（grotesque body）的庆典：丰盛膏腴的筵席、烈性酒、纵欲。在这样的场景中，官方文化被完全推翻颠灭。狂欢中的荒诞不经的身体是不纯洁的低级身体，比例失调、及时行乐、感官洞开，是物质的身体，它是古典身体（classical body）的对立面，古典的身体是美的、对称的、升华的、间接感知的因而也是理想的身体。因此，荒诞不经的

① ［德］尼采：《悲剧的诞生》，周国平译，生活·读书·新知三联书店 1986 年版，第 5 页。

身体及狂欢活动，在中产阶级身份与文化形成的过程被排除在外。[①]

圣诞节、狂欢节、开斋节、古尔邦节、奥运会、春节、国庆节等政治、宗教节日和体育盛会等都是众人狂欢的理由和机缘，也是当代神话得以滋生的佳日良宵。欧美的狂欢节最初起源于欧洲的中世纪，基于神话或宗教的因素。古希腊、古罗马的木神节、酒神节是其最早的起源。有些地区还将之称为谢肉节或忏悔节。狂欢节和复活节有着密切关联。复活节前有为期40天的大斋期，即四旬斋(lent)。在斋期里，禁止娱乐活动和禁食肉食，以反省和忏悔的方式纪念复活节前三天受难的基督。因此，在这段时间内，生活相对清苦沉闷。所以在斋期开始的前三天里，众人特意举行盛大的筵席、舞会、游行等活动，肆情作乐，因此命名为“狂欢节”。迄今为止，已鲜有人固守大斋期之类的传统戒规。然而，狂欢活动却作为传统习俗和节日被保留和发扬光大，被赋予了欢乐、自由、幸福等意义。狂欢节在不同国家和区域有着不同的欢乐方式，它已经成为整个欧美世界最重要的节日之一。狂欢节表现的是世俗的快乐神话，神话的主角已经演变为生活世界的大众。应该说，在狂欢节的短暂时间，人们遗忘现实界的诸种烦恼和忧愁、痛苦与绝望，众人参与的节日氛围给主体心理以神话般的美好期待与快感慰藉。从这个意义上说，狂欢节是世俗界快乐神话的现实呈现。

与西方的狂欢节相类似，中国也曾有过盛大的“狂欢节”。如果稍稍回溯上世纪历史的话，中国的“文化大革命”曾经创造过“史无前例”、无与伦比的政治狂欢节。而“文化大革命”这一狂欢节和西方的狂欢节又有着质的差异，西方狂欢节起源于宗教原因，而“文化大革命”这一狂欢节起源有着纯粹的意识形态原因，

① ［英］费瑟斯通：《消费文化与后现代主义》，刘精明译，译林出版社2000年版，第115页。

起源于狂热的政治情绪和非理性的个人崇拜，它奠基于几千年专制政治传统所驯化出来的民众崇拜帝王的文化情结，恰巧遭遇一个合适的历史机缘。所以，诸种因素缔造了“文化大革命”这个20世纪60年代中国的红色狂欢节。并且，它也相应地制造出一个红色神话和审美乌托邦的境界，于是顺理成章，这一红色神话也属于一种红色宗教或政治宗教。如果撇开政治因素，从纯粹的形式快感和审美冲动的这个维度考察，“文化大革命”这一红色狂欢节的确提供给民众以“盛大的节日”。[①] 它同样制造了信仰的神话和欢乐的神话，成为一个国度的集体无意识的红色宗教的盛大狂欢节。然而，从辩证理性和历史理性的角度运思，这一红色狂欢节弥散着外在的欢乐和激情，既是民族和国家的荒诞喜剧，更是内在的人性悲剧和历史悲剧。这也充分呈现了神话蕴含着价值二重性和意义复杂性的现象，给我们提供了一个冷静沉思的契机。

巴赫金“强调节日诙谐与时间和时间更替的重要关系。节日的日历因素充满活力，正是在其官方之外的民间诙谐方面它能被敏锐地感觉到。在这里，与四季交替、日月相位、草木枯荣、农业节气的更替的联系充满活力。在这个更替中积极强调的是新的、即将来临的、更新的因素。这一因素具有更为广泛、更为深刻的意义：其中倾注了人民对最美好的未来、对更为公正的社会经济制度、新的真理的渴望。节日的民间诙谐方面在一定程度上就像罗马农神节表演重返农神黄金时代一样，表演全体人民物质丰裕、平等、自由这个最美好的未来。”[②] 巴赫金从对拉伯雷小说阅读中提出“节日诙谐”的概念，这也是他狂欢化诗学诞生的缘由之一。然而，巴赫金的“节日诙谐”概念，强调的是民间的自由狂欢建立在对官方文化的对立与反叛的前提下，指出“诙谐与非官方民间真理的重要联

① “文化大革命”后期有一部电影即命名为《盛大的节日》，它也从一个侧面印证了“文化大革命”是“盛大节日”的这一判断。

② ［苏联］《巴赫金全集》第6卷，李兆林等译，河北教育出版社2009年版，第92页。

系”，他认为“诙谐必须以克服恐惧为前提。不存在诙谐所创造的禁令和限制。权力、暴力和权威永远不会用诙谐的语言说话。”[①] 巴赫金的狂欢化诗学理论有其历史限定和空间境域，它可能比较适用于西方的文化背景和历史语境。的确，西方的狂欢节和狂欢文化表现出诙谐的美学趣味，包含着反叛官方权力和颠覆传统戒律从而寻求主体的自由、放纵、享乐、审美等生命冲动的内涵。

诙谐（funny）具有幽默、风趣、滑稽等含义。《汉书·东方朔传》云：“其言专商鞅、韩非之语也，指意放荡，颇复诙谐。”唐杜甫《社日》诗云：“尚想东方朔，诙谐割肉归。”《新唐书·隐逸传·陆羽》云：“呜咽不自胜，因亡去，匿为优人，作诙谐数千言。”诙谐是人类精神中必不可少的有机结构，是主体的心理本性之一。因此，诙谐也是古典神话中稳定的审美要素和表现形式。巴赫金将诙谐与节日相关联，用“节日诙谐”来阐释文艺复兴时期的文艺和美学风格：

> 文艺复兴时期对待诙谐的态度，可以这样初步和粗略地加以说明：诙谐具有深刻的世界观意义，这是关于整体世界、关于历史、关于人的真理的最重要的形式之一。这是一种特殊的、包罗万象的看待世界的观点，以另一种方式看世界，其重要程度比起严肃性来，（如果不超过）那也毫不逊色。因此，诙谐，和严肃性一样，在正宗文学（并且也是提出包罗万象的问题的文学）中是允许的，世界的某些非常重要的方面只有诙谐才力所能及。
>
> ……
>
> 整整一千年积淀起来的非官方的民间诙谐闯入文艺复兴时期的文学中。这种经过一千年积淀起来的诙谐，不仅使这种文

① ［苏联］《巴赫金全集》第6卷，李兆林等译，河北教育出版社2009年版，第103页。

学获得创作力，而且诙谐本身也因文学获得创作力。诙谐与时代最先进的思想体系、与人文主义知识、与高超的文学技巧相结合。以拉伯雷为代表，中世纪的小丑话语和假面（就所有个性的外观而言）、民间节庆狂欢活动的形式、具有民主主义倾向的僧侣的滑稽改编和讽拟一切的激情、集市上说故事人的言语和动作与人文主义丰富的学识、与科学和医生的实践、与人的政治经验和知识相结合。[①]

巴赫金将诙谐提升到甚高的美学维度，认为它不仅是一种艺术风格和审美境界，而且是一种重要的世界观，是"关于整体世界、关于历史、关于人的真理的最重要的形式之一"。在当代神话中，诙谐美学也广泛地存在，影响着文艺生产，发挥着喜剧性的审美效果。这在喜剧科幻电影和喜剧魔幻电影中表现尤为鲜明，诸如《黑衣人》《金蝉脱壳》《冰川时代》《机器人总动员》《月光宝盒》《第九区》《我的机器人女友》《查理和巧克力工厂》《怪物史瑞克》等作品，将当代神话赋予了诙谐和幽默的美学趣味。

然而，巴赫金的诙谐理论一定程度上不一定适合中国流行的节日狂欢，因为中国当下的节日狂欢严格置于正统的控制下，民众没有意识和能力建构自主独立的民间意志，绝大多数民众只追求浮华的感官娱乐和低俗的民间趣味，沉醉于感官享乐和追逐快乐的或轻喜剧的世俗神话。在此，以最为典型的"春晚"作为解构对象以期阐释当下中国的节日狂欢和娱乐神话。

"春晚"的全称是："中国中央电视台春节联欢晚会"（Evening Party of the Spring Festival），众所周知，它最为流行的简称是"春晚"，所指为中国中央电视台在每年农历除夕晚上为庆祝农历新年而举办的综艺性文艺晚会。"春晚"拥有演出规模、演员阵容、播

① ［苏联］《巴赫金全集》，第6卷，李兆林等译河北教育出版社2009年版，第76—83页。

出时长和海内外观众收视率，创下中国世界纪录协会世界综艺晚会三项“世界之最”的盛誉。“春晚”入选中国世界纪录协会世界收视率最高的综艺晚会，被赞誉为“世界上播出时间最长”的综艺晚会及“世界上演员最多”的综艺晚会。据报道，2012年4月，中国春节联欢晚会荣获吉尼斯世界纪录证书。2014年1月，中国中央电视台春节联欢晚会首次升格为“国家项目”，具有和奥运会开幕式的同等价值。广义上的春节联欢晚会的历史可以追溯到1956年，狭义的“春晚”概念是指1983年在中央电视台以首届现场直播形式的“春节联欢晚会”，此后每年农历除夕北京时间晚8时播出。显然，中国“春晚”不同于西方狂欢节所呈现的民间自由狂欢的美学性质，它被严格地限制在正统意识形态和主流话语的逻辑范畴之内，是戴着面具的矫情娱乐和虚假狂欢。一方面，“春晚”所有内容和格式都被刻板机械的思维方式和预设程序所规定而携带着强烈的官方色彩；另一方面，节目的娱乐性单向度地指向市民社会的庸俗趣味和浮浅意义；再一方面，“春晚”的运作机制和符号象征表现出平庸乏味、缺乏活力、雷同袭仿的趋向。毋庸讳言，“春晚”是一场充满虚幻感的狂欢节，是一个枯燥庸俗的娱乐神话，一个戴着矫情面具的过度夸张和假装快乐的表演，一篇属于典型的应景与御用的命题作文，一个不得不屈从于权力和媚俗的卑微文本。更为可悲的是，尽管“春晚”充满着弱智的故事和庸俗的审美趣味，引导着整个民族精神与传统文化的柔弱沉沦，却又被提升成为最大的梦想舞台和最露骨的名利场，被演艺界炫耀为一种符号资本和象征性价值的确证。客观地看，“春晚”在悄然无声地消解一个民族的历史理性和辩证理性，甚至颠覆着主体的良知、诗意与美感。因此，无论是从哲学、伦理学还是从美学的视角看，“春晚”既是穿着华丽外衣而内心空虚、精神没落的假贵族，又是一个试图讨好所有人而四处作揖的庸俗乡愿。总而言之，“春晚”是一个融合政治神话、娱乐神话、文艺神话、消费神话、民族神话的混合体，是一个假装狂欢和戴着娱乐面具的文化小丑。如果说“春晚”存在着幽默和诙谐的话，它呈现为典型的“灰色幽默”和“灰色诙谐”，是一种生搬硬套、刻意制作、庸俗搞笑的幽默与诙谐。简言之，“春晚”就是一个集伪事件、伪摆设和伪狂欢于一体的当代神话。

在古典神话和史诗、悲剧之中，常见戴着面具的形象。面具和神话存在着密切的逻辑关联。其实，面具也是象征和表意的符号之一，而人作为“符号的动物”（Animal symbolicum），在哲学与美学的意义上，人就是一个戴着面具的生命个体。

从美学视域阐释，“面具”（Mask）是指人采取以感性的符号外壳去遮蔽自我真实的面容，以夸饰性的审美形式象征内在的精神结构的一种古老手段和物品。面具呈现了一个鲜明的神话特征，它也是延续迄今的文化器物和历史永久的艺术符号。从文化人类学意义上考察，人在本质和本性上也是戴着面具的动物，整个人类的历史都是戴着面具进行自我伪装的历史。而在后现代社会，人的面具化生存程度愈加强化和精妙。“人格面具”（Persona）这一概念由瑞士心理学家荣格提出。在词源学上，它最初来自于希腊文，原义是指戏剧表演者在戏剧中扮演某一角色而戴着面具。“人格面具”也称为“从众求同”原型（Conformity archetype）。荣格认为，每个人都有不同的人格面具，主体依照他者希望他那样去做的方式行事。这意味着，它势必造成主体在公共空间的交往活动中伪装自我。“面具”隐匿着真正的和全面的自我，与真正的和本原的人格存在差异，只是个人向他者和公众展示的自我的美善部分或虚假的精神存在。因此，人格面具存在着二重性，一方面它具有合理的内核，因为在文明社会，主体需要依照社会规则而行事和适应他者或公众的需要；另一方面过度的人格面具必然导致人性趋向虚伪和人类走向欺骗性社会的可能。遗憾的是，后现代社会，公共空间的交往活动，人的面具性变得愈加显著、强烈和精巧，从而造成整个社会的普遍表演性和虚假性，所以，矫揉造作、虚情假意、故弄玄虚、弄虚作假、矫情伪善等负面价值弥漫于各种社会交往的境域，由此，也在一定程度上造成了信任危机和神话效应。与此相关，当代神话也延续和扩展了传统神话的“面具”特性。

如果说，艺术的“面具”功能还在于能够引诱起欣赏者的审美期待，产生“悬念”的心理效果，因为欣赏既观摩于“面具”的形式化的审美符号，更渴望窥探“面具”下所包藏的“真实”面目。所以，欣赏所产生的有如猜谜的审美心理期待，部分地来源于艺术的“面具”效果。然而，“面具”和真实的面目之间构成一个有意味的逻辑关系或者比例关系：有时，“面具”和真实的面目可能比较接近，而有时则“面具”和庐山真面目差距甚远，以致形成反比例关系。在现实的生活世界，公共空间的交往活动一个明显的特征就是人们刻意地追求面具化生存，以符号装饰自己的形象、行为、举止，从而造成对自我存在的虚假性超越，距离真实和自然的“自我”越来越远，从而导致神话现象的滋生与蔓延。电影、电视、网络、手机、平板电脑等现代传媒和广告等则对芸芸众生的符号化生存予以推波助澜，助长了人格面具的泛滥和强化，社会成为表演性场域，人们成为潜在的演员，戴着面具进行矫揉造作的虚假表演，他们夸夸其谈，以夸饰的、虚假的、欺骗性的话语和修辞进行交往。符号和面具的合流加剧了人类的神话性存在。因此，符号化生存成为后现代社会的人类最广泛、最众多的面具。面具转换为符号，符号既可能是物质性的对象，例如商品、器具、场景等，也可能是精神性的存在，诸如头衔、称谓、名号、声誉、知名度、影响力之类，更可以是话语、文字、图像之类。显然，在后现代社会，人们已经离不开符号化和面具化生存，它们共同构成主体存在的资本、财富、意义、价值、快乐、美感、幸福等要素，成为被广泛崇拜的对象，成为神话性的图腾和物恋对象——这样我们就可以更为深刻地领悟波德里亚有关消费社会的符号价值、象征价值的概念，也就理解为什么“裁缝”成为“服装设计师”，“妓女”成为“小姐”，“戏子”成为“明星”，“工匠”成为“艺术家”，“商人”成为“企业家”，“僧侣”成为“大师”，“民间艺人”成为“工艺美术大师”，客栈成为“宾馆”，“戏院”成为“大剧院”或“演艺中心”等符号的转变。

符号借助于悄悄地转换和游戏，不断创造新的面具，创造出新的神话，诞生新的价值与意义。正是在符号和面具的游戏活动之中，神话不断地生成和变换新的存在方式。这是当代神话所给予我们的又一个启示。

第四节　美学特性

虽然现代社会的工具理性和科技发展终结了古典神话，然而，神话思维共时性地潜藏于人类的心理结构之中，依然对文化和文明产生重要影响。在后现代的历史语境，神话以变形的方式潜藏于人类的精神文化活动之中，演变为一种现代意义的神话方式，继续发挥着重要的功能。当代神话的典型表现是科技神话、商品神话、政治神话、国家神话、英雄神话等样式，它们承袭了传统神话的符号和结构形式而有所变异发展，尤其是借助于科技手段获得更广泛丰富的社会内容和迅捷强大的传播方式，对社会意识形态产生深刻的影响。当代神话在审美特性方面，首先，表现普遍的功利主义和审美活动的世俗化，更多地将意识形态融入美感和审美评价的过程，体现官方权力和民间观念的合流。其次，技术崇拜、商品崇拜和权力崇拜逐渐置换英雄崇拜，成为大众新的审美对象和崇拜对象。最后，游戏意识的建构和审美活动中感官功能的高涨成为当代神话又一个鲜明的审美特性。当代神话以其多样化的审美特性丰富和改变现代人的精神文化生活与审美趣味，并对文艺产生一定程度的积极影响。

神话（Myth）是人类文明之光，也是历史与文化的原动力之一。科学发展和启蒙运动这两个密切相因的理性事实曾经宣告神话的黄金时代终结。然而，神话思维和神话意识作为人类文化心理稳定的结构获得共时性超历史的张力，它们潜藏在每一个存在者的精神之中，影响和决定着主体的意志和行为。与此相关，现代历史条件下各种形态的社会集团和民族国家共同体，无不在运用神话制造与传播的方式达到它们权力控制和职能行使的目的。换言之，神话在当下时期作为普遍有效的社会意识形态，发挥强大的理性与情感的双重工具职能。因此，我们顺理成章地将现代历史语境下的神话称为当代神话，将它视为一个合乎逻辑的精神事实和社会现象。当代神话包含科技神话、商品神话、英雄神话、国家神话等形式，它们共同构成多样化的审美特性，影响包括文艺在内的社会生活的方方面面。

一　当代神话的逻辑界定

神话是人类历史上最重要的文化现象和精神现象。或者说，神话既是人类文化的重要张力，也是哲学与文学的灵感来源。随着历史的流变和发展，神话演绎的脚步也从未中止。“神话以及制造神话的理论就会不断地起而昭示自身，制造出新的‘产物’——神话一如时装风尚或流行语言，总会演绎出一段又一段文化史上不同寻常的希奇古怪。”① 一方面，从生成论意义考察，神话是人类文明早期以语言为核心的符号化活动的审美创造和艺术果实，它奠定了人类文化发展的一个重要基础。另一方面，我们援引传统的神话理论，从本体论意义上获得对于神话的阐释。谢林从艺术哲学的着眼点上，规定神话的逻各斯中心地位。在他看来，神话象征最高的美学意义和包含所有的艺术特征，它是审美活动和艺术活动的起始原因。不仅如此，神话还被他转喻为哲学伦理部分诞生的源泉：“而

---

① ［美］斯特伦斯基：《二十世纪的四种神话理论》，李创同等译，生活·读书·新知三联书店 2012 年版，第 321 页。

神话又是哲学伦理部分的初源。伦理关系的始初观念（Ansichten），而首先是为一切希腊人所共有者（迄至以索福克勒斯为代表的文化高峰），以及深深地铭刻于他们所有作品中的、世人依附于神的情感、同样见诸伦理问题的节制和适度、对于飞扬跋扈和恣意妄为的厌恶，如此等等，——索福克勒斯的著作中的这些美德懿行，仍然来源于神话。"[①] 卡西尔批评了谢林使神话理智化的企图——将它解释为理论真理的一种寓言式的表达，认为这样做必然会彻底失败。他指出："神话兼有一个理论的要素和一个艺术创造的要素。"[②] 两者的关系容易被混淆。马克思则从最普遍的哲学意义上诠释神话："任何神话都是用想象和借助想象以征服自然力，支配自然力，把自然力加以形象化；因而，随着这些自然力之实际上被支配，神话也就消失了。……希腊艺术的前提是希腊神话，也就是已经通过人民的幻想用一种不自觉的方式加工过的自然和社会形式本身。"[③] 综合上述两类的观点，我们从美学视角做出如此的推断：神话是人类精神对于现实存在的虚假超越，是精神界对于现实性的情感怀疑和意志否定，追求终极和循环构成其基本的精神特性。换言之，神话是一种虚假的意识形态，也是虚构的审美意象和艺术符号。在这样的逻辑前提下，我们可以获得对于当代神话的初步诠释。

当代神话的文化场景显然在很大程度上不同于古典神话的历史语境，因为以实用理性和工具理性为主宰的主体，无论是认识能力和逻辑工具都高于古典神话的制造者和传播者。从知识论和认识论的意义上，当代神话对于知识和认识采取类似现象学的"悬置"（Epoche）策略，以存而不论的态度忽略它们的客观存在，采取主观假定的方法，类似于审美移情的方式，虚拟性地承认它们的合理性存在。换言之，当代神话制造者在理智上明确地知道它们属于虚

① ［德］谢林：《艺术哲学》上册，魏庆征译，中国社会出版社 1996 年版，第 76 页。

② ［德］卡西尔：《人论》，甘阳译，上海译文出版社 1985 年版，第 96 页。

③ 《马克思恩格斯选集》第 2 卷，人民出版社 1966 年版，第 113 页。

假的存在，却在情感上和审美上认同它们的合法性。这些决定了当代神话的基本思想特性。首先，当代神话的生产主体在理智形态上都比较清楚地意识到自己所生产和传播的这种神话，无论其内容与形式都是虚构的社会意识形态，他们很大程度上是由于情感和审美态度的需要而生产这种现代意义上的神话形式，然后才是根据理性需求去传播当代神话，以达到社会性或个人的实用目的。其次，当代神话的理想主义色彩逐渐减弱，实用主义的理念随着经济繁荣和消费享乐越来越凸显，古典神话的审美纯粹性被商品需求和生活欲望所抑制，商品和消费成为主流的神话内容，神话人物和故事也围绕金钱和权力而展开。再次，现代化传媒工具和信息时代的到来丰富和更新了神话内涵，当代神话故事依赖计算机和网络获得新颖的内容与快速的传播，尤其是虚拟的赛博空间赋予当代神话以更加优越于古典神话的视听形象的奇幻性和惊异效果，古典神话征服物理时空的理想性色彩被当代神话借助于影视艺术或者计算机、网络这样的科技载体强化到无以复加的地步，当代神话搭载着现代科技不断创造着新的精神存在方式。最后，当代神话隐喻着大众意志和官方意识形态的合谋。古典神话在一定意义上属于民间意识形态的产物，它的生产和传播的主体是广大民众，因而广泛地体现民间意识。由于现代社会的政府对于现代传媒工具强有力的控制，当代神话的生产过程尽管主要由民间执行，而缺乏主流传播工具的民间，却要依赖于官方的传播工具进行传播活动。因此，当代神话在传播过程中自觉或不自觉地沾染了官方意识形态的色彩。另一方面，官方在一定程度上为了国家的政治和经济利益，为了维护政府的形象和权力，得以顺利地展开管理机制和施展行政能力，也不同程度和不同方式参与当代神话的生产与传播，他们的首脑成员经常扮演为近似于神话人物或英雄形象，被民众所崇拜和赞美，从而实现政府的职能和获得执政的权威。显然，和古典神话一样，当代神话在价值和意义上同样禀赋二重性。一方面，当代神话具有精神的虚幻性和蒙蔽性，混淆现实存在和可能存在的界限、此岸和彼岸的区别，容易导致盲目崇拜和极权主义，这些都客观地构成它的消极意义。另一方面，神话尽管属于一种虚假的意识形态，然而，它的正面价值也显而易见：有助于强化民族精神和国家意识，坚定主体的意志与信仰，延续地域文化和保持文化的多样性活力，扩张主体的想象力和直觉体验的能力，更大程度地有利于艺术和审美的心理活动等等。

二　审美活动普遍涉及功利和概念

西方传统美学断定审美活动和艺术创造都属于非道德、非功利、非概念的直觉活动，因此，审美活动、艺术创造和道德、功利、概念有着严格的区别，它们之间被设定一个难以逾越的鸿沟。克罗齐认为："既然艺术并不是意志活动的结果，所以艺术便避开了一切道德的区分，倒不是因为艺术有什么豁免权，而是因为道德的区分就不能用于艺术。"① 从这个意义上说，审美与艺术和功利、道德之间没有必然性关联。康德提出"美是那不凭借概念而普遍令人愉快的"② 论断，因为审美判断和利害感、功利、欲望等要素没有关联。然而，他们的论述只适宜于古典艺术和近现代的部分艺术文本，历史语境的变迁使这一传统的美学观念消解掉了普遍的逻辑意义。当代神话意义下的审美活动和艺术活动，普遍性地涉及概念和功利的内涵已经成为现代大众文化或流行文化的一个鲜明景观。

现代以来，我们对于科技作用产生强烈的理性主义的"迷信"，相信它能够解救所有的社会问题。对于科技的过度信赖与依赖，必然导致科技神话的诞生。与此相关，在商品与消费所构成的现代社

① ［意］克罗齐：《美学原理·美学纲要》，朱光潜译，外国文学出版社 1983 年版，第 213 页。

② ［德］康德：《判断力批判》上册，宗白华译，商务印书馆 1964 年版，第 57 页。

会的经济链条中，附加高科技的消费品往往成为科技神话的直接象征。存在主体由对科技的崇拜转移到对商品的迷信，科技神话合乎逻辑地转换为商品神话。现代社会的每一个消费者都可能直接和间接地、有意识和无意识地感受和参与科技神话的传播和再制造。现代市场经济使科技和商品亲密携手成为一个时尚和享乐的象征符号，它们成为芸芸众生的理性与感性共同追逐的目标之一。在这种社会情境下派生的审美活动和艺术活动，显然具有明显的目的性和功利性。

后现代历史语境之中的神话现象密切地联系于商品消费活动，而高科技的传播媒介，尤其是网络的出现与风行加剧了社会意识形态的神话意识，虚拟的赛博空间拓宽了神话思维的天地和表现舞台。这样，审美活动的虚拟性和追逐商品消费的功利性达到历史性的和解，合乎逻辑地统一在感性享乐的自我世界之中。如果我们略微对于现代广告进行理性观察，则不难发现，它们几乎无一例外地成为当代神话的象征品，对于各种商品的卓越性能或者完美功能的夸张，一种美学修辞学意义上的虚假话语附以美仑美奂的图像音响，都使消费者确信，他们将选择的商品无论是实用还是美感都是没有先例的，达到使用价值和审美价值的高度融合。商品消费在一定程度上成为符号消费，商品内在使用价值服从于商品外在的符号象征意义，成为消费一种社会身份炫耀的美感形式。

对于艺术活动而言，当代神话已经渗透到艺术的生产、流通和消费的各个过程和每一环节。任何艺术文本都是现实意义的产品和商品，它们对于大众而言都是消费品而已，已经成为政府和社会集团所倡导的“文化产业”的一个组成部分。当代神话意义下的文艺产品，典型的表征之一就是“文艺晚会”和文艺化的庆典仪式，它们成为官方和民众共同沉醉和乐此不疲的流行模式，体现出主流意识形态和民间意识的共谋。“文艺晚会”和“庆典仪式”借助电视、广播、网络等传播手段，达到既合乎政府意志也迎合民众娱乐的双重目的，它们采取游走行政地域、确立政治主题、取媚地方政府、宣传地域知名度等营销策略，采取投资商、文艺掮客与行政官员集体运作和共同负责的优化结构，使之更具合理性和合法性以及合时性。一方面是对于政治概念和政府权力的迎合与献媚，另一方面巧取大众的消费货币。这样，完好地实现政治和功利的双赢，从而实现文化产业的构想。然而，它们那种矫揉造作、虚假浮华而疏离于现实的唯美主义趣味，必然性地转换为一种神话思维，宿命化地成为21世纪的虚假镜像，沦落为“假大空”的现实性代名词。

如果说科技神话和商品神话主要呈现消费活动的审美功利性意向，那么，在政治神话和国家神话主导下的文艺活动，则表现出鲜明的审美概念性的逻辑结果。现代社会的表征之一，就是政治和国家成为神话思维与神话意识集中体现的境域，诚如卡西尔指出：“在当代政治思想的发展中，也许最重要的、最令人惊恐的特征就是新的权力——神话思想的权力的出现。在现今的一些政治制度中，神话思想显然比理性思想更具优势。”[①] 政治神话和国家神话是人类精神中的连体果实，属于同一思想逻辑的不同表现形式。好莱坞电影为我们提供了文艺生产活动中政治神话和国家神话高度统一的典型摹本。除了娱乐休闲的功能之外，好莱坞电影的另一个重要主题就是“政治”，它寄托着好莱坞对政治美学的不懈追求。确切地说，是神话政治或政治神话，以当代神话的方式进行政治叙事。麦克卢汉早已指出：“其实，我们当前所谓的娱乐基本上是一种政治形式。好莱坞的政治实在是很多，表现在消费者的态度、个人偏好和目标之中，这一切都是由选拔剧组的班子等决定的。事实上，好莱坞屏幕上的政治比所谓政治舞台上的政治还要多。”[②] 以施瓦辛格的作品为例，诸如《真实的谎言》《终结者》《蒸发密令》《雾水

① ［德］卡西尔：《国家的神话》，范进等译，华夏出版社1999年版，第3页。

② ［加］麦克卢汉、秦格龙编：《麦克卢汉精粹》，何道宽译，南京大学出版社2000年版，第313页。

总统》《蝙蝠侠与罗宾》《幻影英雄》《终极战士》《间接伤害》等影片。政治和国家被尊奉为神圣的符号，一种神的象征，它成为英雄为之献身的正义偶像。如果说“神”代表着古典神话的正义、威严等概念的想象性结果，那么，“政治”和“国家”则在当代神话中被虚构为正义、公正、真理等抽象性的绝对概念。电影和科技的携手合谋，成功地演绎出当代神话范围里的政治神话和国家神话，而科技在电影之中作为神话素发挥出神奇的叙事和表现功用。在现代文艺生产活动中，各种文本形式也都喜好借助于科技工具的虚构叙事，表达一定的政治概念和国家意志。

综上所述，现代审美活动的历史事实已经颠覆了传统美学有关审美活动的非功利和非概念性的金科玉律。

三　技术崇拜、商品崇拜和权力崇拜逐渐置换英雄崇拜

英雄崇拜是古典神话经久不衰的主题之一，它组成神话的基本元素和故事结构。卡莱尔在 1840 年 5 月 5 日演讲中，以充满情感的话语表达：“英雄崇拜，即以无比的炽热之情，衷心敬仰与膜拜一位神一般的最崇高的人物，——这不就是基督教的萌芽吗？一切英雄中最伟大的是惟一至高无上者，——我们在此无需明说！让我们用庄严的静默，沉思那神圣的事情，就会悟出贯穿于世界上人类全部历史的最终的完美原理。”[①] 显然，卡氏的英雄崇拜情结构成了现代意义的英雄神话的一个投影。

当代神话的英雄崇拜，和古典神话的英雄崇拜相比，增添许多理性主义和科学主义的内容，显现出实用观念和政治工具的特性。古典神话中英雄的奇异出生和非凡经历，如屠龙、降妖伏魔、神秘的隐修、探险、获宝、奇遇、死亡和复活等幻想性的故事素被舍弃。当代神话中的英雄崇拜，在观念形态上采用适度的实证主义，

① ［英］卡莱尔：《英雄、英雄崇拜和历史上的英雄业绩》，周祖达译，商务印书馆 2005 年版，第 13 页。

放弃一些非现实性的虚构叙事，采用适度的人物夸张和情节修辞，借助于先进的高科技手段实现古代神话中的某些英雄所要达到的目的。曾经在中国风靡一时的好莱坞电影《真实的谎言》，故事里主人公——那位由施瓦辛格扮演的现代“神话英雄”，完全以高科技作为神话道具来演绎一个在基本结构上类似于古代英雄传说的虚拟故事：英雄斗恶魔而拯救民众和国家的传奇。现代语境的英雄神话，尤其是上升为艺术文本而被审美表现的英雄崇拜对象，尽管具有一定的实证性质，但是，他们的事件被赋予想象性内容，作为事实和虚构的混合物而存在，神话意识自然而然成为合理性内容。另外，有些真实存在的英雄故事，它们一旦在公共空间被传播，尤其是成为社会集团或者政府的政治需要，人物必然地被添加神话性的虚构要素，成为一种政治神话意义上的英雄崇拜。

当代神话一个显明的审美特性是，一方面英雄崇拜的对象历史性地发生变异。首先是现代市场经济催生了知识和商业资本的结盟，导致知识和政治权力的携手、知识和学术权威的联合，构成一道盛大的知识筵席。其次是资本和权力的合谋，权力对于货币财富和性资源的占有，权力对于知识的利用、控制和垄断，以及资本在知识和权力之间寻求利润的最大化和几何级数的增长。再次是现代传媒、娱乐产业和体育明星的加盟，加剧了多方位的利益互动和不同存在对象的结构性互补。它们之间构成不同层面的逻辑矩阵，选择各自的意义对象和追逐相同的利益目标。由此，必然地和历史性地决定了英雄崇拜的对象性转移。于是，当代神话中现实性的人物取代了古典神话中的虚构英雄而成为新型的英雄崇拜对象，这些人物也被涂抹上传奇性的神话色彩。如知识领域的比尔·盖茨，资本和商业领域的索罗斯、李嘉诚，作为科技王冠和知识权威象征品的诺贝尔奖获得者、科学院院士，还有电视节目主持人、娱乐明星、学术明星、体育名流，诸如此类的人物，都成为当代神话的新型英雄而被社会大众所崇拜。尽管他们属于现实性人物，然而已经被演绎成为神话故事的人物，成为民众的偶像，他们的人生经历成为神话中的传奇故事，成为审美活动的象征品和意义符号，成为教科书、电影、电视、报刊、网络中流行不衰的青少年的励志内容，甚至他们的服饰和生活喜好都成为大众竞相模仿的美感对象。而官方的意识形态和民间意识的合流，加上现代传媒的高速高密的信息扩散，客观上也加剧这种当代神话的英雄崇拜的张力。

另一方面，当代神话英雄崇拜的基本内涵产生结构性变异。古典神话中被崇拜的英雄一般由具体的人物承担，人或神成为英雄的感性符号。然而，历史语境的变迁使之发生了一个根本性改变。当代神话中的英雄崇拜，逐渐消解掉了虚构性和想象性的神圣光环，这只是审美活动的外延性变异，而英雄崇拜让位于对现实人物的崇拜，神话英雄逐渐被更为具体性、物质化、实用型的崇拜对象所置换，这才构成内涵性的根本变化。科技崇拜的出现首先打破了英雄垄断崇拜领域陈旧的历史局面。当代神话的一个重要构成部分是科技神话，它直接地派生出科技崇拜。而科技和商品的逻辑结合又诞生出商品神话与商品崇拜。于是，我们可以从电视、广播、互联网、报刊等现代传媒中，从日常生活任何的公共空间听见和看到形形色色的商品广告，那些被附加高科技元素的商品，其实用功能被虚假地放大，修辞学的话语扩张，辅佐以视听手段的审美形式，使商品赋予被崇拜的意义，它们的审美价值和象征价值已经远远超越了自身价值。另外，就日常生活中消费活动而言，民众对于某种品牌的消费，尤其是名牌奢侈品的消费，构成了符号化的象征活动，他们通过购买某一品牌的商品，确立自我的社会身份，或者构成一种精神品位和审美趣味的隐喻，从而以商品崇拜的方式获得消费性美感。其次，权力崇拜成为当代神话最重要的崇拜内涵之一。显然，我们不能简单地将“权力”（Power）理解为某个或某些具体的实体，权力应该在结构中生成和存在，发挥着它的潜在功能。正像福柯所论：“权力不仅存在于上级法院的审查中，而且深深地、巧妙地渗透在整个社会的网络中。知识分子本身是权力制度的一部分。"[①] 当代神话意义的权力崇拜，也相应被阐释为在相互结构中存在。如果先行单一地考察权力事实，它可能包括知识、政治、经济、法律、宗教等领域，也可能包含在社团、集体、政府、国家、国际组织等社会形式之中。然后，必须看到，权力必然地体现和活动在不同社会领域和公共空间的社会交往活动之中，换言之，体现和活动在各种社会结构的相互作用之中。因此，当代神话中的权力崇拜事实上已经转换为一种抽象化的客观存在。所以，我们在现代社会生活的方方面面，可以体验和感受到权力的潜在力量和巨大势能。权力似乎成为每一个现代存在者追求的乌托邦景象，一种令人既崇敬又畏惧的实体，既客观存在又无法捕捉的神秘对象，它已经成为一种冰冷的抽象观念和精神符号，制约和左右每一个存在者的现实生活。例如现代生活场景中司空见惯、日益流行的文艺晚会模式，它们不同程度地体现神话意识，特别是政治神话和国家神话的意识。

四　游戏意识与感官功能

任何神话都负载着一定的思想意义，它们构成神话的永恒逻各斯，成为一种共时性的稳定结构。就当代神话而言，则呈现出较为复杂的二重性的情形。一方面，就当代神话的基本构成而论，它们包括科技神话、商品神话、政治神话、国家神话、英雄神话、消费神话等样式，这些神话在一定程度上寄寓着社会意识形态和折射着现实性的利益诉求；另一方面，当代神话中的游戏意识和娱乐趣味不断扩张，在一定范围和程度趋向消解复杂的社会意识形态，选择日常生活的平凡意义和世俗价值。它们构成看似矛盾的美学张力，影响人们的日常生活和审美活动。有关当代神话对于意识形态的

① 杜小真编选：《福柯集》，上海远东出版社 2003 年版，第 205—206 页。

建构功能我们已经做了相关论述，现在主要讨论后一个方面的问题。

当代神话由于和科技的携手合流，就为它的游戏精神寻觅到一些合适的物质平台。诸如电视、计算机、互联网、手机、数码相机、MP3、MP4、DVD、DV、平板电脑等现代科技的成果，为现代大众开启各种走入虚拟场景的游戏空间，那些非现实性的充满魔幻意味的游戏种类，以及形形色色的游戏节目，带来独特的娱乐快感和部分美感，提供给生活在枯燥、乏味、平庸境遇的存在者以莫大的生理心理的享受，体验到现实世界根本没有或基本匮乏的游戏内容和游戏快感，从而满足其在现实世界所无法实现或难以实现的欲望，获得非现实性的自我表现和自我实现的虚拟性意义。席勒在文化人类学的意义上寻找到艺术与游戏、人性与游戏的审美关系，提出以“游戏”拯救社会和人性的美学思想。他说：“只有当人在充分意义上是人的时候，他才游戏；只有当人游戏的时候，他才是完整的人。”[①] 加达默尔认为：“游戏最突出的意义就是自我表现。”[②] 无疑，当代神话借助于科技工具所寄寓的游戏精神和所扩展的游戏意识，无论是虚拟性还是自我实现的快乐程度，都远远超出了以往的游戏活动。因此，我们可以理解为什么电脑游戏会成为各种社会阶层和不同年龄人群的普遍嗜好，尤其令未成年人沉迷其中，甚至出现“网瘾”这样的新型语汇。因为电子游戏让人们产生了当代神话的快感和美感，让人滋生了难以摆脱的自我实现的成就感。如此而已，以电子媒介工具，辅佐以动感的图像和刺激的音响，而自我以替代符号参与其中的纯粹虚拟的游戏活动，就成为不可抑制的娱乐洪流。这就是当代神话的魔幻化力量之一。可以说，电子游戏成为负载着当代神话的一个主要工具，换言之，当代神话借助于电子

---

① ［德］席勒：《美育书简》，徐恒醇译，中国文联出版公司 1984 年版，第 90 页。

② ［德］加达默尔：《真理与方法》上卷，洪汉鼎译，上海译文出版社 1999 年版，第 139 页。

游戏的符号形式影响着社会大众，尤其是充满想象力和渴望魔幻境界的孩童，因为他们在思维方式和心灵体验方式上更接近于神话境界和童话世界。在这里，顺带讨论电子游戏中的“杀戮主题”，有助于我们进一步理解当代神话中的游戏意识。应该说，“杀戮”是古典神话的主题之一，尤其是神话传说的英雄，“杀戮”是他们命定的成长过程，也是神话叙述必不可少的故事元素。当然，古典神话中英雄杀戮的对象一般首先是凶恶的野兽，其次是妖魔怪物，再次是恶人。而与此相同的是，电子游戏中的杀戮目标依然由三个主要对象担当，所不同的是，增加了由机器、电子、生物过程等技术手段制造的各种现代怪物。从杀戮的动机看，古典神话中的杀戮是为了正义和合理的目的，而电子游戏中的杀戮，其动机的道德和价值意义已经退隐，而被纯粹的游戏快感所代替。杀戮的手段就成为杀戮的目的，而杀戮的本身就成为游戏的唯一动机。电子杀戮游戏带给游戏者的就是走入神话境界的快乐和美感，它成为当代神话的重要组成之一。

现代大众文化的显著特征之一，就是游戏活动成为流行的审美活动。而在当代神话场景下的科技神话，在一定程度上凭借影视艺术担当审美活动的主要对象。因为影视艺术以虚构的画面，令接受者产生心理惊异和眩晕的审美效果，获得在现实生活之中无法体验到的审美快感。加拿大电影理论家威廉·维斯在《光和时间的神话》中分析先锋电影时写道：

> 《碎片曼佗罗/终端战争》可以作为一般闪烁影片的具体个案，体现莎利兹闪烁影片特别关注的“沉思的幻觉经验”。影片开始出现的斑点产生了闪光效果，同时又体现了莎利兹所谓的“循环性和同时性”，而这就是曼佗罗“用以使知觉内转的工具”。感受清晰但不可思议地虚空，阴暗而又明亮，光点使观众的知觉集中到电影的时间之流中，同时又显示了构成光流

的清晰单元。[①]

莎利兹等人的“闪烁电影”以不连续形象进行连续的播放，产生闪烁和幻象的运动，观众视觉捕捉到的不是对现实性的物质形象，而是虚幻的游戏性和虚拟性的“闪烁”形象，一种神话般的虚假美丽和幻觉性刺激。现在流行的科幻影视片，以高科技手段进一步丰富和优化了视觉的虚拟性感受，计算机和网络技术的出现加速了影视艺术的虚拟画面的美感效果，开辟了新型的审美化的赛博空间，游戏意识越来越强烈，受众审美感受的力度也相应地不断提升。

显然，科技神话及其相关的艺术文本在极大地提升接受者视听感官审美享受的同时，以与传统艺术不同的媒介形式和感性符号，给予广大受众以超越现实性的感官快感。传统美学理论信奉的审美活动不涉及感官快乐的定规被打破。在以现代科技作为传播工具的视听艺术领域，广大接受者沉醉于这些艺术形式给予的虚拟性和幻觉性的感官享乐已经成为一种合理的选择，甚至是必不可少的最重要的选择。众所周知，康德在《判断力批判》中区分美感和一般快感的不同性质，竭力主张在美感和官能快乐之间划出逻辑界限。他说：“只有对于美的欣赏的愉快是唯一无利害关系的和自由的愉快；因为既没有官能方面的利害感，也没理性方面的利害感来强迫我们去赞许。”[②] 在康德以及尔后的古典美学视野里，审美活动排除生理的快感或官能的快感这一观念成为一种流行的知识谱系。直到现代美学，这一约定俗成的理解才被颠覆。如果说尼采从酒神精神和日神精神的统一为艺术寻找到新的历史原因，为审美活动的生命冲动和感官快乐寻找到合理与合法的理由，那么，弗洛伊德的精神分析

① ［英］威廉·维斯：《光和时间的神话——先锋电影视觉美学》，胡继华等译，四川人民出版社 2006 年版，第 212 页。

② ［德］康德：《判断力批判》上册，宗白华译，商务印书馆 1964 年版，第 46 页。

理论，提出梦幻是潜意识欲望的满足，艺术是一系列被压抑的本能欲望借助于梦幻形式的合理性和审美性宣泄与表现这样的美学理论，有力地对抗了古典美学对于艺术和审美活动的单一性的理性阐释。现代美学的思想标签之一就是对于生命感性的重新估价，强调身体在审美活动的存在权力和应有意义，为感官快感在审美活动和艺术活动中赢得必要的意义与价值。福柯反对以往历史对于身体的规训和戒律，主张归还身体的必然性权力和身体的快乐。他分析历史上的不同结构的“权力”（Power）对于身体的压抑和规训，主张恢复身体在社会交往中的应有自由和价值意义，肯定以身体为核心的感官欲望的合理性和合法性。在和当代神话相关的文本语境中，受众的感官功能显然获得现实性的审美高涨。美与欲望之间曾经森严的逻辑壁垒被打破，身体不再成为权力的压抑对象，其本身就构成一种新历史语境的合法权力，而归属于身体的感官欲望则被作为一个感性的事实而再一次获得现实性的价值肯定。所以，许多大众文化的狂欢性色彩也就在某种意义上被赋予了集体性的感官盛宴的色彩，以现代科技手段所虚拟的神话文本提供给人们的就是一种诉诸感官的快乐筵席。这样，我们也就可以理解众多的影视文本何以巧妙地达成商业性和娱乐性的合谋，洞见它们为何凭借幻觉性的身体快感一次次重复对于观众接受的成功策略，当然也就比较容易解释为什么芸芸众生沉醉于当代神话虚构的欲望叙事和抚慰感官的视听艺术之中而不能自拔。

当代神话的力量当然是虚构的力量。然而，这种虚构的力量以身体的合理欲望为前导，指引和牵引着每一个存在主体跟随它踽踽而行。因此，任何现代意义的审美活动不再属于古典美学意义上的纯粹理性活动和诗性活动，而是感性的欲望的活动，它们必然地要依赖于感官享受的逻辑支撑，感官的功能已经现实性地成为审美结构的应有意义，无论主体是阅读自然还是艺术的任何审美对象都不例外。

第三章

当代神话的基本结构及其阐释

第一节　科技神话

科学技术的飞速发展构成现代社会一个显著标志和欢乐景象，尤其是实用技术以几何级数的增长，给人类生活带来巨大的“神话式”的改变。当科技成为人类的第一生产力之后，它满足了人类社会最大、最广泛的消费欲望，给人类带来了对未来的无限渴望和梦想。因此，必然性地催生出对科技的崇拜意识，导致“科技神话”的诞生。置身于后工业社会的历史语境，科技已经成为类似宗教式的“图腾”（Totem）。

“科技神话”这一能指包含着两个层面的所指意义：其一是对科技本身产生的崇拜而滋生的神话意识。其二是借助于科技工具或科技元素所制造的神话文本。科技神话主要指涉于两个世界：一是现实语境的生活世界，一是虚构文本的艺术世界。在前一个世界，科技以夸饰现在和许诺未来的方式制造自己的神话从而滋生民众对科技崇拜的情绪；在后一个世界，艺术生产以虚构的科技力量和科技近乎魔法的功能，创造娱乐和审美的文本，满足受众对科技的无限需要和在现实尚且无法实现的欲望，抚慰接受者对平庸世界的厌倦感，刺激他们追求新颖和奇幻的不安分心理由此达到快感与美感不断生成。所以，科技神话包括密切关联的两个对象和两个领域，它们之间相互渗透和转换，成为神话结构的共同体。

科技神话的重要来源之一，是从事科技活动的主体和科技阶层、集团以及传媒对科技的过分夸饰，从而导致缺乏科学知识和理性辨识力的众多民众产生对科技的非理性崇拜，产生过度的依赖心理和过高索求的意愿，而民众在对科技力量的信仰和进一步传播活动中，美化、强化或扭曲了科技的本来面目，将之魔法化和理想化。这一种类的科技神话在一定程度和范围损害了科学精神和科学尊严，败坏了人类理性和道德伦理，嘲讽了人类的智力和知识热情。赫尔岑在《论科学中华而不实的作风》中批评某些科学家："他们找到了表面上的和解，而用某种不合法的办法对一切进行解答，他们懂得科学字面上的意思，但对科学的活的精神则不肯深入钻研。他们竟至于肤浅到这般地步，认为一切都易如反掌，认为任何问题他们都能够解决；你一听他们的讲话，就仿佛科学再没有什么可干的了。"[①] 他谆谆告诫道："科学不是可以不劳而获的，——诚然；在科学上除了汗流满面是没有其他获致的方法的；热情也罢，幻想也罢，以整个身心去渴求也罢，都不能替代劳动。"[②] 这番发表于 1842 年的散发真知灼见的言论所具有的意义也许是超越历史限定的，它闪烁着共时性的普世的精神价值。赫尔岑所批判的科学中华而不实的作风，无论在历史和现实上，都很大程度上参与和构造了诸多的科技神话，在一定程度上败坏了科学尊严和人类理性的道德良知，使科学和科学家蒙受耻辱，也顺带地羞辱了那些不尊重科学而推波助澜于科技神话的官僚机构和政府权力，甚至也嘲讽了诸多随波逐流于科技神话的芸芸众生。

分析这几个科技神话的例证，也许有助于我们深入地理解它的精神特性和社会效应。1899 年英国科学家伦琴发现了 X 射线，为英国赢得了巨大的科学声誉。然而，在 1903 年，法国物理学家布

① ［俄］赫尔岑：《论科学中华而不实的作风》，李原译，商务印书馆 1962 年版，第 2 页。
② 同上书，第 7 页。

朗洛宣称发现了一种新射线，即N射线。这一发现引起法国科学界的强烈兴趣和高度赞誉，甚至包括诺贝尔奖得主贝克勒尔在内的众多著名学者也纷纷给予溢美之词。紧紧跟随着这一风潮的是，1904年的上半年，在法国科学院院刊发表了50余篇涉及“N射线”的学术论文。然而，令人惊异的是，除了法国，任何其他国家的科学家都没有得以发现这种“N射线”的好运。这也就意味着：“N射线”不可证实和重复。直至英国物理学家伍德以不可辩驳的科学试验和逻辑论证给出冰冷的结论：N射线属于主观虚构，只是“想象主体的想象活动”而已。事实说明，布朗洛出于和英国科学界相媲美的虚荣心支配，他的“良好”和“高尚”的爱国动机恰恰造成了法兰西民族蒙受一次科学耻辱的悲剧结果。布朗洛以虚假的设定作为科学的前提，违背了科学理性和人类的伦理原则，以自我的想象力创造了一个貌似科学的“现象物”——“N射线”。值得人们关注的是，不少法国科学家因为潜藏心底的“民族自豪感”而追随于布朗洛，由此诞生了一幕民族虚荣和欺骗科学的荒唐闹剧。显然，这是科技神话的制造和破灭的典型例证之一。中国主流媒体之一的《经济日报》，在1993年1月28日第4版发表一篇醒目的报道：《水真能变成油吗?》，这是官方媒介推崇“水变油”重大科技成果的报道，甚至有权势人物宣称“水变油”是中国的“第五大发明”。“水变油”的科学闹剧和技术骗局除了给国家造成了直接的巨大经济损失之外，最关键的是，它严重损伤了一个民族的科学精神和求实理性，嘲笑了整个国民的尊严和认知水准，挑战了整个国家的科学准则和科学尊严，奚落了众多国人的智商和知识判断力。前苏联时代的李森科院士（T. D. Lysenko，1898—1976）虚构冬小麦“春化处理”的科学“方法”，韩国的“首席科学家”黄禹锡伪造人类胚胎干细胞的若干数据和“成果”，中国的陈进教授在计算机领域作假的“汉芯”事件（Hanxin events）等等。上述的科技“精英”都是科学中华而不实作风的具体呈现，一方面违背了科学中的基本原则，另一方面违背了人类文明的伦理原则，构造了巨大而空洞的科技神话，产生了强力的社会轰动和激发了所谓的“爱国”情绪。显然，有的科技神话则隐藏着追逐虚名和利益的欲望。有些科技神话制造者反科学和反伦理的虚假行为却顺乎所谓的“辩证唯物主义与历史唯物主义”“爱国主义”“民族主义”等意识形态的需要，更加蛊惑人心和欺世盗名，这就需要我们具有持续的理性警惕和情感中立，客观冷静地辩证反思一切科技神话的本质和特性。

科技神话的制造主要以“夸张当前”和“许诺未来”的两种策略达到哗众取宠的目的。生命科学、医学、心理学和心理咨询等学科，是容易导致科技神话的学科。生命科学和医学这两个密切联系的学科，其中为数不少的人物在虚荣心和利益的驱使下，很大程度上夸大溢美了自己科技成果的功用，尤其对新技术、新方法、新药物等作用的宣扬远远超过它们本身的价值与意义，而媒体出于吸引读者与观众的缘由也热心于夸饰性的修辞报道，一部分非专业的大众也参与了对这些虚假或夸张的科技信息的传播与添枝加叶，如此，这三种浪潮合乎逻辑地催生了科技神话的浓厚泡沫。生命科学与医学更偏爱以许诺未来和描绘远景的弥赛亚方式，传递给现世的人们以遥远的光明与福音。它们在 20 世纪末宣称，在 21 世纪初可以治愈癌症，基因技术可以像换汽车配件一样换掉人体某些生病受损的器官。而对于基因、克隆、人造干细胞等前沿技术的大肆渲染向我们描绘了一幅鼓舞人心的美妙蓝图。然而，随着时间的流逝，人们才发现生命科学和医学曾经许诺的美好就像热恋中的男人对女人的虚假誓言。心理学和心理咨询这两个连体学科也闪耀着诸多虚假的神话光环。胡塞尔现象学的原则之一是反对哲学上的心理主义，这位严谨深刻的思想家对心理学保持着一定的理性戒备和冷峻反思，认为它很难成为一门严格意义的纯粹科学。心理学是一门严重依赖于经验积累和主观描述的学科，它的诸多概念、命题、方法和理论建立在无法实证和重复的个人心理内省之上，甚至凭借于某些心理学家的猜测、想象、直觉、假定、主观推断、情感认同等方面的东西进行理论建构。因此，这门学科最容易产生科技神话和虚构的科学性。胡塞尔在《逻辑研究》中指出：

> 心理学是一门事实科学，从而是一门来自经验的科学。与此并不矛盾的是：心理学至今还不能提出真正的、从而也是精确的规律，它称之为规律的那些定律尽管很有价值，但却只是一种对经验的模糊一般化，只是一些有关并存或延续的大致规则，它们还远远无法做到以必要的、单义的规定性确定：在得到精确说明的一定状况下，哪些东西必定共同存在，或者，哪些东西必定会接着产生。[①]

有些心理学家甚至违背起码的“事实”，沉湎于自我的内省经验和主观想象，因此，他们的理论成为一种虚构的科技神话就是一个必然性的逻辑结果。甚至20世纪最伟大的心理学家弗洛伊德和荣格的精神分析理论也存在着某些科技神话的投影，当然，这一理论除了人们肯定的人文价值之外，它所存在的虚构和荒诞负面意义还远远未被予以辩证理性的清理、剖析与批判。

科技神话产生的社会背景和逻辑缘由在于：一方面，人们期许所有自然的、社会的问题和人的生存困境都需要它来承担与解决，它被寄予无限的厚望。另一方面，一部分从事科技活动的科学家也热衷于以预期的和夸饰性的话语，对社会给予超越科技实际能力的许诺。所以，现代心灵对于科技的膜拜就顺理成章地成为新的宗教和神话。一般地说，科技神话的制造者通常是科技活动的承载者。然而，现代媒体的传播活动是一个对于被传播对象的意义再加工和

① ［德］胡塞尔：《逻辑研究》，倪梁康译，商务印书馆1994年版，第52页。

功能重塑的过程，置于这一过程，科技神话进一步被强化和涂抹上更加绚丽诱人的色彩。罗素曾经乐观地宣称："毋容置疑，与神学世界观相对立的科学世界观的普及，迄今是有利于幸福的。"[①] 然而，令他始料不及的是，科技超越理性和不适度的发展、传播而制造的科技神话，在给人类带来福音的同时，也带来了理性和感性的双重烦恼。毋庸置疑，在后现代社会中，我们的确观察到了科技神话的身影。第一，我们对于科技作用产生理性主义的"迷信"，信奉它能够解救各种自然的和社会的问题，就像原始人相信面临危难的时刻，必然会出现神秘的"英雄"来解救自己一样。现代主体对于科技的过度信赖和依赖，必然地导致科技神话的产生。第二，在商品与消费构成的现代社会的经济链条中，由科技手段制造的商品往往成为科技神话的直接象征。每一个存在者又都作为"消费者"感受和参与科技神话的传播和再制造，我们由对科技的迷信转移到对商品的迷信，科技神话当然也就转换为商品神话。例如，许多附加高科技成果的商品被现代传媒以"广告"的形式扩散，而广告凭借语言和图像、音乐等符号化活动达到对商品的修辞夸张，进一步对它们进行神话意识的包装，于是我们这些消费者就被科技神话直接或间接地征服。科技神话还表现在征服太空和军事领域等方面，人造卫星、宇宙飞船、空间站、航天飞机以及高科技的武器装备，一方面成为一种意识形态的宣传和鼓舞国家士气最有效的政治广告，另一方面，也成为一种被普遍运用的政治恫吓的工具。它们在一定程度上成为科技神话的象征品和国家活动中的政治符号。

科技神话另一个重要的表现领域是艺术世界，它出现在众多的艺术文本之中，尤其是影视和网络空间广泛地闪现它们的魔幻身影，而以科幻小说和科幻影视为典型代表。艺术世界的科技神话与现实世界的科技神话有着本质的差异，显然，现实世界的科技神话

① ［英］罗素：《宗教与科学》，徐奔春、林国夫译，商务印书馆1982年版，第131页。

呈现显著的负面价值，神话制造者在主观上构成对科学精神和对人类伦理原则的有意识颠覆，他们违背社会生活中的伦理原则和主体的道德良知，其目的既可能是为了迎合肤浅虚假的爱国主义和民族主义的政治理念，也可能是出于纯粹地攫取个人名利的动机。而艺术世界的科技神话则明确地承认自己的虚构性和假定性，主观上不是以欺骗为目的，客观上也不一定构成对科学精神和科学尊严的毁坏，因为它是以游戏和审美的方式借助于科技手段、科技元素创造新颖别致的艺术化的娱乐形式，或者以科技为媒介工具创造了激发主体的科学热情和艺术美感的文本，科技神话成为其中的感性符号和象征品的构成要素之一。因此，如果说艺术文本中的科技神话是可爱却不可信的“神话”，那么，现实世界的科技神话则是既不可信又不可爱的“真实谎言”。在一般意义上，前者比后者具有某些正面价值和审美性质。

我们以“科幻片”为样本，简要地探究科技神话在影视艺术中的表现及其所呈现的美学价值与意义。科幻电影所蕴含的科技神话所具有的正面价值与美学意义在于：首先，突出科技的伟大势能和对人类未来生活的重要功能，它所具有的推动历史进步、重构理想社会和完美人性的深远意义。影片《终结者》（1984 年）描绘一个未来的世界，机器人操控了天下，试图统治世界，将人类灭绝，然而它们遇到了顽强抵抗的人类精英康纳，最终人类的精英依靠科技的力量和自我的智慧战胜邪恶的机器人，使人类重新获得解放、自由，回归安宁和幸福的生活。其次，肯定科技具有人类的正义价值和有助于确立理性的核心地位，否定非理性的欲望，反对利用科技工具追逐权力、金钱、本能、暴力、名利的欲望冲动。《星球大战》（1983 年）系列电影和《盗梦空间》（2010 年）这类影片即包含如此的美学内涵。再次，重新阐释历史和未来，寻找合理的社会模式和精神结构，反思科技在人类生活中的辩证作用以及人类应该承担的伦理责任。《阿凡达》（2009 年）表达这样的一个主题：其他星球也是一个世界，和人类地球没有本质的差异。人类不应该因为自己的贪婪而把对方贬低为“未开化的、野蛮的物种”进而堂而皇之地剿灭对方以霸占对方的资源，因此，人类应该和其他星球的生物平等和平地相处。最后，科幻片依赖于科技工具和策略，借用科技神话营造的陌生化效果，诱发观众滋生特殊的审美快感，从而使文本达到独特的艺术境界。美国的科幻片《黑洞频率》（2002 年），以时间空间的奇妙位移和变化，描写太阳黑子现象，借助一台无线电来引导过去时空的人们，从而转换命运。电影以科技为符号载体，讲述了一桩离奇古怪、扑朔迷离的案件，以此表达人类的亲情至爱的伦理力量。电影中的科技神话立足于时间与空间的奇妙变幻，叙述和情节在“科幻”的时空观里得以绵延与展开，从而令观众获得奇异的美感。

科幻电影的负面价值与美学不足在于：首先，违背科学精神和脱离基本的科学常识，进行不合理的任意想象和随意虚构，非逻辑的拼贴和毫无结构感的杂凑，构成科技神话的空洞无聊的象征符号。日本电影《金属兽》（1989 年）描写一男性青年，在地铁站偶遇手上有着铁爪的神秘女人，遭受她的突然袭击和激烈追杀，经历生死打斗之后，他终于逃回家中。然后，男青年在自我的情欲幻想中，突然发觉身体竟然正在钢铁化，下身演变为一个巨大的力量无比的钻头，而他的女友成为了他变身的祭品，他最后变幻为一个金属魔怪。后来，一位来历不明的男子突然出现，他在主人公肇事的车祸中侥幸生存，却因此产生了超现实的魔力。而由于他的憎恨力量才导致了之前事情的发生。于是，一个由钢铁打造的躯体和一个神秘的超能力者之间展开可怕的对决。影片脱离现实语境和超越最基本的科技常识，虚构一桩离奇却平庸的故事，从而令科技神话弥散着一种灰暗无聊的氛围。

其次，远离人的精神价值和历史语境，只有科技对事物的绝对主宰而缺席了人的意义和美感。美国科幻片《沼泽怪物》（1982

年)，叙述一个科学家在一次实验中意外地接触到一种具有快速成长性质的生化液体，然后变幻为一个半人半兽的水怪。但是，恐怖分子也渴望攫取这种具有快速成长特性的生化液体的秘密公式。于是，他们派遣人员追杀持有科学家记事本的电子专家。后来他们发现了这个科学家的踪迹。最终，在一个沼泽区，这帮恐怖分子和科学家变幻的水怪进行激烈的搏斗。从审美特性上看，它是一部乏善可陈的带有滑稽趣味的科幻动作片，水怪的化妆和服装均显得拙劣庸俗，对话和动作平淡枯燥，整部影片露出了低成本制作和导演、编剧、演员等一系列的低下格调。

再次，强调了生物、机械、电子等潜藏着非现实力量，它们控制了人的存在和作用，从而否定人的主体价值和存在意义。美国电影《地球末日之战》(2013 年) 由同名科幻小说改编。影片叙述联合国战后调查员，展开对一场毁灭世界各国的僵尸战争幸存者的调查，描写了一次虚构的世界大战。影片背景假定在人类赢得僵尸大战的十年之后，当年那场对抗僵尸的战争，给整个世界带来动荡和危机，甚至可能毁灭了整个人类。另一部美国科幻片《史前狂鲨》(2002 年) 有着类似于《地球末日之战》的艺术理念，科技神话的强烈色彩消融了人物的个性和价值，使之成为黯淡苍白的抽象符号和空洞概念。

最后，过度的虚幻和神秘主义，鼓吹非科学的宿命论，消解了主体的科学精神和诗性美感。印度和美国合拍的科幻电影《欲蛇》(2010 年)，讲述 4000 年前，在印度北部，人们将半人半蛇的雕像供奉在神庙，而有关在森林深处令人恐惧的“蛇女神”的故事流传迄今。直到 2008 年，一位不速之客——美国科学家的闯入终于将神话的禁忌打破。探险于丛林深处，他终于抓获一条巨大的因交配而虚弱不堪的雄性眼镜蛇，然后将这个雄性毒蛇带到实验室，以做进一步研究。然而，这引起“蛇女神”的追逐现身。“蛇女神”从泥浆中爬出，她在人类的形象和巨蛇的外表之间随时变幻。“蛇女神”捕猎人类为食，用自己的巨大毒牙将毒液输入人体，最终将整个人吞进腹中。而当“蛇女神”一路寻踪，发现在实验室中的雄蛇之后，不料雄蛇已被实验折磨得奄奄一息，它临死前请求“蛇女神”为它复仇。日本科幻片《异型对忍者》（2010 年），以一个荒诞的剧情表达荒诞的美学：在日本的战国时期，隶属不同大名的忍者集团在暗中展开争斗。一个明月高悬之夜，伊贺忍者耶麻汰、阵内、老鼠等人执行情报刺探任务时，与对手不期而遇，此时，天空中突然飘过一个巨大的令人恐怖的火球。耶麻汰等人返回村中，在首领的命令下，又去森林中侦察火球的真相。行进途中，他们遇见同属一派的凛林及其伙伴，于是结伴而行。在密林中，伊贺忍者们受到不明生物的猛烈袭击。对方迅捷威猛，残暴恐怖，忍者们接连被杀戮。只有耶麻汰、阵内、凛林等人侥幸逃出，但是，他们不曾料到来自外星的异型正在大肆繁衍，准备毁灭性的杀戮。一时间，伊贺村落惨遭蹂躏荼毒，耶麻汰等人也面临前所未有的严酷挑战。最后是一场你死我活的战争，结局则是所谓正义者的“胜利”。如此的“科幻片”仅仅是以科技为道具和佐料，叙述一个貌似离奇古怪而内容空洞、思想枯燥、艺术低劣和美感缺乏的故事。

因此，无论是现实世界的科技神话还是艺术世界的科技神话，它们在本质上都是人类精神对现象界的虚假超越，尽管有些艺术文本中呈现的科技神话具有一定的积极价值和美感意义，然而，在总体上，科技神话都不同程度存在着对科学精神的背谬和对人类伦理原则的颠覆，也与传统的审美标准和美感经验存在遥远的距离。

第二节　政治神话

亚里士多德在《政治学》中说：“和蜜蜂以及所有其他群居动

物比较起来，人更是一种政治动物。”[①] 无论是古典神话还是当代神话都闪动着政治神话的身影。政治神话既是政治活动的手段，也是政治活动的目的之一。因为只有在政治神话确立的前提下，才会使政治活动、政治策略和政治纲领得以可能。政治家都清楚地懂得在社会活动中运用政治神话达到多种目的的重要意义。政治神话中的“宣传”是政治家经常娴熟运用的政治技巧之一：

> 宣传的技术现在大家都很熟悉，因此，我们不需多谈。唯一一点需要强调的是，极权主义所特有的不是宣传本身，也不是它所使用的技术，在一个极权主义国家里，完全改变了宣传的性质和效果的事实是：一切宣传都为同一目标服务，所有宣传工具都协调起来朝着一个方向影响个人，并造成特有的全体人民的思想“一体化”。这样做的结果是：在极权主义国家里，宣传的效果不但在量的方面，而且在质的方面都和由独立的与相互竞争的机构为不同的目标所进行的宣传的效果完全不同。如果所有时事新闻的来源都被唯一一个控制者所有效地掌握，那就不再是一个仅仅说服人民这样或那样的问题。灵巧的宣传家于是就有力量照自己的选择来塑造人们的思想趋向，而且，连最明智的和最独立的人民也不能完全逃脱这种影响，如果他们被长期地和其它一切信息来源隔绝的话。[②]

哈耶克将政治神话中的“宣传”策略拱手相让于极权主义显然不符合历史实际，在政治神话的建构活动中，任何一个政党和任何一位政客或政治家都利用它证明自己的合法性和合理性，阐述自己设定的正义和伦理原则，为自己的政治理论和具体实践进行必要的

---

① 苗田力主编：《亚里士多德全集》第9卷，颜一等译，中国人民大学出版社1994年版，第6页。

② ［英］哈耶克：《通往奴役之路》，王明毅等译，中国社会科学出版社1997年版，第146—147页。

辩护和解释，从而赢得广大民众的支持与信赖。因此，许多国家都诞生在神话观念之中，或者说和神话发生了千丝万缕的潜在联系。

在政治神话境域中，有宣传密切关联的是“话语”，或者说政治神话的宣传离不开话语的参与和功能。福柯指出：“必须将话语看作是一系列事件，看作是一种政治事件：通过这些政治事件才得以运载着政权、并由政权反过来控制着话语本身。”[①] 话语积极参与了政治神话的建构，发挥了它隐藏着的鼓舞、激励、蛊惑、迷醉、眩晕、操纵等心理功能，正是在一系列政治话语的作用之下，民众的情绪主宰了辩证理性，酝酿出一系列的政治运动，甚至是暴力革命的历史冲动，因此导致巨大的社会变革，使政治神话获得现实性意义，同时也使这种政治神话或革命神话走入历史与民心的深处，在某一个历史时间和社会变革的关节点上再一次发挥它巨大的精神潜能。如果我们简略地考察诸如法国大革命、俄国的十月革命、中国的辛亥革命、“文化大革命”等政治变革，它们无不伴随着一系列自我拥有的特定话语，积聚着鲜明和强大的话语能量，蕴含着神话般的唤风使雨的魔力。与此相关，由于话语的运用，也使上述社会革命潜藏着神话般的完美和理想的意义，由此悄然地改变了历史的事实和人物的真相。显然，革命领袖和重要历史人物都是成功地运用这些革命话语的典范，他们借用于话语的魔法，有些以诗意的充满美感或情感的语言鼓动着无数的民众为所谓的历史进步、社会公平、法律公正、真理原则等抽象而虚假的意识形态而献祭自我的一切。

尼采认为：“神话的形象必是不可觉察却又无处不在的守护神，年轻的心灵在它的庇护下成长，成年的男子用它的象征解说自己的生活和斗争。甚至国家也承认没有比神话基础更有力的不成文法，

① 冯俊等：《后现代主义哲学讲演录》，商务印书馆 2003 年版，第 417 页。

它担保国家与宗教的联系，担保国家从神话观念中生长出来。”[①] 其实，从神话观念中生长的国家本身就包藏着一种非理性主义和极权主义的暴政危险。哈耶克指出：

> 创造一种“神话”来说明其行动合理的这个过程并不一定是自觉的。支配着极权主义领袖的，或许只是一种对他所发现的某种局面的本能的憎恨，和想创造一个更符合他的是非观的新等级秩序的愿望。[②]

显然，政治神话对于极权主义的领袖而言，前者是后者娴熟使用的工具，后者利用它达到自己的权力与利益的目标。美国学者对“美国神话”进行了精辟的分析：

> 构成美国神话的和所有其它国家神话的基础是一个抽象概念，即国家是一个有机的、有时几乎是一个有意识的实体。因此我们谈论国家的“产生”，国家之“父”，以及“祖国”等。我们还进而用“山姆大叔”或“约翰牛”这类象征把国家人格化。对于民族主义者来说，国家是具有神一样力量的东西，有必要奉承它并对之献祭。比如国旗就含有超越其物质实体的东西，代表着起源和认同。[③]

显然，国家神话在某种意义上属于精神的致幻剂和有害的麻醉品。从美学意义考虑，它客观地构成对审美活动的压抑和损害，甚

① ［德］尼采：《悲剧的诞生》，周国平译，生活·读书·新知三联书店 1986 年版，第 100 页。

② ［英］哈耶克：《通往奴役之路》，王明毅等译，中国社会科学出版社 1997 年版，第 149 页。

③ ［美］戴维·利明、埃德温·贝尔德：《神话学》，李培茱等译，上海人民出版社 1990 年版，第 148—149 页。

至极大程度地遮蔽主体的精神自由和想象力。卡西尔对极权社会中的政治神话现象进行了深刻的阐释：

> 在极权国家里，政治领袖不得不担负起所有的这些在原始社会为巫师所履行的职能。他们是绝对的统治者，是许诺能够治愈一切社会罪恶的巫医。……我们现代的政治家知道得非常清楚，用幻想的力量比用纯粹的物质力量更易鼓动起大批的群众，而且他们已充分地运用了这种知识。政治家变成了一种公众的算命先生，预言是新的统治技巧中的一个本质的成分。最不可能或绝对不可能的许诺都做出来了，太平盛世被一遍又一遍地预言着。①

在极权国家或专制国家，政治神话普遍地存在，政治领袖扮演着类似于传统神话中的巫师角色，他们富有神话传说中神祇的奇特功用。

国家神话在逻辑内涵上包括党派神话、领袖神话、权力神话等若干类型。党派神话寄寓着某个党派的政治目的和权力意志，它以多种方式力图证明自我党派的合理、合法、正义和代表着整个国家和人民的最大利益，它将自己的意识形态形容为绝对正确和合理的抽象主义，以不容置疑的方式宣称自己的政治方略和宏大理想，并且试图将这种宏大理想描绘成为绝对完美的乌托邦。党派神话建立在自我的宣传机器和整个党派成员的共同信仰之上，而党派成员强烈的情感信仰加剧了宣传机器的开动，互相促进了证明党派的正义、神圣和完美的神话建构。无论曾经德国的纳粹党还是现今美国的民主党、共和党，在证明自我的正义和完善方面没有本质的差异和表征的不同，它们都是以绝对的理想主义和对现实的权力攫取作

① ［德］卡西尔：《国家的神话》，范进等译，华夏出版社1999年版，第349—350页。

为由虚幻的神话意识向现实目标的过渡。党派神话的精神支柱之一即是领袖神话，两者形成必然的逻辑关联。因为党派必然地需要一个精神的或集权的领袖，有时候精神领袖和集权领袖处于分离状态，而更多状态是一个人物担当两者职能。党派领袖是由历史传统沿袭而言的惯例，也是人类心理世界中所延续的奴性人格，更是动物性在人类生活世界中的客观残留。人类在群体交往和公共空间等方面，无意识深处滋生着领袖的需要，而对领袖的绝对忠诚和服从甚至成为一种美德的象征。而一个人物一旦成为党派的领袖，他无论在品德、智慧、能力、才干方面都被奉若神明，甚至连党派领袖的相貌、语音、衣着、习惯等方面都成为整个国家或党派的偶像和典范。党派领袖是政治神话一个鲜明的神话意象和审美对象，因为他往往类似于历史上半人半神的人物、伟大的英雄人物和卓越的表演家。罗兰·巴特在《左翼的神话》一文中对斯大林进行分析，从政治神话视角上分析了党派领袖所建构的意义内涵：

> 譬如有一天社会主义自身界定了斯大林神话。斯大林作为言说的对象，若干年来以纯粹的状态展现了神话言说方式的构成要素：意义，这是历史上真实的斯大林；能指，这是仪式上祈求的斯大林，是围绕其名字的“自然”修饰语不可避免的特征；所指，这是正统、纪律、统一的志向，共产党将其专门用于既定的场景；意指作用，这是神圣化的斯大林，其种种历史规定弄清了自身原本植根于自然，凭天才、神灵之名，也就是凭非理性和不可言表之名，从而得以崇高化。[①]

和斯大林一样，西方的党派领袖同样包含着政治神话的建构。无论是华盛顿、林肯、丘吉尔、戴高乐，还是肯尼迪、克林顿、奥

① ［法］罗兰·巴特：《神话修辞术·批评与真实》，屠友祥、温晋仪译，上海人民出版社2009年版，第207页。

巴马，都无一例外地成为领袖神话的显著对象，他们身上被涂抹上了斑斓神奇的神话色彩，给自己的党派成员以极大的情感感召和给相对平庸的现实生活增添若干趣味和传奇。美国神话学家戴维·利明和埃德温·贝尔德指出：“华盛顿的神化是现代神话作用的典型事例。……布尔什维克革命的伟大英雄列宁实际上已被苏联政府神化了，他和马克思、恩格斯共同构成共产主义意识形态中‘神圣的三位一体’。在美国，现代的神话创造延续不断地把政治领袖理想化，其中最令人瞩目的是林肯。”[①] 另一个典型的例证可以说明，党派领袖的神话可以延伸到文学和艺术的世界。美国著名导演奥利弗·斯通执导《刺杀肯尼迪》（1991 年），这部电影从刚开拍即引发诸多争议，产生了一定的社会影响。1991 年 5 月 14 日，在影片开拍后不久，《芝加哥论坛报》的乔恩·玛葛里斯发表文章，以激越的情绪宣称：“这部影片是对人类智商的侮辱。”相隔数日，《华盛顿邮报》也刊登了一篇讨伐性文章，该文评价道：“在加里森和斯通电影中充满了谬论和虚假。”接踵而至的蜂拥批评汇集到了斯通面前。《纽约时报》说：“这部影片告诉我们，政府在总统遇刺案中的调查是不值得信任的。”《华盛顿邮报》的专栏记者乔治·威尔则以攻讦和谩骂的语气指向斯通：“这个人只是会耍花招的骗子，他缺少教养和最起码的道德底线。”这些情绪化和缺乏辩证理性的攻讦没有什么思想意义和理论价值，只是个人的偏激心理的发泄。其潜在的意义在于，政治神话中的领袖崇拜可能所引发的争议远远超出人们的预料。斯通企图借助于对肯尼迪遇刺这一历史性事件的重新描述与阐释，重构美国政治神话中的一角，重构一个著名领袖的神话意象和崇拜模式。这部影片就是一个典型的政治神话或领袖神话的生动戏剧，是对美国民众一度沉睡的政治情结和领袖情结再一次的图像化唤醒。极权主义和领袖神话密切地关联，历史上领袖

① ［美］戴维·利明、埃德温·贝尔德：《神话学》，李培茱等译，上海人民出版社 1990 年版，第 156 页。

神话给人类带来巨大的悲剧。

> 实际上，虽然是在一个比史前时代强加的男性统治时期更小的范围内，但是，现代极权主义社会最引人注目的特征也许是，（就像在奥威尔的《1984》中那样）他们的主要工业就是制造神话。在纳粹德国，阿道夫·希特勒这个并不引人注目的黑头发男人被成功地神化为元首、“纯种”、金发碧眼的强人领袖、漂亮的“亚利安超人”。

其实，政治神话不限于任何党派和意识形态，不限于任何国家和民族，不限于任何历史阶段，也不限于任何表现形式和象征符号：

> 在神话中，我们都可以精确地看到在最初的男性统治接管颠倒现实的时期曾经使用过的同样的操作过程。它们不仅创造了新的神话，而且创造了新的象征。例如，字饰和锤子、镰刀在20世纪几乎就像基督教的标志十字架一样有权威，用以动员男人们进行神圣的宗教战争和战争。而且产生了代替旧的宗教典礼和仪式的新的典礼和仪式：群众集会、火炬游行、有节奏的行军；还有领袖正义的、雷鸣般的、愤怒的演说，劝告“有知识的人”前进并用暴力传播“真理”。[①]

国家权力作为党派最高目标和根本诉求，与此相关的是其他具体领域和部门的权力同样成为党派不同成员的追逐目标。党派与民众对于权力的崇拜和追逐构成一种现实向度的权力神话。它成为政治神话中一个重要的结构。换言之，权力神话成为政治神话的永恒

① ［美］戴维·利明、埃德温·贝尔德：《神话学》，李培茱等译，上海人民出版社1990年版，第156页。

主题之一。权力被赋予了至高的价值和绝对的力量，被看作推动经济发展和文化改良的重要杠杆，超越人的主观意志而隐匿着神秘的魔法。

民族神话是国家神话的重要结构之一，尤其在民族国家的逻辑前提之下，民族神话和国家神话形成密切的交融。民族神话虚构自我民族的神圣性和高贵性，将本民族假定为凌驾于其他民族之上的优秀民族，在宣扬民族血统的高贵和纯粹的同时，又称颂自我民族的辉煌灿烂的历史。既美誉自己民族的智力和道德，也炫耀自己民族的文化和武力。当然，每一个民族对自我的自恋和热爱本来是无可厚非的人类虚假意识形态的呈现，问题在于，这种虚假的意识形态被提升到远远超越事实的地步，并且它构成了对其他民族进行征服、奴役和虐待的冠冕堂皇的理由，从而酝酿成历史的惨重悲剧。如第二次世界大战的纳粹德国和军国主义的日本就盛行着民族神话。神话学家一针见血地指出："20 世纪的神话创作由于纳粹颂扬'雅利安种族'和'德意志民族的骄傲'（这是希特勒第三帝国的基础，是荒谬的、最终覆没）而令人厌恶地活跃起来。"① 民族神话在历史上构成悲剧的例证不胜枚举，即使在当下，依然闪烁着民族神话的阴影，给这个动荡不安的世界增添一份精神危险。

卡西尔说："当英雄崇拜丧失其原初的意义，并且和种族崇拜融为一体的时候，当它们两者都成为同一个政治纲领必不可少的部分的时候，这是新的一步，而且是具有极大重要性的一步。"② 这标志着政治神话走向一个新的阶段，一个极端主义和精神恐怖开始发难的境地，这意味着距离人类的悲剧开场也越来越近。戈比尼在《论人类种族的不平等》这一著述中，以极端主义的傲慢与偏见，表达了他关于人类种族不平等的神话思维：

① ［美］戴维·利明、埃德温·贝尔德：《神话学》，李培茱等译，上海人民出版社 1990 年版，第 157 页。

② ［德］卡西尔：《国家的神话》，范进等译，华夏出版社 1999 年版，第 342 页。

> 地球上生存着和曾经生存过大量的民族，只有十个民族上升到完全的社会地位。剩余的民族都受这些民族的吸引，或多或少独立地绕着这些民族旋转，就如行星绕着它们的太阳旋转那样。如果这十种文明有任何活的因素，它们不是由于白色人种的推动；或者说有任何死亡的种子，它们不是来自与低等血统的混合。那么，这本书所依赖的整个理论就都是错误的。[①]

戈比尼断定“历史仅仅起源于白色人的交际”，“黄种人和黑种人确是两个低劣的人种，它们只是白种人用来纺织自己精致丝织物的粗布、棉花和羊毛”，“中国文化不是中国人民的作品。我们必须把中国文化看作是从印度移民过来的外国部落的产物，是这些侵入和征服中国、奠定中央王国和天朝基础的刹帝利的产物”。显然，对戈比尼而言，除了白色人种之外，其他人种都是被白色人种支配的天生奴仆。他将种族崇拜作为崇拜的最高形式，也是对最高神的崇拜。由此，戈比尼以纯粹假定的逻辑缔造一个种族神话和民族神话，卡西尔认为这是一种“极权主义的种族理论”，他予以决然的否定和批判。“戈比尼清除了人的一切价值。他决定向人们提供一个新神——种族的莫洛克神[②]（Moloch）。但这是一个垂死的神，它的死亡决定人类历史和人类文明的命运，它把它们拖进自己的毁灭之中。”[③] 一方面民族神话和种族崇拜结伴而行，另一方面，后者也是前者的上升结果。它们在政治生活中构成强大的神话力量，给这个本来就动荡不安的世界带来危机和灾难。

> 创造民族的神话是创造某些人物作为国家的化身。诸如英国的约翰牛和美国的山姆大叔。如果不是以人物为代表，民族

---

① 转引自［德］卡西尔：《国家的神话》，范进等译，华夏出版社 1999 年版，第 275 页。

② 莫洛克神（Moloch）是古代腓尼基人所信奉的火神，以儿童作为献祭品。

③ ［德］卡西尔：《国家的神话》，范进等译，华夏出版社 1999 年版，第 301 页。

> 国家就常以动物形人物为代表。……帕克于1900年绘制的漫画，俄国熊、美国鹰、英国狮子、以及其它一些动物，击败了躺倒的中国龙，这是19世纪末叶西方列强瓜分那个困难民族的写照。①

这一例证从一个侧面显明：民族神话和国家神话形成相辅相成的逻辑关联，构成互为因果和互为表里的结构因素，两者联袂影响着大众心理和社会生活。假如进一步深入考察，民族神话和政治神话还密切地关联着革命神话，三者形成互为因果和相互影响的复杂逻辑关系。法国思想家雷蒙·阿隆指出："左派的神话隐含着'进步'的理念，并暗示着不断运动的观念。大革命的神话具有一种既互补又对立的意义：它使得人们期待着突破人世间正常的进展方式。"②"在法国，法国大革命属于整个民族的遗产。法国人之所以喜欢'革命'这一字眼，乃是因为他们沉迷于这样的幻想：延长或再现往昔的荣耀。"③ 民族神话催生政治神话，政治神话又可能影响民族神话，两者的共同作用最终导致革命神话。在社会实践中，革命神话常常由民族神话和政治神话所引发。纵览历史，我不得不遗憾地发现，革命神话常常酝酿民族和国家的惨痛悲剧。

政治神话的附属性结构同样必须引起人们的关注和探究。政治神话从来不是单一性的存在样式，它伴随着一系列的要素而发挥功用，诸如仪式、节日、圣地、建筑、口号、宣传册、语录、演讲、身体、器物等参与了神话的构造和传播。政治神话常常借助于宏大庄严的仪式得以确立和施展。仪式是人类文化的产物，也是符号化活动的典型样式。政治神话一个重要的策略是借助于仪式的符号化

① [美] 戴维·利明、埃德温·贝尔德：《神话学》，李培茱等译，上海人民出版社1990年版，第156页。

② [法] 雷蒙·阿隆：《知识分子的鸦片》，吕一民等译，译林出版社2005年版，第34页。

③ 同上书，第42页。

运动使自我设定和选择的意识形态获得合法性与合理性，而这种仪式一般被赋予宏大的叙事，涂抹上神圣和神秘的色彩。

从微观上分析，仪式包括诸如：庆典仪式、就职仪式、选举仪式、会议仪式、检阅仪式、葬礼仪式等方面。这些仪式是政治神话必然的需要。尤其是某些仪式，在政治神话的生成和强化的过程中是不可或缺的选择。这些仪式构成盛大隆重的场面，以一种经典的宏大叙事方式震撼民众的心理，产生巨大的情感境域从而制造了强烈的剧场效应。在所有的这些仪式中，没有哪一种能超过葬礼仪式从而更能够感染民众的情绪和激发巨大的心理能量。为重要的或者“伟大”的政治领袖举行庄严肃穆、悲哀至极的葬礼仪式，是获得社会高度认同和集体凝聚力的重要契机，也是其他仪式无法替代的赢得精神势能的重要策略。它一方面以对政治领袖的丰功伟绩的赞颂和人格德性的溢美进一步强化领袖神话的色彩，另一方面以对死亡领袖的悲哀追悼而激发党派和阶层的共同情感，达到团结和集聚能量的目的，并且延续这一政治团体的生命力。

节日是规定一个确定性的重复时间从而达到循环性纪念的政治目的的策略。因此，“节日”是政治神话中另一个重要结构。尤其是所谓的“革命节日”往往承担了政治神话的重要功能。法国学者奥祖夫精湛地剖析了“革命节日”的隐秘：“革命承袭了对乌托邦的迷恋——节日就是一个可靠的证明。革命节日的整个历史可以被看做是对这一盲点的说明：革命节日希望自发性，但实际上充满了防范和强制；虽然旨在重新把整个共同体聚集起来，却触发了不间断的排斥，不断地制造贱民；它们变成了一种闹剧，最终造成了人的孤独。革命的节日狂热乃是一部充满失望的历史。……节日不过是在虚假地欢庆天下太平与和衷共济。节日变成了一种伪装：其使命是掩盖凄惨的现实，其本身成为镶贴在凄惨现实上面的装饰。”①

① ［法］莫娜·奥祖夫：《革命节日》，刘北城译，商务印书馆2012年版，第22—23页。

如果说法国资产阶级大革命的某些节日可以被视为近代政治神话的构成要素之一，那么，当代社会中的某些节日同样也是这种政治神话的共生物或催产婆。

和庄严肃穆、盛大堂皇的仪式或节日相关，政治神话沉迷于特殊的地域，例如将某个城市或者乡村设定为“圣城”或“圣地”，类似于宗教崇拜。政治神话还力图依据某个特定的物质空间获得自己的特定象征意义。例如政客们将重要仪式精心选择于某个时间和刻意安排于特定的场所、地点，特别是将政治仪式居于具有象征意义的建筑，如宫殿、寺庙、纪念碑、广场、陵墓等，诸如白宫、国会大厦、克里姆林宫、白金汉宫、靖国神社、凯旋门等，令政治神话蕴含着丰富复杂的历史内容。政治神话中另一个值得关注的是“口号”。口号在本质上是精神虚弱的表征，是理性意识到自己的欠缺而借助于情绪的强力宣泄而试图达到心理平衡的补偿手段。口号虽然在深层上属于主体一种无能和无奈的表现，然而表现在外部现实上，却以群情激昂的方式获得类似康德所描述的数量和力量的美学“崇高”。可是这种崇高隐藏着歇斯底里的非理性的政治冲动，它在一定程度上令呼喊者丧失了历史理性和辩证理性，同时冲昏了自己的政治头脑。然而，这恰恰是政治组织者和政治领袖所需要的政治神话的震撼效果。从这一点考察，政治口号是发酵政治神话的情感酵母，是许多政治运动不可缺少的精神催化剂。宣传册和领袖语录在政治神话的建构有着和口号类似的功能，它们适合于缺乏深刻思考能力的芸芸众生，以最经济和最直白的思维方式向接受者灌注最精要、最简洁的政治理想、革命纲领、党派政策、斗争策略和许诺的权利目标等内容，尽可能迅速赢得各个阶层的拥护和支持，从而参与到自己发动的政治运动之中。政治神话中最富于魅力和吸引力的莫过于为民众所崇拜的领袖的演讲。领袖本身就是神话的象征品之一，他无所不在地参与了政治神话的制造，对被领导者而言，其作用类似于宗教教主对教徒一般。演讲是政治神话得以建构的重要手段，政治领袖以个人魅力达到被迷狂崇拜的效果，而这一效果客观地转换为一种强大有效的社会动能。如果演讲借助于无线电和电视的传播方式往往产生更为强烈的煽动情感的效应。在政治神话建构中，附属因素中还包括和领袖崇拜相关的身体和器物。政治领袖的身体和形象成为政治神话中被偶像化、膜拜化的图像符号，上升为具有神话色彩的象征物和图腾物。最后，政治神话还借助国旗、国歌、国徽等审美符号诞生丰富的象征意义，隐喻着某种政治制度和党派组织的合理性与合法性。

政治神话在漫长的历史时间延续迄今，它从来没有中断自己的行进轨迹，它同样是当代神话中重要的组成部分。政治神话深刻而微妙地影响着历史的进程，引领着社会意识形态和民众的情感，甚至决定社会的波动和转折，它不得不引起我们的理性反思和辩证批判。只要在政治神话发生作用的时刻和境域，也就是我们必须保持高度冷静和慎重选择的时刻与境域。

第三节　英雄神话

和古典神话类似，当代神话依然存在着英雄的身影，英雄依然在神话崇拜之中占有一席之地。卡莱尔在《论英雄、英雄崇拜和历史上的英雄业绩》这一洛阳纸贵的著述里提出六种英雄类型：神明英雄、先知英雄、诗人英雄、教士英雄、文人英雄、帝王英雄。[①] 在 1840 年 5 月 5 日的讲演中，他以充满激情的口吻宣称：

> 世界历史就是人类在这个世界所取得的种种成就的历史，实质上也就是在世界上活动的伟人的历史。他们是民众的领袖，而且是伟大的领袖，凡是一切普通人殚精竭虑要做或想得

① ［英］卡莱尔：《论英雄、英雄崇拜和历史上的英雄业绩》，周祖达译，商务印书馆 2005 年版，第 2 页。

> 到的一切事物都由他们去规范和塑造，从广义上说，他们也就是创造者。我们所见到的世界上存在的一切成就，本是来到世上的伟人的内在思想转化为外部物质的结果，也是他们思想的实际体现和具体化。可以恰当地认为，整个世界历史的精华，就是伟人的历史。[①]

卡西尔以揶揄的语气说："卡莱尔在讲演中充分地运用了这种想象能力，他的风格实际上就是把我们引向天堂的预言家或是把我们引向地狱的术士的风格。……卡莱尔的英雄成为可以变幻成各种形态的'普罗修斯'（希腊海神）。他在每一次讲演里，都向我们展示一副新的面孔：英雄可以表现为一个神秘的神，或一个预言家，或一个牧师，或一个文人，或一个国王。他不受限制，也不被局限于任何特殊的领域。"[②] 的确，卡西尔以睿智敏锐的目光发现卡莱尔"英雄"命题的逻辑混乱，卡莱尔被"自己口若悬河的雄辩冲昏了头脑"，他对"英雄"的"超验的爱慕"使自己失去了理性的平衡，最相悬殊的历史人物被置于同一水平。显然，卡莱尔的"英雄"概念远远超越了一般的逻辑范畴，它已经被赋予神话的规定性，其内涵和外延都比较宽泛。

在当代神话中，英雄和英雄崇拜已经超越了卡莱尔这一论题的概念和范畴。如果说英雄神话属于古典神话的母题之一，那么，当代神话中的英雄神话属于传统神话在当下语境中的变形性延续。然而，当代神话中的英雄已被注入了不同于古典神话中英雄的诸多要素。在表现类型上，当代神话中的英雄尽管延续了传统神话中英雄的部分因素，但是已经不再是主流和主要的结构，占据主要成分和呈现重要功能的"英雄形象"已经和古典神话中的英雄人物有着鲜

---

① ［英］卡莱尔：《论英雄、英雄崇拜和历史上的英雄业绩》，周祖达译，商务印书馆 2005 年版，第 1 页。

② ［德］卡西尔：《国家的神话》，范进等译，华夏出版社 1999 年版，第 238 页。

明的差异。阿姆斯特朗指出当代神话中英雄崇拜的危险性之一："时至20世纪，大量危险的现代神话冒了出来，而它们最后都导致了灭绝人性的大屠杀和种族清洗。这些神话终告失败是因为它们违背了轴心时代的伦理范式。所有生命都包含着神圣的光芒，而这些杀戮神话缺乏对这些神圣生命应有的慈悲和尊敬，也缺乏孔子倡导的'仁道'。它们充斥着狭隘的民族情绪、种族歧视、党同伐异、自我膨胀，通过对他者的妖魔化达到自我神化的目的。这些神话都包含着负面的现代性。"[①] 无论在现代生活还是在当代生活中，也无论是现实世界还是艺术文本，英雄神话都可能带来杀戮的悲剧和暴力的危险。坎贝尔就认为："当我们关怀的对象是全世界时，某个国家或民族的英雄是我们今天所需的吗？19世纪的拿破仑就是20世纪的希特勒。拿破仑对欧洲的蹂躏是极度恐怖的。"[②] 好莱坞电影中的英雄常常扮演"正义"的角色，他们也常常以杀戮证明自我的价值和社会赋予的"拯救"使命。与此相关，在当今的电子游戏中也体现当代神话中的英雄杀戮的主题。许多游戏中，无论是以人物为原型的英雄，还是以"机器人"或者"动物"为意象的"英雄"，他们无一例外地以酣畅淋漓的杀戮活动表明自己的"英雄"身份和正义价值。

当代神话中的英雄保留着古典神话中英雄的某些因素和痕迹，但是，他们更多地被移植了党派、阶级、集团的意识形态的色彩，浓重的政治因素赋予当代神话中的英雄无法超越意识形态的制约，无法超越自我的党派身份和意识形态的归属性质。当代神话中的英雄，被占统治地位的利益集团进行意识形态的涂抹和包装，成为顺从国家权力的道德工具或政治道具，他们在媒介和传播中逐渐地丧失自我和本真，成为一种虚假意识的道德偶像和政治标签。尽管他

① ［美］阿姆斯特朗：《神话简史》，胡亚豳译，重庆出版社2005年版，146—147页。

② ［美］坎贝尔、莫耶斯：《神话的力量》，朱侃如译，万卷出版公司2011年版，第165页。

们不乏某些宝贵的个人品质和社会德性，但是在国家的权力运作和政治需要的前提下，英雄最初的动机和国家机器传播、宣扬英雄的目的之间发生了一定的差异，英雄就不得不脱离自我的原生状态而向着次生的被规定的目标发生位移。中国当代社会中的某些人物，如雷锋和焦裕禄这两位被官方及其主流意识形态所钦定的“典型人物”，他们的确禀承着高尚品德和完善人格，然而在超现实的溢美化传播活动中，被修饰为绝对服从和迎合最高权威及主流意识形态的政治象征物，成为一种符号化的“政治英雄”，被建构为听从于领袖个人意志的“战士”和“学生”，被形塑为符合于党派理念的抽象物，在无以复加的修辞叙事和循环阐释的传播活动中，进而渗透到民间社会而成为整个国家和各民族的精神价值，凝聚着远远超越生活真实和自身存在的虚构意义。从这一意义上看，当代神话中的“英雄神话”不是原生神话而是次生神话，它们是主流意识形态的凝聚物和民间话语共同修饰的结果，是被附加许多外在元素而超越自身的想象性建构，是传播媒介进行“化妆”和“美容”之后的唯美形象。这充分表明在当代神话中，“英雄”的建构和英雄崇拜绝非民间社会和少数人所能够完成的劳作，而是必须由国家权力和政府机构所担当的一项重要使命。在传播方式上，也不同于传统神话仅仅依赖于民间社会的口头流传，停留在有限的空间、时间以低频率、弱强度、单向度的方式影响区域性的生活世界和部分人心理。

当代的英雄神话图景中，理性主义和科学主义的色彩越来越浓郁，实用观念和工具功能成为当代神话的重要特征之一。古典神话中的英雄奇幻故事，如非凡的降生和成长、隐修和巧遇、降妖伏魔、探险和寻宝、死亡和复活等要素已经被悬搁。当代文本形塑的神话英雄，一方面，科学性的实证主义观念成为潮流，不采取古典英雄神话的非现实性的虚构叙事，适度地运用对于人物的能力夸张和情节修辞，广泛求助于现代科技手段实现神话英雄的目的。另一方面，采取古典神话的丰富元素，借助于现代科技的传播方式或影视艺术的方式，传达当代神话的意识，表现制作者的政治观念，重新诠释神话的理念和美感。如卢卡斯的《星球大战》即是如此。“因为卢卡斯知道该片的制作深受坎贝尔的影响，所以卢卡斯便邀请坎贝尔观看《星球大战》三部曲。坎贝尔为古代神话中的主题、意旨，能以如此冲击力的当代影像手段展现在大荧幕上而感到高兴。在这次造访中，由于对天行者卢克的冒险与英雄事迹颇为赞赏，坎贝尔在谈到卢卡斯将‘最新而有力的叙事方式’放入古典英雄故事中时，愈发兴奋雀跃。”[①] 因此，当代神话喜欢选择古典神话的元素，借助于现代科技工具尤其是影视艺术达到意识形态的重构，由此生成新颖的视听效果而创造不同以往的美感。好莱坞影片《真实的谎言》，那位当代神话英雄，叙事道具完全以现代高科技充当，给予接受者逼真惊险的视听觉欣赏效果，故事元素在结构上完全模仿古代英雄神话的虚拟模式：英雄打败恶魔，拯救民众和国家的传奇。再一方面，当代的英雄神话以完全虚构的灵异故事，在融入古典神话要素的同时，渗透着现代科学理念和运用先进技术的手段，虚构一些神话英雄，它们复活了一个个具有古典主义意味的神话英雄，却闪烁着当代神话的魔幻色彩，延续了英雄神话在当代文本中的历史轨迹。显然，恶魔和怪物都是现代科技的虚构产物，它们满足一部分尤其是儿童欣赏心理的审美需要。科幻电影《蜘蛛侠》《超人》《哈利·波特》《指环王》《终结者》《独立日》《人猿星球》《E. T. 外星人》《黑客帝国》等就是较典型的代表，它们虚构的英雄神话，无论是形式上的神话元素还是内容上的神话意识都是当代意义的英雄神话。

在当代社会的现实生活里，无论是主流意识形态，还是民间的精神信仰，也无论是政权掌控下的新闻传媒，还是大众流传的日常

① ［美］坎贝尔、莫耶斯：《神话的力量》，朱侃如译，万卷出版公司2011年版，第3页。

话语，都不乏当代神话的英雄崇拜情结。只不过政府利用它维护政权的合法性和社会稳定，确立一种有益于社会进步的道德准则，英雄应该也必须成为整个社会意识形态必须崇拜的伦理偶像，无论这种英雄属于现实性的对象还是由艺术文本借助于神话思维所虚构的当代神话英雄，他们都值得赞美和模仿。尤其是当代民众，他们希冀利用神话式的英雄，达到依靠自身的力量不可能完成的铲除非道德的恶势力的目标，这种对维护神圣正义的“英雄”的需要就是一种迫切的政治幻想的恰当体现。对审美活动而言，英雄神话尽管被寄寓虚幻的乌托邦内容，它毕竟为生活于平淡无味的历史语境中的人们，提供一种克服平淡生活的有限快乐和美感。在艺术欣赏活动中，对于当代神话英雄的赞美和褒扬也在一定程度上确立了一种有益社会进步和人格完善的道德和伦理的价值。

当代神话中的“英雄神话”或“英雄崇拜”呈现出一个重要的转型即是当今的“英雄”和以往的“英雄”产生较大的差异，当代神话中英雄的内涵和外延都发生了一定程度的演变，英雄的标准和标志几乎很大程度上不同于以往神话意识中的英雄。诚如坎贝尔所感喟：“我们今天所崇拜的是名人而非英雄。”[①] 如果以冷静的辩证理性予以运思，坎贝尔的抱怨存在着文化保守主义倾向。当代神话中的英雄尽管承袭了古典神话中英雄的某些遗传基因，但是他们更多增添了新的历史语境所赋予的内容。例如政坛领袖、知识精英、商业大亨、银行寡头、体坛冠军、文艺明星、报纸主笔或记者、电视节目主持人，甚至无聊的娱乐小丑、网络红人等人物，他们都可能在当代神话之中占据一席之地，成为一种变异了的神话“英雄”。在现实语境中，一个真实的人物一旦被权力机构、民间社会、主流意识形态赋予了超越自身的客观内涵而上升为一种象征品和精神偶像的时候，那么就意味着当代神话的翩然登场，开始走入

① ［美］坎贝尔、莫耶斯：《神话的力量》，朱侃如译，万卷出版公司 2011 年版，第 171 页。

到我们的心灵深处。坎贝尔、莫耶斯在《神话的力量》中写道：

> 民意测验表明全社会对医师的信仰胜过对牧师和教师的信仰。而友善的家庭医师是我们所处的科技时代的“麦林”。只要我们相信他，他的药就可以不问其成份如何而有显著的疗效。人们可曾记得在神仙故事里，一个聪明的老头叫年轻的王子必须用铁棍在门上敲三下，门才会打开。我们已经指出这种劝告不是理性的而是仪式的或巫术性的。社会调查还表明有三分之一略有小恙的人在按医嘱服药，并得知自己的病痛实际上只是官能性的时候，几乎立刻就感到没事了。这极可能是受巫医的影响。①

罗兰·巴特（Roland Barthes，1915—1980）在《布热德和知识分子》一文中，一方面论述了知识分子和神话的逻辑关联，另一方面解构了知识分子的神话，堪称是充满辩证理性和洋溢诗意灵感的精妙论述：

> 知识分子与所有的神话存在物一样，都具有某种一般主题的属性、物质的属性：空中，也就是说（虽则缺少科学的特性）空虚。高高在上的知识分子在空中飘荡，他从不“贴近”现实（现实当然是指大地，这是个含混的神话，同时蕴含着种族、乡村、外省、常识、芸芸众生诸义）。有位饭店老板常常接待知识分子，他称他们为“直升飞机”，这一带有贬义的现象抛弃了双翼飞机飞越天空的阳刚雄浑的力量：知识分子脱离现实，停留在空中，围着原地绕圈子，其盘升是怯懦的，同时也远离宗教的辽阔天穹以及常识的坚实大地。他们所缺乏的，

① ［美］戴维·利明、埃德温·贝尔德：《神话学》，李培茱等译，上海人民出版社 1990 年版，第 147 页。

> 是植于民族之心的“根”。知识分子不是理想主义者，也不是现实主义者，而是忧郁的糊涂虫。他们的确切高度是云的高度，这是阿里斯托芬一再重复的老话（那时的知识分子是苏格拉底)。知识分子悬浮在高高的虚空中，这虚空充满了他们的胸腹，他们是“随风鸣响的鼓”，我们在此看到一切反知识主义的必然的基石显露出来了：对语言持怀疑态度，将对手的言辞统统归结为噪音，这与小资产阶级论战的固定程序如出一辙，即在于揭穿别人的短处，弥补这一在我们自身身上看不到的欠缺，把我们自身过错的后果叫对手承担，把自身的错乱称作对手的晦涩难懂，把我们自身的重听称作对手言语的颠三倒四。①

知识分子在民间话语中成为二重性的人物，一方面他们担当着启蒙者的角色，构成启蒙神话的核心要素。另一方面，知识分子成为在生活世界中被普通民众嘲讽的阶层。罗兰·巴特以反讽的口吻对布热德主义者的“知识分子”进行解构：

> 是否能假设一种布热德主义者类型的知识分子？布热德仅仅告诉我们，只有“配得上知识分子这个名称的知识分子”，才能进入他的奥林匹斯诸神的行列。如此，我们就再度回到那个凭借同一性而下的著名定义（A = A)，我在诸多场合都称之为同语反复，也就是什么也没有说。一切反知识分子主义就这样以语言之死收场，也就是说，以社会性的破坏、解体为收场。……在布热德主义者的社会里，知识分子扮演堕落的巫师这样可憎的角色，同时又是必不可少的角色。②

① ［法］罗兰·巴特：《神话修辞术·批评与真实》，屠友祥译，上海人民出版社 2009 年版，第 158—159 页。

② 同上书，第 164—165 页。

法兰克福学派的霍克海默（M. Horkheimer，1895—1971）阿多诺（Theodre Wisengrund Adorno，1903—1969）合著的《启蒙辩证法》，对启蒙展开反思和批判，他们认为启蒙由于本质上的局限性，必然随着历史时间的流逝而走向反面。自古希腊延续以来的“启蒙”，编造一个最大的欺骗神话，实质上是“自我的毁灭的启蒙”，它以少数知识分子的思维强权左右民众的意识形态、价值观和审美观，为精神的野蛮进程开辟了道路。启蒙的胜利构成了灾难的结果，它形成人类走向崩溃的悲剧可能。因此，启蒙是人们必须警惕的虚假意识，是理性和情感都必须警觉的心理骗局。因此，也有必要反思和清理历史上的启蒙活动。由此可以推断，启蒙神话附属于知识分子神话，或者说，是因为知识分子神话而酝酿了启蒙神话。因此，启蒙神话和知识分子神话是联袂而成的同一性结构。知识分子神话和启蒙神话的逻辑关联也影响到革命神话。尤其在红色神话或革命神话中，知识分子担当了启蒙者角色，或者就是神启角色，他们既可能扮演神的信使，也可能扮演神的替身，或者干脆直接就是一尊神。雷蒙·阿隆在《知识分子的鸦片》中认为：“科学精神和自由观念共同作用，使那些感觉孤立、敌视民族遗产的知识分子逐渐倾向革命，除了暴力，好像就别无选择似的。”[①] 知识分子始终禀赋一种强烈的革命情结，他们往往是革命神话的重要结构和引导性势能。阿多诺和霍克海默在消解启蒙神话的同时，也颠覆了知识分子神话和革命神话。

在当代神话之中，英雄神话一个重要的逻辑构成是知识分子神话和知识神话。如果说在当代神话中，知识分子代替了古典的神话英雄，还不如确切地说，当代神话的英雄形象已经转换为知识分子。而当代的知识分子呈现如此的一些历史特性：其一，知识分子和信息结合，使知识的积累和传递变得密集迅捷，由此加剧了知识

---

① ［法］雷蒙·阿隆：《知识分子的鸦片》，吕一民等译，译林出版社 2005 年版，第 216 页。

对主体的压抑，主体既成为攫取知识的工具，也沦为信息的奴隶。其二，知识分子以技术为载体，成为牟取经济利益的冰冷工具和主宰性的强大权力。其三，知识分子和政治结盟，生成权力的网络结构。其四，知识分子和资本结盟，达到对资源的掠夺和市场垄断。由此形成了一幅知识主体被奴役也奴役他者的灰暗图景。一方面，知识分子成为政治、经济的工具，成为技术和信息的载体，熄灭了启蒙主义的理性之光，沉湎在工具主义、功利主义中，陶醉于对社会的宰制势能。另一方面，知识分子越来越脱离精神自由，使美感和身体欲望的快感等同，诗性情怀日渐消解，知识分子和诗性、自然人性的距离越来越远。因此，知识和知识分子在上演一幕幕的悲剧。福柯着重指出知识与权力的沟通及知识向权力的过渡与转化："权力的行使创造了知识的对象，使它们显形，积累信息，并加以利用。如果不知道权力和经济权力如何在日常发挥作用，就不可能懂得任何经济知识。权力的行使不断地创造知识，而反过来，知识也带来了权力。"[①] 当代社会知识分子和权力的结盟成为一个鲜明深刻的历史图景，知识分子在一定程度上成为潜在的权力，知识主体在某些境域可能演变为权力主体，从而导致话语霸权。因此，在这个当代语境，知识分子成为新的英雄神话，演变为被芸芸众生所崇拜的英雄形象。因此，知识分子可能包括政坛领袖、商界巨头、科技精英等人物，诸如克林顿、奥巴马、比尔·盖茨、乔布斯、李嘉诚、诺贝尔奖获得者等人物，他们成为知识分子神话中的英雄神话的承载者，被看作英雄崇拜的感性对象。

当代神话中的英雄神话和英雄崇拜在某种意义可以等同为名人神话、名人崇拜或明星崇拜，其英雄内涵和古典神话中的英雄内涵产生很大程度的差异。古典神话中的英雄蕴含一定的虚构性、传奇性和理想主义色彩，他们一般担负重大的社会责任和具备高尚的道

① ［法］《福柯集》，杜小真译，上海远东出版社 2003 年版，第 280 页。

德品格、完善的理性、卓荦超凡的智慧、勇气等素质。而当代神话中的英雄尽管脱落崇高神圣的色彩，但也是将现实的某些所谓“名人”捧入神坛，从而赋予他们超越现实的神话要素，成为民众膜拜的英雄偶像。或者说，当代神话中的英雄已经适应现实语境的要求，将传统神话中的英雄转变为由媒体大肆渲染和符号化的名人或明星，如文艺和传媒等领域的著名人物，他们可能是好莱坞演员，也可能是“足球先生”、NBA 球员，或者是电视主持人、“百家讲坛”的讲演嘉宾，甚至包括某些娱乐和体育等领域的公众人物。这些人物取代了传统神话中的英雄，成为当代神话中的英雄形象，成为偶像化和符号化的象征品，他们尽管是一种看似以真实面目而存在的对象，然而，在本质上属于内涵脆弱、所指空洞的虚伪意象，只是一种悬浮性和短暂性的审美幻象，因为这些“英雄”或“名人”在公共空间的传播活动中，被附加了许多非现实的虚拟意义，这也正是当代神话诞生的缘由和机理之一。

第四节　消费神话

当代社会是一个充满无限欲望的消费社会，而消费社会的逻辑是必然性地制造消费神话。那么，和消费神话密切关联的是财富神话和商品神话，由此派生出财富崇拜和商品崇拜，后者也可以称之为商品拜物教。马克思在《资本论》中阐述了商品拜物教（Commodity Fetishism）的特性：

> 商品形式和它借以得到表现的劳动产品的价值关系，是同劳动产品的物理性质以及由此产生的物的关系完全无关的。这只是人们自己的一定的社会关系，但它在人们面前采取了物与物的关系的虚幻形式。因此，要找一个比喻，我们就得逃到宗教世界的幻境中去。在那里，人脑的产物表现为赋有生命的、

> 彼此发生关系并同人发生关系的独立存在的东西。在商品世界里，人手的产物也是这样。我把这叫作拜物教。劳动产品一旦作为商品来生产，就带上拜物教性质，因此拜物教是同商品的生产分不开的。①

这一论述显然适用于当代的消费社会。然而，马克思有关商品拜物教的概念规定性也可以在新的历史语境中予以相应扩充和丰富。那就是在后现代社会的消费活动中，商品被赋予了更多超越自身物理性质的神秘奇异的功能，上升为一种具有迷惑主体精神的抽象意义，被植入了形式化的符号价值，成为一种神话性质的“物自体”，对此岸世界的芸芸众生产生极度的感性诱惑，甚至变幻为一种被民众普遍崇拜和图腾的对象。波德里亚曾引用《布拉格大学生》这部电影来分析消费社会中的商品崇拜，“他特别强调消费本身就是一种神话（la consommation est un mythe）这也就是说，消费社会就是消费社会对于它自己的一种言论，这是我们的社会自言自语说话的一种方式。如果说消费社会再不能通过神话来自我生产，如果说消费社会再不生产神话，那正是因为消费社会自身就已经是神话本身”。② 在某种程度上，消费社会制造了当代神话中最丰富、最广泛、最多样和魔幻现实主义的感性存在方式，制造最多数量的崇拜对象，因为有多少的商品就可能有多少崇拜对象，两者成正比例关系。

消费社会的逻辑力量仿佛能够吞噬一切的宇宙黑洞，每一个消费者和消费活动都逃脱不了它巨大的吸引能量。每一个存在者都是消费社会这个棋盘上一粒盲目的棋子，顺从于消费社会的游戏规则。正如波德里亚所言，消费本身就是一种神话，消费社会唯一真实的存在，就是消费观念的存在和它的影响张力。它们构成社会公

① ［德］马克思：《资本论》第1卷，人民出版社2004年版，第89—90页。

② 冯俊等：《后现代主义哲学讲演录》，商务印书馆2003年版，第569页。

共常识的逻辑力量。“由各种符号所构成的系统演变成为各种‘当代神话’的可能性。如果说，原始的神话是原始人用最简单的语音符号表示他们的各种意义系统的话，那么当代神话就是有浓厚的控制意向的各阶层权力集团表达他们的欲望和控制社会的策略的符号系统”。[①] 如果说权力控制阶层以当代神话的符号系统达到对于社会控制的目的，那么，消费社会中的商品就会成为担当消费神话这样功能的符号系统，实现符号消费的功能。换言之，商品在当代社会以符号论运作而发挥自己的强大功能，对于任何一个消费主体都施加符号价值的影响。商品的符号价值在超越自身价值的时候，就是商品崇拜的时候。与此同时，消费神话也客观地获得自己的运作空间。显然，消费社会生产出一个客观的逻辑：消费神话必然催生出商品崇拜，当代社会的这种“商品拜物教”形式已经呈现愈演愈烈的趋势。商品成为一种神话式的象征品，被提升为一种吸引消费者注意力的神话符号，弥散出强烈的审美诱惑力。“商品及商品化的表现形式却由原先的商品的拜物教到现在的商品的形象的拜物教，即由物的崇拜到物的符号的崇拜。其结果是，物的使用功能的消隐退场之后，代之以物的符号的泛滥登场。”[②] 从这一点看，人们既没有超越对商品的物质性屈从，也没有能力和智慧超越对商品的附加符号的膜拜。商品及其符号成为一个闪烁灵光的神话图腾。人类依然是一种卑微的生物，这也验证了尼采在《查拉图斯特拉如是说》里的断言：人类是一条污浊的河流。

消费主体一方面服从商品的物的使用价值，另一方面更服帖地顺从商品的符号价值。消费者既被物的欲望所操纵又被物的符号的象征意义所迷惑。与其说是在消费一种物的使用属性，还不如说是在消费物的符号价值。商品在公共空间的展览、销售和消费，被赋予神话般的色彩和意义，它们已经高度符号化和象征化，它们已经

① 冯俊等：《后现代主义哲学讲演录》，商务印书馆2003年版，第573页。

② 高岭：《商品与拜物》，北京大学出版社2010年版，第113页。

同社会意识形态、人的本性、文化模式、心理原型、宗教信仰、生活习惯等社会学因素复杂地交织在一起而无法剥离。一般消费主体很难超越这种商品的物的符号系统施加心理的巨大影响，他们只能折服于当代社会的商品神话的吊诡，沉迷于符号逻辑的强大魅力之中。本雅明以冷幽默的口吻说："世界博览建立了商品的天下，格朗德维埃[①]的梦幻将商品的性格传播到宇宙，这些梦幻使宇宙现代化。""时尚确定了被人爱恋的商品希望的崇拜的方式。格朗德维埃扩大了时尚对日用品的左右能力，就像他把时尚的统治延伸到宇宙一样。他以穷其本源的精神揭示了时尚的本质。时尚是与有生命力的东西相对立的。它将有生命的躯体出卖给无机世界。与有生命的躯体相关联，它代表尸体的权利。屈服于无生命的性诱惑和恋物欲是时髦的核心之所在。恋物欲对商品的崇拜起了推波助澜的作用。"[②] 波德里亚将商品看作"虚幻的对象，当作呈现魔术一样诱惑力的花神和色魔"[③]。他对于时尚的分析也有助于我们理解消费神话的运作逻辑和商品崇拜的美学秘密。

> 时尚和语言一样，一开始针对的就是社会性（从对立面看，处于挑衅性孤独的花花公子就是证据）。但时尚和语言不同，语言针对的是意义，而且屈从于意义，时尚针对的戏剧社会性，而且对自身感到满意。因此，它对每一人而言都成为具有强烈意义的场所——自身形象的某种欲望之镜。时尚和追求交流的语言相反，它玩弄交流，把交流变成一种无信息的意指，一种无目的的赌注。由此产生了一种与美丑毫无关系的美

---

① 格朗德维埃（Grandville，1803—1847），法国漫画家，以政治漫画和文学作品插图闻名。

② ［德］瓦尔特·本雅明：《发达资本主义时代的抒情诗人》，张旭东、魏文生译，生活·读书·新知三联书店1989年版，第185—186页。

③ Baudrillard, J., Le *sysème des objects*. Paris: Gallimard 1968, p. 7.

学快乐。[1]

所谓的“时尚”其隐藏的秘密就是大众随波逐流的商品崇拜情结和这一崇拜情结依附与寄托在一小部分人物身上的心理投影，时尚是一种被制造的顺从哲学和奴役社会学。然而，一旦时尚成为潮流，它就具有客观的和巨大的势能，能够裹挟审美意识和修改审美标准，成为短暂的价值风向标。时尚神话以商品神话和商品崇拜为轴心，但是，它又不简单地等同于商品神话和商品崇拜，时尚神话以某些商品作为召唤物和崇拜中心，但是它更多附着公众的心理因素和裹挟着民间社会的审美趣味。显然，时尚神话更多呈现无理性和无目的性，感性经验成为时尚的宰制和操纵力量，时尚神话具有某种审美自由和解放禁锢的精神特性，然而，在时尚潮流的冲击之中，常常淹没了审美个性，消解了美感的独立性，从而成为单一性、同一性、服从性和狂欢殿堂，上演的是没有差异、没有灵魂的模仿和抄袭的赝品戏剧。值得注意的是，有些跨国别的时尚可以称之为国际时尚。然而，我们必须注意到，国际性的时尚包含着深度的文化霸权，闪烁着后殖民主义的美学魔影。显然，只有那些拥有文化话语权和文化殖民主义势能的国家才有权力和可能制造国际化或世界性的时尚，而追随着这种国际时尚的也只能是那些被文化殖民或文化心理被奴役的第三世界国家或不发达地域。从这个意义说，国际时尚是一种国际性的时尚神话，这一神话深度体现出在跨越国际的审美活动中的文化非对称性和非平等性。如此而已，我们也就合乎逻辑地可以解释为什么国际时尚符号和国际知名奢侈品总是一种潜在的和强力的符号，因为它们作为一种审美崇拜的象征品，成为文化殖民和心理臣服的重要道具，时尚的背后潜藏着文化的话语霸权和意识形态的暗流。从总体上，所有的时尚都是部分大

① ［德］让·波德里亚：《象征交换与死亡》，车槿山译，译林出版社2006年版，第137页。

众的虚荣情结的流露，它提供一个虚假意识的狂欢广场，它无限地短暂生成又短暂灭绝而不断循环的审美浪潮，它是人类审美幻象不断演变的舞台，它的意义不断生成又不断消失，然而，只要存在着消费社会，只要有商品神话的身影，那么，时尚神话就不可能消失。时尚是人类历史和文化的一道永远变化又永恒存在的风景。

在消费神话中，和商品神话密切关联的是财富神话，财富神话派生出财富崇拜和货币拜物教等现象。马克思在《资本论》中对货币给予明晰的逻辑界定："作为价值尺度并因而以自身或通过代表作为流通手段来执行职能的商品，是货币。"[①] 他进而精湛地分析道：

> 正如商品的一切质的差别在货币上消灭了一样，货币作为激进的平均主义者把一切差别都消灭了。[②] 但货币本身是商品，是可以成为任何人的私产的外界物。这样，社会权力就成为私人的私有权力。因此，古代社会咒骂货币是自己的经济秩序和道德秩序的瓦解者。[③] 还在幼年时期就抓着普路托的头发把他

① ［德］马克思：《资本论》第1卷，人民出版社2004年版，第152页。

② "金子，黄黄的，发光的，宝贵的金子！
只这一点点儿，就可以使黑的变成白的，丑的变成美的，
错的变成对的，卑贱变成尊贵，老人变成少年，懦夫变成勇士。
吓！你们这些天神啊，为什么要给我这东西呢？
嘿，这东西会把你们的祭司和仆人从你们身边拉走；
把健汉头颅底下的枕垫抽去；
这黄色的奴隶可以使异教联盟，同宗分裂；
它可以使受诅咒的人得福，使害着灰白色的癞病的人为众人所敬爱；
它可以使窃贼得到高爵显位，和元老们分庭抗礼；
它可以使鸡皮黄脸的寡妇重做新娘……
来，该死的土块，你这人尽可夫的娼妇……（莎士比亚：《雅典的泰门》）（转引自马克思《资本论》第1卷，人民出版社2004年版，第155页注释）

③ "人间再没有像金钱这样坏的东西，
这东西可以使城邦毁灭，使人们被赶出家乡，
把善良的人教坏，使他们走向邪路，作些可耻的事，
甚至叫人为非作歹，干出种种罪行。"（索福克勒斯：《安提戈涅》）（马克思：《资本论》第1卷，人民出版社2004年版，第156页注释）

从地心里拖出来[①]的现代社会，则颂扬金的圣杯[②]是自己最根本的生活原则的光辉体现。

马克思对于货币精湛而深刻的阐释揭露出有关货币神话和货币崇拜的有趣现象，这一现象同样发生在当代社会。所差异的是，当代社会降低了对货币本身的直接崇拜而转向对财富概念的追逐，因此，古典神话中的货币神话与货币崇拜转换着当代神话中的财富神话与财富崇拜。美国神话学家坎贝尔认为："美国职场是奠基在金钱神话上的。一切都以金钱为归结。没有任何价值被认为高于金钱。如果你想向任何人解释你正在做的事情多有价值，你就只能说它能让你赚多少钱。"[③] 这从一个侧面呈现当代社会人们对财富崇拜的心理。

在后现代社会，财富神话在构成方式上主要有三种类型：虚构类型、半真实类型、真实类型。它们的结构模式基本上沿循传统故事的叙述方法，是线形的、全知全能的、依照自然的时空顺序、围绕着某一中心的叙事，故事以某位人物赢得财富为主题，主人公具有神话人物的光环和魅力，因此，传奇性构成财富神话的要素之一，故事的场景基本上处于繁华的都市，因为都市是金钱与财富的集中地。虚构类型的财富神话基本上流行于民间社会，主要以口头传播方式影响人们的心理，故事的理想性和虚假性成为主导，其人物、故事和背景都具有不确定性和模糊性。然而，故事常常附丽一定的传奇色彩，其主题表现出正义和道德的因素是获取财富的缘由之一，这种传奇风格的财富神话在古典小说、戏曲等文艺样式中屡

① "贪婪想把普路托从地心里拖出了。"（阿泰纳奥斯：《哲人宴》）（马克思：《资本论》第1卷，人民出版社2004年版，第156页注释）

② 圣杯，根据中世纪的传说，是耶稣的门徒用来承接耶稣自十字架上流下来的血的神圣杯子。中世纪后，教会规定圣杯（至少杯身）需用金或银制造。如果是银杯，里面还应镀金。有些金杯还要镶嵌宝石。（马克思：《资本论》第1卷，人民出版社2004年版，第911页注释）

③ ［美］菲尔·柯西诺：《英雄的旅程——与神话学大师坎贝尔对话》，梁永安译，金城出版社2011年版，第256页。

见不鲜，有时候财富的得失取决于因果报应的功能。在当代神话中，获取巨大财富主要依赖于聪明智慧，甚至由于偶然和神秘的因素作用，而勤劳和节俭则降低为次要因素。当代神话中的财富神话倾向于暴发户心理，它满足于一部分人一夜暴富的渴望。有关股票投资的财富神话，在成败转换之间构筑了人生的悲喜剧，追逐财富的人成为被神秘命运嘲弄的可怜对象，财富成为统治主体的绝对力量。在当代社会的财富神话中，半真实类型的神话占据重要份额。它们一方面具有真实性的某些元素，人物、事件和背景都存在着一些确定性和可靠性。另一方面，这些财富神话的真实性元素在传播过程中被赋予了重新诠释的内容，尤其在依照大众心理和经济逻辑进行重新编排，它们往往借助于现代媒体的迅捷高效和全方位的无限度传播，诞生了超越真实性或现实性的意义，成为表现情感的符号和传达流行价值观的审美意象。诸如网络神话、房地产神话、期货神话、矿泉水神话、脑白金神话、冬虫夏草神话、曲别针换别墅神话、传销神话、“苹果”神话、比特币神话等，我们采取这种非逻辑枚举的方式，意在形象化地表明在后现代社会中财富神话产生了超出人们意料的巨大魔力，吸引着无数众人对它们沉醉膜拜。然而，对芸芸众生最有魔法和影响力的依然是真实类型的财富神话。这些财富拥有者往往是财阀或金融寡头，他们以家族为核心，以漫长的历史故事传承着血缘经济里的神话。如果说以往历史上诸多政治是血缘政治，以家族血缘为纽带延续着政治和权力的游戏，那么财阀则同样以血缘为纽带为核心延续着血缘经济的神话。这类财富神话依然闪耀着光芒，而绝非随着历史进步和文明昌盛而衰落的夕阳暮色。这些家族财阀们，他们是经济河流中的大鳄和巨轮，财富殿堂里的君主或大臣，商业战场上的元帅或将军，左右着整个国家甚至世界经济的走向和起伏，他们有着超越君主和政客的权柄，在生活世界发挥着强大的势能。他们尽管居于现实世界却拥有着媲美神话世界和宗教领域的神灵般的威信，环绕着神话英雄的光辉，成为世人仰慕和崇拜的神圣对象。我们可以以姓氏命名这样的神话标记：诸如洛克菲勒神话、杜邦神话、摩根神话、梅隆神话、三菱神话、三井神话、罗斯柴尔德神话、奥纳西斯神话、沃森神话、高尔文神话、福特神话、马克斯神话、乔布斯神话、比尔·盖茨神话、索罗斯神话、谢尔顿神话、迪斯尼神话、李嘉诚神话等。这些以个人和家族为标签的财阀，他们集中地体现了财富神话的奥秘和魅力，成为世俗社会的仰慕对象，甚至是宗教崇拜的象征品，或者是神话世界的英雄偶像。

消费社会还掩盖着这样一个被忽视的事实：文化上的后殖民主义。它一方面表现为发达国家对欠发达国家或发展中国家的文化优势和符号统治。另一方面，表现为欠发达国家或发展中国家的消费者对发达国家的文化和商品的符号崇拜和迷狂。这在所谓的“名牌”和“奢侈品”这两个因素上表现得极其鲜明。后殖民理论（Postcolonial theory）认为，现实世界中曾经的宗主国和殖民地之间的文化不平等和价值冲突依然突出，而且“文化殖民”成为越来越明显的悲剧事实，甚至无意识地存在于每一个生命个体的文化心理和价值立场之中。这一文化上后殖民主义的状况，也必然地对消费活动、艺术活动和审美经验产生深刻的操纵与影响。发展中国家的消费者必然地对发达国家的商品产生崇拜和图腾的审美心理，发达国家的商品所依附的消费符号构成了对不发达国家民众的神话意象，它们转换为一种潜在而强力的符号资本。

赛义德（Edward Said，1935—）认为，当今历史语境的文化冲突和文化霸权依然是普遍的悲剧现象，帝国主义以“文化”修改了自己的入侵方式，它们以“文化殖民”施行政治、意识形态、经济等全方位的渗透活动，文化甚至变成一个“战场”：

> 文化成为了一个舞台，各种政治的、意识形态的力量都在这个舞台上较量。文化不但不是一个文雅平静的领地，它甚至

> 可以成为一个战场，各种力量在上面亮相，互相角逐。人们可以明显地看到，例如美国、法国或印度的学生，在阅读其他经典著作之前要先阅读他们本民族的经典著作，因为人们期望他们能够在欣赏并不加以批判地忠实于本民族与传统的同时，贬低其他的民族与传统，并与之斗争。[①]

而“文化”显然包括了“商品”，隐匿着所谓的“名牌”和“奢侈品”等消费符号。由于发达国家的科技强盛、传媒先进和文化优势，导致发展中国家的众多消费者，在日常的消费活动和审美活动中，消费主体的审美趣味、价值判断的后殖民主义倾向越来越浓重。兼之某些文化投机者和文化掮客的推波助澜，不同传媒用弥漫在各种场域的铺天盖地的广告，散播着商品神话和消费神话的致幻剂。在后现代社会的生活世界，我们观看到消费活动中的后殖民主义的现象越来越泛滥。消费活动中的崇拜和图腾发达国家的商品符号的后殖民主义意识达到几何级数的机械复制，这不能不引起我们的关注和警惕。发展中国家的消费者只有到了超越和消解后殖民主义的意识形态之时，才能瞥见自我独立和生命智慧的希望曙光。也许，消费者依然要在消费神话的阴影和黑暗中徘徊良久。

消费神话是后现代语境中人性异化的推动力之一，是一种无法以人类意志为转移的客观性力量。马克思在《1844 年经济学哲学手稿》中曾预言随着私有制最终被人类社会所扬弃，人性异化的现象也必然会被克服。“对私有财产的积极的扬弃，作为对人的生命的占有，是对一切异化的积极的扬弃，从而是人从宗教、家庭、国家等等向自己的人的存在即社会的存在的复归。宗教的异化本身只是发生在意识领域、人的内心领域中，而经济的异化是现实生活的

---

① ［美］赛义德：《文化与帝国主义》，李琨译，生活·读书·新知三联书店 2003 年版，“前言”，第 4 页。

异化，——因此对异化的扬弃包括两个方面。”① 显然，只要有消费社会的存在就无法克服消费神话，也就意味着无法完全地或绝对地克服消费神话。那么，这也就意味着无法克服人类意识在消费领域的异化。和宗教异化和劳动异化的单向度不同，消费神话包含着意识领域和现实生活的双重异化，它使人沉湎在物恋和财富崇拜中而遗忘自我的存在与意义，迷失在经济活动和消费活动之中而忽略了生命的尊严与良知、审美与诗意的存在。无论如何，消费神话的存在只能从一个方面说明克服人类的精神异化是一个漫长的路程。换言之，消费神话的存在也从一个侧面说明人类的精神发展还处于一个相对低级的阶段和水平。

① ［德］马克思：《1844年经济学哲学手稿》，人民出版社2000年版，第82页。

第四章

当代神话的要素分析

第一节　身体

神话素是神话结构中基本的单位，它由多样化的要素构成神话的有机体，组成神话的完整性和生命动态。和古典神话一样，当代神话同样包含多样化的结构要素，然而，当代神话的这些要素在一定程度和范围呈现当代社会的物质与精神的特性。在此，我们主要探究当代神话中的身体、服饰、色情与性、革命与权力等方面的要素。

对于身体的关注、爱护和崇拜是人类有史以来的文化传统和美学趣味，美国美学家舒斯特曼指出：

> 与哲学家不同，艺术家一直深爱身体、崇拜身体、敬畏身体。他们认识到，我们的身体表达可以强烈而精确地展示心灵生活；他们已经证明：信念、欲望和感情的最精微、最细微的差别，无不可以通过我们手指的姿态或面部表情显示出来。但是，艺术家在将其对于人类身体之爱偶像化的时候，却通常偏爱把身体描绘为吸引其他人意识的对象。其实，身体主体自己的身体化自我具有探询意识，身体正是对这种意识的精彩表达。而艺术家却忽略了这种身体描绘。女人，尤其是年轻貌美

> 的女人，通常是艺术家喜爱描绘的对象。艺术家常常把女人描绘为尤物，诱惑着观赏者的淫欲。艺术总是把身体之美颂扬为令人渴求之物，这种倾向常常导致夸张性的艺术风格，把身体描绘得安闲而优雅，从而传播了欺骗性的身体意象。①

但是，后现代社会对于身体的崇尚达到了前所未有的奢侈境地，人们从精神与物质两方面竭力提升和修饰了身体的价值与意义。加拿大学者奥尼尔提出一套身体社会学（Sociology of the the body）的理论框架，认为“身体是一种拟人化制度（Institution of anthropomorphosis）。”② 他将身体划分为世界态身体、社会态身体、政治态身体、消费态身体、医疗态身体这五种类型。英国学者希林通过阐发布迪厄的观点认为：“身体是未完成的实体，要通过参与社会生活才能形成，并被烙上社会阶级的标记。身体通过个体的社会位置、惯习与品位之间的相互关联而发展。这些因素有助于使社会群体对于其身体的不同关系自然化并长久维续，对于人们在社会生活各个领域做出的选择也是至关重要（Bourdieu，1981）。”③ 如果说在古典时期人们对于身体的沉醉主要侧重于纯粹审美和诗意化的内涵，是以一种美学化态度对于身体。而在现代和后现代社会，身体更多被赋予了社会阶级或生活阶层的区隔标记，被渗透了一种符号化的审美意象，甚至成为一种显明的符号资本，成为一种既参与消费同时也被消费的重要对象。身体已经成为神话建构的重要对象，成为当代神话结构中一个必不可少的审美选择。身体神话这一概念表征着如此的理论内涵：身体被赋予了超越实存性的虚假意义

---

① ［美］理查德·舒斯特曼：《身体意识与身体美学》，程相占译，商务印书馆2011年版，“前言”，第2页。

② ［加］约翰·奥尼尔：《身体五态——重塑关系形貌》，李康译，北京大学出版社2010年版，“序言”，第1页。

③ ［英］克里斯·希林：《身体与社会理论》，李康译，北京大学出版社2010年版，第124页。

从而生成神话表象，从而诞生一种增殖性的美感。

当代神话中的身体崇拜涉及人们对躯体的修辞学，日益丰富的身体观念和多样化的化妆、美容、整容、美体、瘦身、健身、养生、保健、长寿等一系列能指与实践活动，借助于广播、电视、电影、网络、广告等传播媒介的推波助澜，身体成为这个生活世界最受青睐的对象，因为这一对象不仅仅以他者为对象，而更是以自我为中心，每一个人都以自我的身体为第一膜拜的影像。从意识到行为、从个体到群体，身体崇拜和身体神话成为一股不可抑制的社会潮流席卷了整个公共空间。这一潮流所隐藏的社会意识包括：首先，身体状态决定了社会地位与属群标志，它成为一种明晰的符号资本。光鲜艳丽的身体衬映着匹配合度的服饰，它充分地象征着这一生命存在的社会阶层和自身价值。其次，身体状态保证着自我进入社会竞争的优势，是自己奋斗与收获的物质资本和感性手段。再次，身体是政治、经济、文化、体育、娱乐、艺术、宗教等所有社会活动领域的物质载体，身体也是征服他者和迷惑异性的最直接的审美意象。它构成了潜在的身体政治学、身体美学、身体经济学、身体文化学、身体体育学、身体娱乐学、身体艺术学、身体宗教学等理论探究的领域。最后，所有身体都必然存在着最充分、最逼真的自我表演，任何人都借助不同程度、不同方式的身体表演赢得自己的尊严和利益，当然这种身体表演遵循着基本的文化传统和约定俗成的身体话语规则，富有智慧的身体主体在尽可能运用这些传统和规则的同时，充分发挥自己的创造力和随机应变的才能得以完成这一系列的身体演出，所以日常生活中的体态语言的成功使用是赢得社会成功的方法之一。

当代神话中的身体神话是一种原生神话，而作为身体神话的次生神话，它内涵着政治神话、英雄神话、宗教崇拜、美丽神话、养生神话、美容神话、财富神话等多种因素。身体神话赋予了身体超越实存的虚假意义，它是身体被社会意识附加了诸多精神内容的虚无化审美对象，它使身体和政治、革命、美丽、名声、财富、传奇等因素密切地关联。在身体神话的境域，身体不仅是本体和工具，而且蕴含着符号、象征、隐喻等多种功能。在政治场域，身体关联着政治、革命、英雄等对象。政治领袖、英雄人物等人物的身体被赋予了诸如强烈意志、果敢品质、卓荦智慧、英明伟大等非凡性因素，他们包括面容在内的身躯成为民众崇拜的神圣对象，尤其是他们的面容成为图腾般的神话符号。古巴的革命领袖切·格瓦拉，其坚毅深沉、英俊性感的头像成为神话英雄的神圣象征，成为革命者的伟大崇高的殉道意象，成为一种偶像化的斗士标志。在宗教场域，对于宗教领袖的身体崇拜类似于对政治领袖的身体崇拜，教主肉体被教徒视为珍贵性的圣物，从而成为膜拜对象，具有了神圣和崇高的神话意义。所以，和身体崇拜密切关联的是身体神话，而身体神话又必然性地催生身体崇拜。

身体神话的次生样式是美丽神话。自古以来，美貌是女人的财富。在后现代语境，“美女崇拜”成为经济原动力之一，审美法则隐蔽地转换成为色诱法则，身体神话直接地转换为美丽神话。尤其是女人的美丽躯体非常容易地演变为“美丽神话”，选美或选秀成为改变命运的极度重要的机缘，成为被广泛传播和众人仰慕的传奇与神话。电视、电影、网络成为当代神话中“美丽神话”的助燃剂。波德里亚在《消费社会》中写道：

> 美丽之于女性，变成了宗教式绝对命令。美貌并不是自然效果，也不是道德品质的附加部分。而是像保养灵魂一样保养面部和线条的女人的基本的、命令性的身份。上帝挑选的符号之于身体好比成功之于生意。此外，美丽和成功在它们各自的杂志里都包容了同样的神秘主义基础：在女性身上，是那开发着并“从内部”提示着身体所有部分的敏感性——在企业主那里，是对市场的各自潜在性的充分预感。它们都是上帝选择和

救赎的符号：这与新教伦理相距并不遥远。而事实的确如此，美丽之所以成为一个如此绝对的命令，只是因为它是资本的一种形式。①

电视、报纸、广播、网络等媒体以戏剧、广告、报道等方式传播着各类美丽神话，将美丽和财富、资本、荣耀、奢华等要素进行密切的逻辑关联。一方面，社会使美丽成为一种独特的符号资本，一种可视可触及甚至可以用于投资的感性资本。另一方面，美丽也成为最珍贵最快乐的可以消费的特殊商品。显然，这些美丽都无不建筑在身体这个生命本体之上，于是身体神话和美丽神话的合流成为消费社会中一道激动心灵的景观。与身体神话和美丽神话密切关联的是美容、美体、健身和养生等消费活动，蜂拥而起的养生讲座和健身秘诀成为公众趋之若鹜的鲜明目标，因为每一个人似乎都明白这样一个清晰的"真理"：身体魅力尤其是"脸"的魅力决定在公共空间的交往活动的吸引度和认同效果，是攫取地位、声望、利益和虚荣心的重要工具之一。身体要素最重要的是"脸"，它成为身体中的"上帝"，是身体世界的轴心和焦点。罗兰·巴特的《神话修辞术》中有一篇《嘉宝的脸》，精彩地阐释了在超越现实身体之外的神话图像的意义：

嘉宝依旧属于电影时代，其时给人强烈感受的脸引得观众心绪大为不宁，我们完全迷失于人类的影像之中，一如吃了媚药，脸构成了人体裸露部分的一种绝对状态，既不可触及，又无法舍弃。早几年前，瓦伦蒂诺②的脸曾引得人自杀；嘉宝的脸仍具有典雅情爱（amour courtois）相同的支配一切的特征，

---

① ［法］波德里亚：《消费社会》，刘成富等译，南京大学出版社2008年版，第124页。

② 瓦伦蒂诺（Rudolph Valentino，1895—1926），美国电影明星，其代表作有《酋长》、《鹰》、《血与沙》等。所演的影片充满浪漫情调，本人也受到女影迷的崇拜。

这一人体的裸露部分散逸着历劫不复之地（地狱）的神秘感。

这的确是一张令人惊叹的女人的脸；在《克里斯蒂娜女王》[①]（la Reine Christine，这影片近年曾在巴黎重映过）中，脸部化妆犹如积雪覆盖于面具之上；这不是描画而成的脸，却是石膏范铸而成的脸，保护这一化妆的，是其表层的色彩，而非线条；这雪白所具的一切性状，是脆弱而又坚固的，只有眼睛，黑得像奇异的果肉，然而毫无表情，是两块微微颤动的伤斑。这张脸，即便极端美丽，却不是描绘出来，而是在光滑易碎之物上雕刻出来，也就是说，完美而又昙花一现，颇有点儿像卓别林涂抹了白粉的脸，双眼深暗的植物颜色，图腾般的面容。

不过，真正面具（譬如古代面具）的诱惑，隐含的秘密主题（例如意大利的半分面具）要比人脸原型的主题来得少，嘉宝呈现予人的，属柏拉图所称的形相（idée）之类，就是这点解释了为什么她的脸几乎没有性别的特征，却也并不令人疑惑。影片本身确实导致了这种不加区分，其中克里斯蒂娜女王轮番呈现为女人和年轻骑士，然而嘉宝不是以穿异性服装乔装改扮做到了这一点，她永远是她自己，毫不掩饰，戴着王冠或宽边毡帽，其下是一如既往的雪白而宁静的脸。

嘉宝别名“超凡脱俗”（Divine）更多的无疑是指称其形体外表所具有的本质，而不是描绘绝顶之美，超凡脱俗出自天国，那儿万物都在最为清晰的状态中日渐成形并臻于完美。她自己清楚这一点：多少女演员都愿意让大众看到她们美丽的令人惊慌的成熟过程。她却不然：本质不该失去尊严，她的脸除了完美，再也没有另外的现实性，这种完美与其说是形体上的，不如说是精神上的。本质日趋模糊，逐渐被眼镜、宽边软

① 克里斯蒂亚（Christina，1626—1689），瑞典女王，在位时间为1632—1654年，酷爱和倡导艺术与学术。

帽和尘世生活掩盖住了，但它决不会败坏或改变。

……

面具只不过是各种线条的累积，脸则相反，首先是各种线条彼此之间主题上的呼应。嘉宝的脸再现了这一靠不住的时刻，此时电影欲从本质的美中抽取出实存的美来，原型将转向容易衰朽的脸的魅力，对肉体本质的观念让位给女性的诗情。[①]

嘉宝的脸在化妆术和电影的共同作用之下，焕发出超越现实性的虚假的审美意义，是身体神话在电影图像中闪耀魅力的艺术投射。嘉宝这张“脸”已经不属于自己，而属于每一位欣赏和沉迷的受众。嘉宝的“脸”已经成为一种美学意义的神话事实，提升为脱离了客观物像的审美意象，成为一种具有符号化的神话对象，它的象征意义已经远远超过了自身。

身体神话是一个古老的文化现象。一方面，古典时期的神话赋予身体以神秘的意义，渲染神或英雄的身体禀赋超越自然性生命结构的神异能力。另一方面，古典主义的身体神话也从相对客观的自然形态阐释一种诗意的身体美学。《庄子·养生主》中有一则著名的“庖丁解牛”故事，它以寓言的方式讲述了屠夫对牛这一动物的审美理解和身体意识的领悟：

文惠君曰：“嘻，善哉！技盖至此乎？”

庖丁释刀对曰：“臣之所好者道也，进乎技矣。始臣之解牛之时，所见无非全牛者；三年之后，未尝见全牛也；方今之时，臣以神遇而不以目视，官知止而神欲行。依乎天理，批大郤，导大窾，因其固然。技经肯綮之未尝，而况大軱乎！良庖岁更刀，割也；族庖月更刀，折也；今臣之刀十九年矣，所解

① ［法］罗兰·巴特：《神话修辞术·批评与真实》，屠友祥译，上海人民出版社 2009 年版，第 81—82 页。

数千牛矣，而刀刃若新发于硎。彼节者有间而刀刃者无厚，以无厚入有间，恢恢乎其于游刃必有余地矣。是以十九年而刀刃若新发于硎。虽然，每至于族，吾见其难为，怵然为戒，视为止，行为迟，动刀甚微，謋然已解，如土委地。提刀而立，为之而四顾，为之踌躇满志，善刀而藏之。”文惠君曰：“善哉！吾闻庖丁之言，得养生焉。”

波德里亚的《庄子的屠夫》一文从身体美学的角度对此作了颇有意味的分析，因此转入对人的身体阐释：

这把刀也正是勒克莱尔的字母，他的字母以性感方式，依照欲望逻辑，划分这种身体场所……这把刀也是利希腾贝格（G. C. Lichtenberg）那把刀的千年兄长[①]，利希腾贝格的刀是逻辑悖论（没有刀身，没有刀柄），它整治的不是实体菲勒斯及其幻想（幻觉）的明证，而是缺席的菲勒斯的象征形态——庄子的屠夫用的刀不是作用于身体：它是消解身体，它在身体中专心致志、漫不经心地游动（注意力在浮动：“怵然为戒，视为止，行为迟”），它在身体中以易位书写的方式前进……

性感身体的构造也是一样的，这种构造从来都只是一个表达形式的易位书写式连接，这是一个“从未存在却已消失”的表达形式，它的欲望之刃改变了选言综合，重新描绘了这种综合却未言说：欲望本身只不过是能指按照音乐节奏，即按照庄子的屠夫所用的这把刀的节奏，在身体的奥耳甫斯（Orpheus）式分散中，在诗歌的易位书写式分散中的消解。[②]

① ［法］波德里亚：《象征交换与死亡》，车槿山译，译林出版社2006年版，第188页。波德里亚在此处作了注释：“这与奥卡姆（Occam）剃刀正好相反，他的剃刀用来阉割，画出抽象性和理性的直线。”

② 同上书，第187—189页。

“庖丁解牛”在波德里亚的阐释下诞生了丰富的美学意义。波氏认为，“庖丁解牛”这一事件，是以一种易位书写的方式，象征了身体与刀的相互交换，体现交换结构的经济学，更体现包含着欲望逻辑的身体美学。字面意义上，它陈述的是工具（刀）和身体的交往事实。而深层意义上，它隐喻着身体被欲望分割的快感和感性狂欢，象征着主体对身体的修辞和装饰。这不能不说是波德里亚精彩而深刻的“过度诠释”。庄子对身体一向坚持自然主义美学原则和“顺自然养生”的目的论。《养生主》即体现这一立场，彰显了庄子对身体的尊重和审美意识。波德里亚对“庖丁解牛”的隐喻性阐释，强调了身体的审美游戏意味，契合了庄子对身体的尊严和复杂性的肯定，但所谓的身体“欲望逻辑”的概念显然不符合庄子本意。庄子的身体美学与欲望原则相抗衡，顺应自然和依乎“天理”是其精髓。然而，正如波德里亚睿智的目光所见，在当代语境中，身体神话奉行的不是自然逻辑而是欲望逻辑。换言之，身体神话在消费社会首先遵循着欲望逻辑，而自然逻辑则退让到次要的地位。

在波德里亚看来，“消费社会中，人们对于自己肉体的再发现，是在身体和性方面彻底解放的信号。通过人的身体和性的信号的无所不在，特别是女性身体的无所不在，通过它们在广告、流行和大众文化中的普遍存在和表演，通过一系列采取消费形式的个人卫生、束身减肥、美容治疗的崇拜活动，通过一系列对于男性健壮和女性美的广告宣传活动，以及通过一系列围绕着这些活动所进行的各种现身秀和肉体表演，身体变成了仪式的客体。”① 在后现代语境，身体尤其是女性的身体被人们重新发现了丰富意义，并且这些意义超越了客体对象的自然逻辑，成为主宰公共空间社会交往的强大势能，具有了神话般的光环和色彩。舒斯特曼则指出：“表象性的身体美学（如化妆）倾向于关注身体外在的或表面的形式，而体

① 冯俊：《后现代主义哲学讲演录》，商务印书馆2003年版，第577页。

验性的身体训练（如瑜伽）则将目标定位于使我们‘感觉更好’——这个折射审美丰富模糊性的短语包含两层意义：其一，使我们的身体体验的质量更加令人愉悦、更加丰富；其二，使我们的身体感知变得更加敏锐而精确。化妆技术（从美发造型到整形手术）显示了身体美学的表象性一面，而类似费尔登克拉斯所提倡的‘通过运动而知道’的身体训练或凝神冥思的方法，则是身体美学体验模式的例证。”[1] 无论是表象的身体美学还是体验性的身体美学，它们都是身体神话的衍生物，是身体神话的副产品或理论果实。

后现代语境的身体神话已经被欲望逻辑所制约和引导，走向更为广泛的社会空间。身体尤其是女性的身体成为消费社会特殊的唯美商品，潜在地转换为一种神话意象，蕴含着慰藉、同情、拯救、安抚、快乐、梦幻、宣泄、满足等多种功能，成为一种来源于生活世界却又超越日常生活的美与爱的象征品。从这个意义上说，身体既参与消费（或者说，所有的消费活动都紧密围绕着身体这一轴心而旋转），也成为潜在的消费对象。波德里亚说：“身体通过菲勒斯[2]崇拜的一般等价物成为由模式赋序的符号总系统，如同资本通过金钱的一般等价物成为交换价值的总系统。”[3] 显然，身体神话的建立离不开消费社会，离不开消费活动中暗中操纵一切的欲望逻辑。和身体神话的象征意义相关联，消费社会中的身体文化的表演性日益高涨。层出不穷的选美表演、时装表演给人们呈现的是一副性感与美丽的图像丛林，让我们清楚地意识到，身体既是消费主体，又是消费对象。既是审美主体，又是美感来源。身体在后现代

---

① ［美］舒斯特曼：《身体意识与身体美学》，程相占译，商务印书馆 2011 年版，第 43 页。

② “菲勒斯”（Phallus）一词是从原始印欧语（bhel）（膨胀、肿大）演变而来，拉丁文及古希腊文变为“φαλλός”，用以指代男性的阴茎。弗洛伊德将之作为“父权”或“男权”等含义的隐喻。

③ ［法］波德里亚：《象征交换与死亡》，车槿山译，译林出版社 2006 年版，第 170—171 页。

社会已经成为一个鲜明的充满诱惑力的神话对象。当代社会的身体神话和身体文化颠覆了古典主义的身体美学及相关观念，隐藏着欲望逻辑不加抑制所带来的人性危机。庄子对身体自然性的肯定和“顺自然养生”的主张，以及他关于“保生”与“全身”的告诫早已被当下有关享乐和狂欢的身体美学所遗忘，身体神话已经和消费活动联袂开始了自己的狂欢节。

第二节　服饰

服饰是历史与文化的创造物，也是文明面具和审美符号之一。服饰在当代神话之中扮演着一个依附于身体的配角，有时候，它脱离身体而获得自己的独立存在，成为一种对人类的诱惑性势能，弥散强烈的神话意味。

古典哲学家黑格尔从一般的精神作用阐释了服饰的功能：“服装的存在理由一方面在防风御雨的需要，大自然给予动物以皮革羽毛而没有以之给予人，另一方面是羞耻感迫使人用服装把身体遮盖起来。很概括地说，这种羞耻感是对于不合式的事物的厌恶的萌芽。人有成为精神的较高使命，具有意识，就应该把只是动物性的东西看作一种不合式的东西，特别是要把腹胸背腿这些肉体部分看作不合式的东西，力求使它们屈从较高的内在生活，因为它们只服务于纯然动物性的功能，或是只涉及外在事物，没有直接的精神的使命，也没有精神的表现。所以凡是开始能反思的民族都有强弱不同的羞耻感和穿衣的需要。”① 显然，这已经是一种陈旧和保守的服饰美学观。后现代的消费社会已经使服饰经历了一场从形式到观念、符号到意义、能指到所指的深刻革命，服饰被流行的社会意识赋予了强烈的神话色彩。

① ［德］黑格尔：《美学》第3卷上册，朱光潜译，商务印书馆1979年版，第157页。

对服饰的美学运思可以使我们发现它长期隐藏的精神秘密。首先，在动物学意义上，人类被剥夺了皮革羽毛的权力，也就丧失了动物们所骄傲的自我保护的优势和审美特长。从这一点看，它足以消解一部分的人类中心主义的霸权意识和人类的自恋情结。就此而言，人类也应该对动物保持基本的尊敬和称赞。从自然性的审美资源的拥有方面来看，人类显然要弱于动物，这也意味着，从纯粹自然性而言，人类的美的本体要逊色于动物。其次，正是基于上述原因，人类不得不借助自己的经验、知识和智慧，在漫长的历史实践中，以模仿动物和富于创造力的想象活动的方法，凭借各种材料、制作与创造了日益丰富和琳琅满目的服饰，在满足人类保护身体需要的前提下，更眷注服饰的审美功能，并且形成了以国家、民族、地域、宗教、职业等差异化的服饰文化，呈现出区分作用和满足虚荣心的特性。再次，服饰弥补了人类身体在审美活动中的弱势，人不得不依赖服饰伪装自我，使之成为审美中非自然形态的虚假表象。从纯粹美学的观点看，在审美本体方面，人类和动物相比，确实成为一种悲哀和卑微的生物。因此，人类不得不以消耗大量资源和大量浪费的悲剧方式，源源不断地、绞尽脑汁地设计和生产出大量的各式各样的奢侈服饰，以满足消费社会的无限度的服饰渴求，满足人类不断高涨的虚荣心和奢侈欲望，这将宿命地预示着人类文明生于服饰也必将死于服饰。最后，对绝大多数人而言，服饰不是出于自我的设计，而是选择他人的制作。因此，被动性选择是人类在服饰审美活动中的宿命。所以，仅从服饰审美或身体审美而言，人其实是一个缺乏自主性和自由性的审美生物，也是美之本体呈现有限性的审美对象，它并没有佐证出传统美学所肯定的人的绝对尊贵和中心地位的理论。所以，无论从积极的服饰美学观还是消极的服饰美学观看，服饰都被赋予超越自身的虚假意识，这是“服饰神话”诞生的根本原因或主要原因。“服饰神话”产生的次要原因就是在消费活动中服饰被附加一定的虚假意识，从而增殖了一种象征性意义，转换为一种符号化资本，承担了欣赏者和购买者过度的心理期待，从而助长了神话意识的萌生或者增强了神话色彩。这就是当代神话中“服饰神话”的潜在内涵和真实秘密。

罗兰·巴特将服装做了分类，提出意象服装、书写服装和真实服装的三个概念。“打开任何一本时装杂志，眼前所看到的，就是两种我们将在此进行讨论的不同的服装。第一种以摄影或绘图的形式呈现，这就是意象服装（vêtement-image）；第二种是将这件衣服描述出来，转化为语言。一件洋装，从右边的照片形式变成左边的：一条腰带，嵌着一朵玫瑰，系于腰间，一身轻柔的雪特兰洋装。这就是书写服装（vêtement écrit）……从这两种服装到真实服装（vêtemen réel），存在着一种向其他实体、其他关系转化的过程。”[①] 罗兰·巴特理论意义上的三种服装，共同地关联着服饰神话，每一种类型都可能契合于神话特性。换言之，三种服饰类型在消费活动中都可能催生服饰神话。意象服装以摄影、图片、电视、网络等介质传播图像信息，可以配以音乐、解说等手段，以直接刺激视觉与听觉的方式，给受众最直观、最感性的审美印象从而影响主体心理，它们比起原生服饰递增了唯美主义和夸饰性意义，更多符号与象征的神话色彩。书写服装借助于语言的具象与抽象的交叉传达，赋予服饰超越实存状态的虚假意识。在本质上，书写服饰是一种重新的意义建构，它更容易催生神话内容。即使是所谓的“真实服装”，一旦被放置于橱窗、展示台、穿上模特身体，它就不再是“真实”意义的存在物了。由于背景、灯光、文字、语音、音乐等辅佐作用，它产生了场域效应和系统效果，与其他相关联的物质对象形成“互文”性作用，由此生成超越真实性的审美化的神话意象。

① ［法］罗兰·巴特：《流行体系》，敖军译，上海人民出版社2011年版，第3—4页。

服饰神话有几个密切关联的结构：流行时尚、时装杂志、时装广告和时装表演，它们形成了一个神话结构的有机共同体。

流行时尚是由多种合力造成的美学效应，是一种没有什么理由而激发的审美风潮却成为广泛仿效的审美理由。实质上，它是人类模仿性本能和趋同心理的共同作用的逻辑结果，也充分说明大部分群体是一些没有审美自主性而跟随风潮的盲从者，和在动荡的社会历史中那些追随“革命”的群众如出一辙。然而，流行时尚成为后现代消费社会的奢华景观，已经形成集体无意识的强大势能，无时无刻不在影响着人们的商品选择。有人感叹：“时尚是我们无法拒绝的一个词，赶时髦似乎是人所共有的心理倾向。人们追逐时尚，不光是被时尚的新奇华丽所诱惑，同时也带有一种小心翼翼地追求社会认同的渴望。”“媒体和时尚总是珠联璧合的，媒体策划时尚、制造时尚又强化时尚。”[①] 这就是消费社会的美学策略和商业计谋的亲密联袂，它们无时无刻不在制造着时尚神话和服饰神话，制造着这个被欲望逻辑所支配的审美心理。

时装杂志是服饰神话最有力的生产商和推波助澜者，它用精美的图片和充满诱惑力的话语以鱼水相欢造成相得益彰的审美感性，冲击接受者的视觉和审美心理，成为后现代人们尤其是女性们的精神安慰剂，成为她们日常生活中不可或缺的情感伴侣。和男人相比，女人更容易沉醉于服饰神话的陷阱，因为女人更容易被欲望逻辑所征服，她们是先天的感性与诗意的生物，先天的是为服饰而降临人间的天使，也是为服饰而生而活而死的美丽动物。女人是时装杂志的最大买家和阅读者，她们以拥有多种流行的时装杂志为荣。《瑞丽》《上海服饰》《ELLE 世界时装之苑》《HOW》《时尚》《现代服装》《魅力》《VOGUE》《服饰与美容》《BEAUTY》《娇点》《时装》《COSMOPOLITAN》《L’OFFICIEL》《COSMO》等，它们成

① 王蕾、代小琳：《霓裳神话——媒体服饰话语研究》，中央编译出版社 2004 年版，第119—120 页。

为女人的案头、办公桌或卧室的不可缺少的摆设。网络时代的来临也相应催生了众多的时装网站，它们和时装杂志等传媒共同制造了服饰神话，并且推动服饰时尚的潮流。罗兰·巴特“列出时装杂志所惯用的所有的韵律游戏：写在书本上，穿在沙滩旁；六套服装不穿白不穿，穿了也白穿；你的脸——亲切，高洁，和谐。然后是某些接近于对句或谚语表达的习惯用语（小发带使它看起来像手工制品）。最后是并列结构的所有表达方式。例如，快速无序地连续使用动词（她喜欢……她羡慕……她穿）及语义单元，在这里是独创性的语义单元（巴斯卡、莫扎特、酷爵士乐），作为品味多样、个性丰富的符号。当超越这些严格的文化体现象，而成为世事所指的问题时，简单的选择就足以建立一个含蓄意指的能指：傍晚时分，在乡下，秋日的周末，长时间的散步（这个表述仅仅由平常单元组成），这句话就是在通过简单情境的并列（术语层），指向一个特定的‘心境’，指向一个复杂的社会和情感世界（修辞层）。这种组合现象本身就是修辞能指的一种主要方式，由于流行表述所涉及的单元是从一个符码产生的，所以，它尤为活跃。”① 巴特以精湛深刻的符号学分析，揭示了时装杂志依赖于话语方式和文学修辞的手段达到服饰神话建构的美学隐秘。显然，这一服饰是巴特所指的“书写服装”，服装被文字或文学化的书写过程也是服饰神话的生成过程。

时装广告是消费社会中绝对不能缺席的文化美食。广告本身潜藏着神话的元素，它和神话有着本质的类似。因为它们都是对现象界的虚假超越，依附着超越对象而客观存在的虚假意义。广告一方面暗藏着人类浮夸和修饰的本性，包含着人类欺骗和做作的卑微性动机，带着强烈的功利主义目的和货币拜物教的导向，呈现出强烈的物崇拜的特性；另一方面广告具有美化人生和使平庸的生活世界

① ［法］罗兰·巴特：《流行体系》，敖军译，上海人民出版社2011年版，第211页。

理想化的安慰功能，一定程度上引导和鼓动消费群体，成为市场经济的平衡板和润滑剂。时装广告以图像、音乐、文字、实物等要素交叉、组合等方式构成强力的视觉、听觉、触觉共同作用的冲击力，从而打动欣赏者的审美心理，引发消费欲望和购买冲动。服饰广告借助于新媒体的作用，焕发出更为强大诱惑力和感染力，使之滋生更为鲜明的神话意象。时装表演也是时装广告的一种独特方式，它以人的身体为意义载体和感性符号，辅佐以图像和音乐的背景、以艺术化和游戏化相互渗透的表演活动创造鲜活的神话化戏剧。时装表演将人的肉体与服饰实行有意味的艺术融合，借助于美感和快乐的统一、审美活动与欲望冲动相契合从而达到超越现实生活的想象力满足，由此将欲望逻辑和审美法则实现暂时性和解，给欣赏者以摆脱平庸生活的碎片式安慰。正如波德里亚的睿智之见：

就像色情是在符号之中而从不在欲望之中一样，时装模特的功用性美丽是在于“线条”之中而从不在表达之中。它尤其意味着表达的缺场。长相不规则或丑陋的或许还能凸现一种意义：她们都被排除在外了。因为美丽完全在于抽象之中，在于空无之中，在于陶醉之缺场及陶醉之中。这种对物质的忽视至少被概括在目光中。那些迷人的/着迷的眼睛，深不可测，那目中无物的目光——那既是欲望的过分含义也是欲望的完全缺场——在他们空洞的勃起中、在对他们审查的赞美中，是美丽的。它们的功用性就在于此。美杜莎的眼睛、呆住了的眼睛，纯洁的符号。就这样，沿着这被揭去衣服的、受到赞美的身体的，在那些因为时尚而不是因为快感而发黑的惊艳了的眼睛中的，就是身体本来的意义，是在一个催眠过程中被取消了身体的真相。就是在这一范围中，身体，尤其是女性的身体，特别是时装模特这种绝对范例的身体，构成了与其他功用性无性物品同质的、作为广告载体的物品。[①]

时装模特和时装表演形成了和谐的协奏曲，抚慰欣赏者和消费者期待的审美心理，它们仿佛是精心调制的混合饮料，是以美丽、色情、性感、商品、符号、象征等多种元素组合的神话意象和审美意象，具有强大征服心灵的力量，也是诱惑消费欲望的召唤性力量。“时装模特的身体也不是欲望的客体，而是功用性客体、是混杂着时尚符号和色情符号的论坛。它再也不是姿态的综合，即使时尚摄影展示了其通过一种模拟程式重新创造自发手势和自然动作的艺术，它也不是本来意义上的身体，而是一个形式。”[②] 时装模特和时装表演所展示的身体，它们已经不是本来意义上的身体，而是一个新质的审美形式，确切地说，是一个“神话的形式”，是以广告、服饰、身体、容貌、表演、音乐、影像等综合因素所生成的充满生命活力的神话文本。

值得我们关注的另一个现象是，服饰只有在流行中才能获得美感和市场的最大价值，同样服饰神话也只有在流行中才使自身的意义获得不断地增殖和丰富。换言之，没有流行就没有时尚，没有流行就没有后现代意义的服饰文化，没有流行就丧失了消费的活力。就服饰而言，没有流行就没有市场，这也意味着就没有神话生长的田野。罗兰·巴特指出：

> 因为流行是一种模仿现象，言语自然也就担负起说教的功能：流行文本以貌似权威的口吻说话，仿佛它能透视我们所能看到的外观形式，透过其杂乱无章或者残缺不全的外表而洞悉一切。因此，它形成了拨云见日的技巧，从而使人们在世俗的形式下，重新找到预言文本的神圣光环。尤其是流行的知识不

① ［法］波德里亚：《消费社会》，刘成富译，南京大学出版社2008年版，第126页。
② 同上。

> 是毫无回报的，那些不屑于此的人会受到惩罚——背上老土(démodé)的垢名。知识之所以有如此的功能，不过是因为它赖以存在的语言自我建构了一种抽象体系。并不是流行语言把服装概念化了，正好相反的是，在大多数情况下，它勾勒服装的方式比摄影还要具体，姿态中所有琐碎细微的标记（notation），它都竭力再现（嵌着一朵玫瑰）。但由于它只允许考虑不太过分的概念（白色、柔韧、丝般柔滑），而不在乎物形完整的物体。语言凭借它的抽象性，孤立出某些函数(functions)（在该术语的数学意义上），它赋予服装一种函数对立的体系（例如，奇幻的/古典的），而真实的或者照片上的服装则无法以清晰的方式表现这一对立。[①]

巴特在这里凸显了“书写服装”巨大的魔法功能：它在服饰流行中扮演着重要角色，它既是制造流行的强大推动力，也是引导流行的美学导师和艺术批评家。

服饰往往也是某些神话的寄托和附着，有些学者对牛仔裤和美国神话的逻辑关系进行了深入的阐释，《霓裳神话》的作者写道：“牛仔裤作为一种‘美国神话’，不过是媒体加诸于其本身之外的一种主观意向。它的目的完全在于用来渲染媒体想要表达的种种精神，关于美国的精神，比如对历史的缅怀，比如对自由的推崇，比如对性感的演绎，等等。”[②] 比较细致而精巧地解读了牛仔裤附着的美国神话的内容，或者确切地说剖析了“牛仔裤神话”所寄寓的符号象征，从而呈现出牛仔裤与美国西部、自由精神、性感表达、永恒时尚、殖民文化等诸种要素的纠结，揭示了一种看似单纯的服饰所隐藏的神话意识。同样，论著对《花样年华》所关联的旗袍的神

---

① ［法］罗兰·巴特：《流行体系》，敖军译，上海人民出版社 2011 年版，第 12 页。

② 王蕾、代小琳：《霓裳神话——媒体服饰话语研究》，中央编译出版社 2004 年版，第 146 页。

话意义进行了精妙的解读："媒体将《花样年华》的意义赋予了旗袍。旗袍承载着众望所归的意义，在上个世纪末，演出了一场表达女人风韵的美丽神话。从影片的效应来说，《花样年华》的成功，远不如影片所带动的旗袍复兴的成功。影片过后，'旗袍热'热遍了全国的大街小巷。女人们把自己的身体用一袭旗袍装点着，仿佛装点出无尽的妩媚；男人眼中盯着身着旗袍的女人，似乎那身旗袍就是女人风韵的最好注脚。无论男人女人都极度关注旗袍，表达女人风韵的旗袍在这个世纪末于是迅速地开始流行，一举成为世纪末时装界最动人的神话。"① 它给我们的启迪之一，即"旗袍神话"的重要制造者之一是电影和媒体，活动的影像比固定的影像具有更大的煽动性和吸引眼球的张力，同时服饰一旦成为流行，其反应类似于原子裂变的效能，但不能忽视媒体在当代神话产生与传播的整个过程中都饰演着主角。

服饰神话所隐藏的是符号价值的巨大潜能。和服饰的符号价值相比，服饰的使用价值、交换价值和消费价值都十分有限，支撑它们存在的意义不是内在的实用功能，而是外在的符号价值。换言之，人类的虚荣心是服饰神话生成的机制和缘由，服饰作为一种生活世界被使用的物品或商品，它们在神话和艺术的共同作用下，诞生了远远超越实存对象的审美意义。罗兰·巴特对服饰进行了细致的微观探究，他开列出服饰的"属项的清单"，包含60种要素：

> 1. 饰品。2. 围裙。3. 袖笼。4. 背面。5. 腰带。6. 罩衫。7. 手镯。8. 披肩。9. 首饰别针。10. 外套。11. 领子。12. 颜色。13. 细节。14. 洋装。15. 边。16. 套装。17. 扣件。18. 翼片。19. 花饰。20. 鞋。21. 前面。22. 手套。23. 手袋。24. 手帕。25. 面纱。26. 头饰。27. 鞋跟。28. 臀部。29. 风

① 王蕾、代小琳：《霓裳神话——媒体服饰话语研究》，中央编译出版社2004年版，第157页。

帽。30. 茄克。31. 衬里。32. 质料。33. 项链。34. 领口。35. 领带。36. 装饰（或边饰）。37. 嵌料。38. 裤子。39. 花样。40. 衬裙（或连身衬裙）。41. 褶裥。42. 口袋。43. 围巾。44. 线缝。45. 披巾。46. 衬衣下摆。47. 肩带。48. 肩部。49. 边件。50. 外形。51. 裙子。52. 无沿便帽。53. 袖口。54. 袖子。55. 袜子。56. 襻带。57. 样式。58. 毛衣。59. 背心。60. 腰线。①

其实，巴特开列出的琳琅满目的服饰构件还不足以包括它们的全部，因为随着历史时间的流变它们也处于不断增加的过程。服饰的相关要素类似于话语与词汇的递增，它没有止境，没有消耗的终极，只有越来越复杂和丰富的符号多样性和审美装饰性。

随着社会生产力发展和流行时尚的作用，也随着经济繁荣和消费欲望的高涨，服饰在人类生活中的重要性将越来越凸显，它成为生活世界中的焦点和色魔，成为当代神话中的重要成分。服饰在后现代社会，甚至被赋予了乌托邦色彩，时装表演更趋向它的表现性和艺术要素，而不眷注于它的实际使用。服饰神话既是文明进步的结果，也是审美的悲剧现实，它更充分地证明了在后现代语境，人类在审美活动中更多服从于物质的规定性，服饰成为“物恋”的中心对象。一部分人在创造服饰的同时，却使绝大多数人成为服饰的膜拜者，沦为服饰的奴仆。尤其是都市的部分时尚女人，她们已经为服饰而迷狂沉醉、心理变异，彻底地被服饰所迷惑与征服，如果说容貌和身体是她们生命的第一存在，那么，服饰则成为她们的第二自我。女人们已经被环绕于服饰的虚荣心完全打败，成为人与服饰战争中的牺牲品。然而，她们依然义无返顾地走入服饰神话的陷阱，走入服饰神话建筑的审美殿堂，展示自我的美丽和奢华，而且

① ［法］罗兰·巴特：《流行体系》，敖军译，上海人民出版社 2011 年版，第 97—102 页。

这是永远不会终结的美学景观。只要服饰存在一天，女性对它们的激荡美感和疯狂追逐的欲望就不会止歇。所以，它证明如此的消费社会的生活逻辑：女人为服饰而存在，男人为女人而存在。所以，男人必须为自己爱慕的女人购买服饰。

第三节　色情与性

在消费社会，色情一方面当仁不让地成为消费对象，另一方面，也成为消费活动中的策略和手段。在后现代语境，色情与性携手建筑了引诱芸芸众生的神话迷宫。在古典神话中，色情与性作为孪生姐妹曾经扮演女神的角色给予接受者以无限的慰藉，她们以浸润着诗意与美感的浪漫主义色彩增加了文学的价值和生命存在的快乐与意义。然而，令人遗憾的是，在当代神话中色情与性被消解了诗意与审美的成分，剥离了浪漫主义与唯美主义的精神内容，成为纯粹欲望的剩余物，成为空洞的感性与享乐的符号，被抽象为单纯的消费品和本能享乐的象征。也许人类的色情与性的唯美神话再也回不到古典时期，我们不得不悲悼这一人类文化的堕落征兆。

从两者的逻辑关系探讨，色情是伴随着浅层美感的性象征，是性的隐喻性符号和欲望满足的前奏。而性是色情的终极，是没有象征意义的本能快乐的实现。其实，有关于色情与性的神话一直伴随着人类文明与文化的踪迹，影响人类的日常生活和意识形态。在当代语境，色情与性被更广泛地赋予了消费意义和商品的符号价值，成为生活世界中不可忽略的主题之一。由于传媒和社会意识的共同推动，尤其是当代社会的经济逻辑和欲望逻辑的杠杆作用，当代神话中的色情与性被赋予神秘的巨大势能，左右着人们的潜意识和思维以及行为实践。

如果我们深入地分析色情与性在后现代语境的功能，不得不关注它们和某些要素的紧密关联。

在当代社会中，色情与性和政治、权力依然存在着一定的关联，因此色情与性的神话同样沾染着政治、权力的色彩。有关政治与权力的神话意识以及对政治与权力的崇拜情结，决定着色情与性的价值导向和意义归属。在后现代语境中，色情与性、男人与女人的肉体关系和政治、权力这两个要素存在着密切的关联。美国人类学家艾斯勒指出：

> 如果不能理解和改变我们对男人和女人肉体的看法，我们就不可能理解某时某地所形成的关于性、权力和爱的观念，更不可能改变它们。我也比从前更为深刻地认识到，我们对肉体的看法与做法，以及由谁来决定我们对肉体的看法和做法，都与政治紧密相关。
>
> 其实，在当代摆脱强大的统治和暴力模式的斗争中，这些就是最主要的政治问题。我们如何看待肉体与肉体的关系——最重要的是，我们如何在自己的肉体里体验这些关系——这不仅隐喻着政治的最基本的意义，而且关涉到对权力的定义和实施。这就是我们的肉体在传统定义下的公共环境和私人环境下如何与全部社会关系相联系的方式，我们先是不知不觉地了解这种联系方式，继而开始不断地运用这种联系方式。①

20世纪的革命神话和红色神话，一方面表现出强烈的色情与性的禁忌和压抑的倾向，尤其在文化大革命时期所谓“红色经典”的艺术文本，人物形象表现出极端的政治狂欢和革命冲动，色情与性的内容被绝对地悬置和否定，被视为邪恶和丑陋的对象，它们和英雄人物或革命者之间没有任何逻辑关系，所以，英雄人物或革命者都被抽象为“中性人”或“无性人”，类似于古典神话小说《西

---

① ［美］艾斯勒：《神圣的欢爱：性、神话与女性肉体的政治学》，黄觉等译，社会科学文献出版社2004年版，第190页。

游记》中的“唐僧”和“孙悟空”。革命乌托邦和禁欲主义携手而行，创造了艺术史的一段奇特的超越色情与性的审美景观。另一方面，革命活动或红色运动的浪潮中无不潜藏着色情与性的势能，有时候甚至表现为明显的色情与性的强烈冲动。其实，革命与暴力往往和色情与性之间存在着极其密切的逻辑关联。20 世纪上半叶中国现代小说的“革命加恋爱”的文学主题也显露出色情与性和政治、革命等要素交叉渗透的叙事模式，这一叙事模式也决定了色情与性的神话所包含着的政治、革命的复杂意义。同样我们也就不难解释为什么在后现代语境中一些色情与性的真实事件往往总是和政治人物或拥有权力者产生屡见不鲜的纠缠。色情与性的神话和政治与革命的神话，它们之间存在着逻辑的同质性和统一性，为平常的生活世界增添传奇性和有趣故事。

在消费社会中，色情与性的神话取决于它们共同的符号价值和象征性意义。波德里亚指出：“我们知道色情和身体的当代美学是如何浸泡在一个处于全面掺假符号之下的，盛产产品、摆设、附件的环境之中的。从卫生保健到化妆，其间还包括晒黑皮肤、运动和多种对时尚的‘解放’，身体的重新发现首先都要经过物品。……身体被出售着。美丽被出售着。色情被出售着。而这并不是那些在最后关头为整个‘身体解放’历史进程指明了方向的原因中最小的一个。”[①] 一方面，色情与性被赋予了符号的意义与象征性价值，它们被添加了神秘的色彩和独特的无法被取代的美感与诱惑力。色情与性本身成为了符号资本，成为大家希望拥有或占据的资源，也成为无形的财富象征品，诞生了独特的美感意义和消费价值。在消费社会的运作逻辑里，色情与性的本身意义被遮蔽了，人们只是以纯粹观赏的方式感受它们的存在和神奇魅力。同样，色情与性的象征意义和符号价值不断得以凸显，证明它们比任何消费活动和消费对

① ［法］波德里亚：《消费社会》，刘成富译，南京大学出版社 2008 年版，第 127 页。

象更具有潜在的势能和吸引力，两者以最空无的形式表达出超越任何商品或物品的精神价值。另一方面，在对色情与性的观赏过程中，欲望暂时被遗忘或逃遁，人们关注在欲望背景下那些被照亮的物品：诸如内衣、超短裙、丝袜、吊带裙、胸罩、发卡等，这些和色情与性相关联的物品成为潜在的被消费商品，如果说色情与性的神话是原生神话，那么，与此相关的物品则成为次生神话。它们共同影响人们精神和物质的共同需求。

色情与性不再是禁忌话题，而成为社会交往的公共空间的娱乐主题和快乐法则，成为人们津津乐道的欣赏对象和消费对象。色情与性成为一种可以被公开探讨和交流的娱乐话题，成为可以被公开观赏的节日，甚至可以成为节日狂欢必不可少的一个主题和内容。美国学者感叹性感明星“麦当娜马不停蹄地提供性、权力和物质欲求的最时新的混合体。”[①] 麦当娜成为一个色情与性和权力、物质欲求相关联的象征品，成为新神话的一个偶像和符号。后现代社会已经是一个彻头彻尾被娱乐主宰的欲望世界。正如美国学者波兹曼所言：“所有这一切都证明了一点，那就是我们的文化已经开始采用一种新的方式处理事务，尤其是重要事务。随着娱乐业和非娱乐业的分界线变得越来越难划分，文化话语的性质也改变了。我们的神父和总统，我们的医生和律师，我们的教育家和新闻播音员，大家都不再关心如何担起各自领域的职责，而是把更多的注意力转向了如何让自己变得更上镜。欧文·伯林有一首著名的歌，只要他改掉歌名中的一个词，他就会成为像奥尔德斯·赫胥黎那样的先知。他应该这样写：除了娱乐业没有其他行业。”[②] 当娱乐演变为社会的中心和流行主题，而色情与性也悄然升格为娱乐的中心和流行主题的时候，也就意味着色情与性的神话大门得以敞开。色情与性成为消

---

① ［美］爱德蒙森：《文学对抗哲学》，王柏华等译，中央编译出版社 2000 年版，第 110 页。

② ［美］波兹曼：《娱乐至死》，章艳译，广西师范大学出版社 2009 年版，第 85 页。

费活动的图腾和膜拜对象，也许让我们产生回归远古的错觉。因为在古典神话中，色情与性是一个重要的题材和主题，既是神、英雄和人不可缺少的相关要素之一，也是构成故事发展的动力之一。然而，在古典神话中，色情与性往往带着浪漫主义、神秘主义的唯美与诗意的色彩，在当代神话中，它们则被剥离了这些要素，剩余下赤裸裸的消费欲望和货币符号的残骸。

脱衣舞就是一个典型的例证。众所周知，脱衣舞的法则之一是缓慢地脱，舞女们以时间延宕和动作迟滞的方式，制造的审美悬念和持续的期待视野，达到色情与性的神话生成。脱衣舞以绝对不能完全脱光，必须保留最后的遮蔽物为原则。呈现色情与性的吸引与消失的矛盾，从而获得诱惑观赏者心理的奇特效果。罗兰·巴特对脱衣舞有睿智而深刻的见识：

> 脱衣舞——至少巴黎的脱衣舞——是以矛盾为基础的：女人在裸露的一刹那，就失去了性的特征。如此，我们可以说这在某种意义上是恐惧的表演，或者更精确地说，是“令我恐惧”的表演，色情在此仿佛只剩下了奇妙的惊骇，只需要预示这一起仪式作用的符号，以便既激起性的念头，又引出消除性的念头，这就足够了。
>
> 只有在脱衣的那段时间里，才使观众成了观淫癖者；不过就像一切故弄玄虚的表演一样，在此装饰、小道具和程式与原本的挑逗目的产生了矛盾，最终将这目的沉没于平淡无奇之中：已将肉欲公开显示出来了，就是为了更好地阻碍它，驱除它。法国脱衣舞看来脱胎于我以前说过的“麦淇淋式的战争”，脱胎于神话制作过程（mystification），这在于给观众接种下少量肉欲的疫苗，以便使其今后更好地处在具有免疫力的“道德之善”的境地当中：带几分色情，由表演情景本身引发出来，实际上却被令人安心的仪式吸收了，

消除了。[①]

脱衣舞生动地表现出色情与性交织的感性冲动状态，它是审美与欲望相互渗透的行为艺术，也是当代神话之中典型的色情与性相互交融的神话模式，它体现的是快感原则和娱乐享受相契合的审美结果，它已经打破了古典美学对于审美活动的狭义限定，快乐原则进入了审美世界，从而具有了审美价值和艺术意义。"快感的正式原则——以便欲望的力量可以变成对可合理操作的物品/符号的要求。必须使个体把自己当成物品，当成最美的物品，当成最珍贵的交换材料，以便使一种效益经济得以在与被解构了的身体、被解构了性欲相适应的基础上建立起来。"[②] 脱衣舞也无疑验证了波德里亚这一精湛深入的身体美学的理论分析。

色情与性成为最重要、最珍贵的精神与肉体高度契合的消费对象。诚如波德里亚所言："性欲是消费社会的'头等大事'，它从多个方面不可思议地决定着大众传播的整个意义领域。一切给人看和给人听的东西，都公然地被谱上性的颤音。一切给人消费的东西都染上了性暴露癖。当然同时，性本身也是给人消费的。其中起作用的，仍是那种我们在谈到青年与反抗、女性与性欲时所揭示的操作机制：在越来越按照商业化并工业化了的物品及信息来评估性欲的同时，物品及信息偏离了它们的客观合理性，而性欲亦偏离了其膨胀的合目的性。就这样，社会与性的变化正在为得到实现而开辟道路，而'文化'及广告的色情即是这些道路的实验地。"[③] 然而，古典时期的色情与性的神话守护着它们的神秘性与珍贵性，尤其是性，附丽着神圣与神秘的唯美主义的色彩，坚持着某些道德意识和纯洁性信念。但丁的诗歌、莎士比亚的戏剧和诗歌、菲尔丁和雨果

---

① ［法］罗兰·巴特：《神话修辞术·批评与真实》，屠友祥译，上海人民出版社2009年版，第136页。

② ［法］波德里亚：《消费社会》，刘成富译，南京大学出版社2008年版，第127页。

③ 同上书，第137—138页。

等人的小说，一定程度上都恪守着伦理主义的性原则和性道德，使色情和性爱在艺术的境域闪烁着唯美与诗意的光彩。著名荷兰汉学家高罗佩（R. H. Van Gulik，1910—1967）著有《中国古代房内考》和《秘戏图考》，以丰厚翔实的资料和广博精湛的考证，对中国古代的色情与性的文化进行描述和探究，对涉及色情与性的有关神话要素予以分析与揭示。该著留给人的深刻印象之一，就是古典时期的人们对色情与性采取唯美主义的态度和诗意思维的方式，把它们给予肉体的快感也凝练为美感，如一幅春宫画《春睡起》，配以诗作：

云收巫峡中，
雨过香闺里。
无限娇痴若箇知，
浑宜初浴温泉渚。
漫结绣裙儿，
侍嗔人唤起。
轻盈倦体不胜衣，
杏子单衫懒自提。
春山低翠悄窥郎，
朦胧犹自忆佳期。[①]

在《秘戏图考》中有《扑蝴蝶》和《鱼游春水》两词，分别如下：

《扑蝴蝶》

锦屏春暖，

① ［荷兰］高罗佩：《中国古代房内考》，李零等译，上海人民出版社1990年版，第428—429页。

喜狂郎留恋。
曳床斜倚，
展金莲双瓣。
尽教踏碎黄香。
并取番残浪暖，
穿杨枝今番展。

红心显，
直任他，
破的贯革。
玉人无倦，
一来一往，
许多回鏖战。
马蹄蹀躞东西，
蝶翅翩翩近远唤，
道是没羽箭。

《鱼游春水》

风流原无底，
醉逞欢情情更美。
柔体难拘，
一任东风摇曳。
翠攒眉黛远山颦，
红褪鞋帮莲瓣卸。
好似江心，
鱼游春水。①

① ［荷兰］高罗佩：《秘戏图考》，杨权译，广东人民出版社 1992 年版，第 262—265 页。

诗词以含蓄和灵动的笔法，充满隐喻和象征的意象，营造浪漫和诗意的氛围，表现了富于美感的色情与性的内容。高罗佩写于1951年关于中国春宫画的一段话表达了他的感慨：“‘路漫漫其修远兮。’假若谁偶尔希望休息片刻，以便从这个时代的沸腾生活的紧迫中获得短暂的安宁，他可能会浏览片刻这些纸上的年轻女子和她们那热情的爱侣。她们被如此精致地刻画在木板上，就像他们在其奢华宅第的隐蔽卧室里相互寻欢作乐时的情形一样。于是，甚至这短命的美，这失落的春宫彩色版画艺术，也能够获得一种更持久的意义。”[①] 高罗佩意想不到的是，后现代社会对于色情与性的沉醉与狂热已经远远超越古典时期，它们已经剔除美感和诗意的外表沦落为赤裸裸的欲望扩张，色情与性的神话已经演变到一种被冠以“科学与试验”头衔的理性化运作，由以往的生命个体的私密体验转向于群体性的“规划”和“操作”技术。日本“AV文化”也是一个显著的色情与性的神话例证。“AV女优”，特指日本从事于AV影视业进行色情与性爱表演的女演员。AV为“Adult Video”的缩写。“优”即是演员的意思。该词源于古代中国，男者为“优”，女者则为“伶”，均指“戏子”之意，蕴藏着贬义。日本人将优伶不加区分，一律简称为“优”。AV女优是日本性文化的一个重要符号，是色情与性的象征品，她们扮演着后现代语境中的“性感女神”角色。AV女优经过层层筛选和严格培育，她们年轻貌美，拥有性感妩媚的体态和征服人心的色艺，被涂抹上浓郁的色情与性的神话色彩。作为色情与性的文化出口大国，日本的“AV文化”这一象征符号弥散到世界的许多角落。后现代社会的色情与性的主题、理念及其表现方式和古典时期已经存在一定的差异，色情与性所粘附的美感与诗意已经被降低，或者说它们服从

① ［荷兰］高罗佩：《秘戏图考》，杨权译，广东人民出版社1992年版，“英文自序”，第16—17页。

于本能欲望的法则和商业社会的消费逻辑，服从于市场需要和自身的销售目的。他们的目的在于吸引欣赏者的注意力和满足观众的心理期待，达到色诱的效应。色情与性的神话成为当代神话中最有诱惑力和迷惑力的利器。

显然，女性身体成为色情与性最广泛和最普遍的承载对象。换言之，女性成为色情与性最柔美和最富吸引力的神话象征品。舒斯特曼对波伏娃在《第二性》阐述有关女性的身体美学的思想进行了描述：

> 反映女性美的传统风尚——突出其娇嫩、精致、温柔及不适用于强有力活动的多褶的服装——加强了女性作为一个柔弱的、无力的、消极肉欲的猎物这一形象。这种风尚激励女性不仅要求外表上符合其特质，同样要求她们的身体举止也应符合女性柔弱美的形象——在两性中处于被动角色，坐姿、走路都要像一个女人，像小女孩那样投掷东西。总而言之，长期以来形成的关于女性身体的审美意识形态强化了女性的柔弱、被动及温顺等特质；与此相应，女性的这种柔顺也被用来证明传统女性审美固定不变的、天然的正确性，以及“永恒阴柔女性”的“神话”。[①]

女人在色情与性的领域，扮演着女神形象，并始终处于生活舞台的中心。在某种意义上，色情与性的神话密切关联着女性神话。换言之，后现代语境中的女性神话往往伴随着的就是色情与性的神话。

色情与性的神话要素还密切地关系着时尚和流行文化，它们在流行之中不断补充神话资源和精神活力。有学者指出：“时尚风向

① ［美］舒斯特曼：《身体意识与身体美学》，程相占译，商务印书馆2011年版，第127页。

标年年流转，如今停留在‘性感’这一惹眼的词上。在强调‘身体体验’和‘人性占先’的语境下，‘性感’很坦然地成为时尚的主角。”[①]“很多化妆品如香水广告，还有一些服装如名牌时装常常采用性感模特暴露的手法。这样做不仅仅是吸引眼球，更重要的是一种结合现代情调的品牌理念。‘性感’已成为此类广告中普遍运用的手段，它无非是想告诉消费者：用我们的产品就会变得更性感，用我们的产品就会吸引漂亮的异性与你为伴，用我们的产品，男人就会变成吸引美女的磁石，女人就会变成吸引男人的磁石。……以‘性’为隐喻的广告诉求，是服饰广告常用的手法。女性不时沦为服饰广告中的性物（sex object）。服饰媒体不但将女性物化，一再强调女体的交换价值，更借用男性眼光中的完美、性感的女性身材，建构令消费者钦羡的情境。于是女性地位在无形之中被贬抑，而女性的主体性亦被剥夺。所以，身体对女人而言是最重要的，其他的一切似乎是无关紧要。”[②]其实，我们并未感觉到女性地位被贬损的事实，其主体性更没有被剥夺，而她们凭借优美的身体和充满诱惑力的色情符号，创造了她们的价值与意义，成功地获得了市场的欢迎和男性世界的认同。对于女性而言，她们借助流行文化中的色情与性获得了精神价值和经济地位的证明，从而建立了当代语境中的女性神话的多重意义。

最后，在后现代语境，由于信息时代的来临，色情与性的魅力主要来源于网络、电视、手机、平板电脑、DV等电子工具的优势传播。在消费社会，色情与性越来越成为消费活动的要素之一，成为和商品密切关联的象征性符号，形成新的历史语境的性崇拜意识。鉴于这一状况，新媒体将色情与性的功能和意义极度地夸张，使之成为宰制精神和日常生活的神话素。色情与性不但和传统意义

---

① 王蕾、代小琳：《霓裳神话——媒体服饰话语研究》，中央编译出版社2004年版，第120页。

② 同上书，第40—42页。

上的革命、政治、权力、阶级斗争、军事、暴力、阴谋因素等关联，而且和市场、经济、时装、时尚、消费、财富、选票、名声等要素密切联结，它们成为后现代传媒的瞩目对象。在传媒强大的扩散功能之下，它们被重新建构，赋予丰富的符号意义和象征意义，诞生了审美价值、消费价值和交换价值相互交融的内容。

第四节　权力与革命

当代神话一个显明特征是权力因素对自身的渗透，或者说权力普遍地进入神话疆场。对于权力的崇拜和渴慕成为整个公共空间的集体意识，由此而呈现一个二重性的图景：一方面是大众对于权力的觊觎、渴望和追逐，形成对权力的崇拜情结；另一方面，民众在心理上潜藏着对权力的仇恨和反抗的情绪，在历史提供释放暴力冲动的条件下，最终借助于社会革命获取和占有它。如此而已，合乎逻辑地形成一个权力的转移和循环。在权力循环的过程中，神话传播者支持臆想的“正义”概念，将之偶像化并且赋予合理性与合法性。在权力的转移和循环的每一个历史尺度，均包含着无穷无尽的阴谋与诡计、冲突与暴力、流血和死亡等必然性因素。显然，神话是鼓动权力循环并应验这一历史法则的有力工具之一。

如果我们对权力进行简略的逻辑划分，存在着两类权力：纯粹权力和潜在权力。“纯粹权力”是指独立存在的权力形式，主要指政治和法律等行政权力。它由“集体权力”和“个人权力”所组成。和纯粹权力的单一性因素不同，“潜在权力”纠结着多种要素，知识、话语、技术、规则等构成权力的结构，成为权力的复合性整合。

在近现代历史中，“权力神话”和“革命神话”相互交织，生成了互动性生动景观。革命就是建立完美性和理想性的权力模式和社会结构，由此赢得广大民众的支持和参与。近代的反清革命，借助于“革命神话”唤醒和鼓动民众。其实，“革命”这一话语之间隐匿着能指和所指的语言游戏。

从词源学考察，“革命”一词，目前所知的最早出处可以追溯到上古典籍《周易·革卦·彖传》：“天地革而四时成，汤武革命，顺乎天而应乎人。”而口头语言应该在时间上要上溯更为久远。据学者考证，“革命”清末的王韬在《法国志略》（1890年）中，首次运用现代语义的“革命”一词。尔后，这一词汇经由孙中山等人改造为“国民革命”的话语之后，被赋予新颖的历史内涵，焕发了某种强大的诱惑力。随着历史时间的流逝，“革命”成为公共空间的盛大节日，并且上升为万众统一的语言狂欢，转换为统一国民与党派思想的最有效工具，也成为最富有乌托邦色彩的话语。尤其是“文化大革命”时期，“革命”成为红色的话语图腾和最绚丽的文字崇拜，成为红色宗教中的圣词，一个神圣的信仰能指，或者闪耀着乌托邦色彩的巨大和崇高的符号。其实，自法国资产阶级大革命以后，革命这个词汇在世界各个角落都被赋予了神话的意义，而且这一神话沾染着强烈耀眼的胸怀色彩。所以，革命神话理所当然地可以被比喻为“红色神话”。法国莫娜·奥祖夫在《革命节日》著述中精湛而细致地探究了革命与节日的逻辑关联：

> 与革命一样，节日是一个忘乎所以的境界；与革命一样，节日是一次本能的、冲动的创造。最后，与革命一样，普世的节日不会有征服者英雄。如果就像最高主宰节那样有一位的话，节日的感觉就泯灭了，革命也在死去。人民离开了街道和广场，从此各扫自家门前雪。只有当人民同呼吸共命运时，节日和革命才是鲜活的。[①]

① ［法］奥祖夫：《革命节日》，刘北城译，商务印书馆2012年版，第36页。

革命与节日的密切关联，表明人类内心深处潜藏巨大的暴力冲动并以宏大叙事方式呈现于现实世界，而宏大叙事的主角不再是平常人物而属于“人民”和卓越的“英雄”。而处于这一时间轴点上的日子就可能成为一个值得纪念的盛大节日。所以，在人类历史上，诸多的节日建立在革命的缘由上。然而，“革命”一词除了它外表上附着的正面意义和有限的历史价值之外，它潜藏着思维暴力和实践暴力的双重含义，隐匿着强大的破坏性冲动和颠覆性势能。“革命”是一个交织理性与非理性冲动的精神旋涡。

和革命神话密切相关的一个要素即是：“人民”（people）。因为人民常常是革命运动的主体，也是革命神话的主角。在迄今为止的历史教科书中，“人民”这个语汇都被赋予了神圣意义和被涂抹上崇高色彩，一方面，几乎在所有的革命运动诸如暴动、起义、反抗、斗争、战争、占领、推翻等一系列相关话语都和它存在着紧密的逻辑联系。另一方面，人民关联着正义、公平、伟大、公正、合理、真理、仁道、良知等崇高概念。换言之，人民构成历史和政治的宏大叙事，构成国家与民族的神圣而伟大的乌托邦。然而，倘若我们对“人民”这一话语予以深入分析和辩证理性的运思，不难发现“人民”在政治生活和历史发展的潮流中，它构成一个最空洞和最虚假的神话。首先，人民尽管在历史上占据显赫地位，然而它的结构芜杂和内容凌乱，是一个能指不清而所指虚无的词汇。其次，人民这个概念没有严格的逻辑规定性，内涵与外延都及其混乱，是一个没有经历辩证理性和历史理性进行细致分析的对象，确切地说，“人民”还不能构成一个确定和明晰的对象。再次，人民这一范畴是任意性缀合的结果，是一个缺席理性沉思的假定性观念。在现实世界，既没有任何一个阶层能够与之对应，也没有任何一个生命个体属于它的客观存在。因此，就诞生如此的悖论现象：一方面，几乎所有人都是人民的范畴。另一方面，几乎任何人都无法代表人民。于是，合乎逻辑的推论就是：人民是一个自相矛盾或背谬概念，成为一个意识形态的乌托邦和历史的吊诡。人民这一概念实质上是政客、阴谋家和理论家对每一个存在者的虚假的情感慰藉。最后，人民属于意识形态的虚构神话，是一个真正的虚假意识的产品。它看起来是精神文化的奢侈品，本质上却是最廉价的工具。总而言之，人民是迄今为止最大的神话产品之一，是政治和历史领域最虚假的精神欺骗。与此相关，历史上所建构“人民神话”是一个值得存疑的对象。其实，人民的本质并非是一个伟大、正义、良知、公正、真理等话语的象征品，传统形而上学所假定的“人民”，可能是思想暴力和无理性行为的动因之一，可能是制造过失甚至历史罪过的悲剧角色，可能是听信邪恶鼓动和服从于阴谋诡计的盲动洪流。即使从这一虚假概念自身进行运思，人民自身也携带着诸多的历史局限和理性缺失，也未必是道德良知的完美象征，它们更多关注自身的利益和欲望。因此，“人民神话”在历史与现实的维度都客观地存在并制造意识形态的悲剧，也许在长久和遥远的未来，这一神话依然存在和发挥自己的强力影响。显然，在后现代社会，人民神话依然影响我们的思维方式和客观生活。

如果说一般意义上的“权力”构成传统神话和当代神话的共同要素的话，那么，在当代神话之中，话语权力则是一个值得关注的对象，它成为当代神话运作之中的潜在要素。从另一方面运思，权力的生成或获得在一定程度上依赖于语言和话语的运作而得以可能。

海德格尔说，语言在存在之家园。语言不仅是主体的工具性存在，也不仅仅起到传达意义的功能。其实，语言隐藏着对思想的诱惑功能，它寄寓着绑架情感和宰制心理的强大力量。而由语言转化和被提炼过滤后的话语具有更大的潜力和势能。语言是一种神奇的魔法，与其说每一个人都在使用语言和改造语言，都在改造或创造话语，还不如说，每一个人随时随地都会无意识地跌入语言的陷阱，被它诱拐和欺骗。其实，每一个人所说的语言和话语在本质上都属于他者、公共空间和社会集团，很少属于自己，只有极少数人制造语言和创造话语，也只有极少数人操纵和控制着话语权，而绝大多数人只是语言和话语的接受者、使用者。或者说极少数的人是语言和话语的主人，绝大多数人只是语言和话语的奴隶。语言与话语的生产者用它们控制了语言与话语的使用者的思想与行为，就像奴隶主控制奴隶的身体和行为、自由和权力，两者没有什么本质的不同，只有存在方式上的差异。因此，当代神话的建构一定程度上依赖于语言和话语的功能，换言之，权力拥有者借助语言与话语的作用，从而使神话概念成为民众的意识形态。在政治活动中，诸如口号、标语、纲领、语录、宣传册、社论等话语方式，是制造权力神话、政治神话的常用工具。任何历史阶段，利用语言和话语的策略达到神话生成的目的都是屡见不鲜的社会现象。“革命”这一话语在当前社会常常焕发出神话的色彩，成为被国家、民族和大众而广泛认同的“革命神话”。从语言哲学的意义来看，不是存在者运用和支配了语言和话语，而是语言和话语支配和操纵了存在者。绝大多数人是被语言和话语所宰制和淹没。极度夸张的语言和话语，它们有时候，就像暴发了汹涌洪水，彻底地淹没芸芸众生。因此，无论在现代社会还是当代社会，民众经常被“革命”话语所鼓动和迷醉。

在许多的革命运动之中，我们都可以发现“口号”的登场。口号在本质上是主体的能力欠缺和内心怯弱而需要借助于情绪宣泄的表现。换言之，口号是形式超越内容的伪装符号，是对难以达到的目标和境界的强力呼唤。从整体上考察，绝大多数口号是空洞的许诺和不切实际的期盼，是人类虚荣心的变相宣泄和意志缺乏的间接表现。显然，口号以可能性高于现实性的方式掩饰自己的虚弱本质。然而，在社会革命和集体、民族、国家、宗教的重大矛盾冲突中，即使在日常生活中，均不乏口号的踪迹。口号以强调绝对、永恒、无限、理想、彼岸、公正、真理等乔装内在的合法性和合理性。口号是漂浮的能指和完美的所指的游戏，两者总是存在着鸿沟和差异。从性质意义上说，口号既可能表达强力的意志，也可能陈述虚假的愿望。既可能充斥强烈的思想暴力，也可能包含绝对的理想。换言之，口号是人类的虚伪面具之一，也是人类虚荣心的冰山一角，更是虚假的社会意识形态的投影。从功能意义上说，口号具有鼓动盲从的客观作用，使生命个体服从某种阴谋诡计，使个体愿望形成群体意志，从而酝酿群体性暴力运动。口号可以迫使人们放弃深刻安宁的生命状态，随着它的循环和重复，主体逐渐丧失理性的思考和精神的安宁，诱发出非理性冲动和情绪冲动。因此，我们必须对口号保持格外地警惕和冷静地反思。口号是神话思维的果实。也许，我们应该更多地以反讽的态度对待口号。

在后现代社会，对于权力的追逐依然是普遍的潮流，因此，权力神话并没有随着消费社会的演进而减弱，反而随着经济发展和消费逻辑的强化而获得新的生成。福柯尖锐地指出："如果民主意味着由人民有效地行使权力，并不按等级划分成阶级，那么十分明显，我们离此还差得很远。同样十分明显，我们生活在一个阶级专政的制度里，一个通过暴力树立威望的阶级权力的制度里，即使这个暴力工具已成为制度和符合宪法。就某种程度讲，对我们来说根本谈不上什么民主。"① 从这个意义看，西方的现代社会还不属于福柯理解的民主社会的形式，至少不是比较理想或合理的形式。然而无论东西方，后现代社会的权力崇拜依然是普遍的社会文化心理。亚里士多德认为：人是政治的动物。后现代社会的主体首先表现在对政治权力的崇拜，其次才是对其他权力形式的崇拜。社会民众对政治存在着强烈热情，尽管市场经济在表面使民众对于政治热情相对减弱，然而，在集体无意识的心理结构中，政治依然具有极其强大的吸引力。尤其在集权主义社会，民众对政治权力的崇拜甚至超

① ［法］《福柯集》，杜小真译，上海远东出版社 2003 年版，第 237—238 页。

越对宗教的崇拜。绝大多数人是充满政治权力梦想的主体。乔姆斯基在和福柯的对话中以理想主义的方式说：

> 在采取正确决策时，如果必需在一个集中的权力或一个绝对自由社团间的自由组合中作选择的话，我情愿选择第二个。因为我想它可以最大限度地发挥人类善良的本性。而一个中央集权体制一般来说却最大限度地发展人类最恶劣的本性——贪得无厌、破坏，目的是为自己牟取权力而消灭别人。这种本性是在一定的历史条件下出现和运作的。我想我们希望建立一个没有这种恶性的社会。在这样的社会里，人类恶性被健康本性取而代之。[①]

高度的集权社会不是一个理想的政治形式，在这种集权社会，主体很容易滋生权力欲望和权力崇拜，产生乔姆斯基所说的“人类恶性”。

如果我们从传统文化中寻求拯救的理论资源，庄子思想有助于人们消解这种权力意识和政治渴望及其伴随的功利主义诉求，对当代语境中权力神话和革命神话无疑是一剂良药。

> 尧以天下让许由，许由不受。又让于子州支父，子州之父曰：“以我为天子，犹之可也。虽然，我适有幽忧之病，方且治之，未暇治天下也。”夫天下至重也，而不以害其生，又况他物乎！唯无以天下为者可以托天下也。[②]
>
> 肩吾问于孙叔敖曰：“子三为令尹而不荣华，三去之而无忧色。吾始也疑子，今视子之鼻间栩栩然，子之用心独奈何？”孙叔敖曰：“吾何以过人哉！吾以其来不可却也，其去不可止

① ［法］《福柯集》，杜小真译，上海远东出版社2003年版，第256页。

② 《庄子·让王》。

也，吾以为得失之非我也，而无忧色而已矣。我何以过人哉！且不知其在彼乎？其在我乎？其在彼邪亡乎我，在我邪亡乎彼。方将踌躇，方将四顾，何暇至乎人贵人贱哉！”[1]

或聘于庄子，庄子应其使曰：“子见夫牺牛乎？衣以文绣，食以刍叔。及其牵而入于大庙，虽欲为孤犊，其可得乎！”[2]

孔子谓颜回曰：“回，来！家贫居卑，胡不仕乎？”颜回对曰：“不愿仕。回有郭外之田五十亩，足以给飦粥；郭内之田十亩，足以为丝麻；鼓琴足以自娱；所学夫子之道者足以自乐也。回不愿仕。”孔子愀然变容，曰：“善哉，回之意！丘闻之：‘知足者，不以利自累也；审自得者，失之而不惧；行修于内者，无位而不怍。’丘诵之久矣，今于回而后见之，是丘之得也。”[3]

古代的许由对政治权力表示淡泊的情绪，甚至对最高的王位也表现出无动于衷的冷静和拒绝。相比之下，后现代的人们对权力产生极大的热忱和欢悦，权力一度成为解救困境的唯一良策，因此造成权力神话的泛滥。显然，庄子这一文本潜藏着对于权力欲望的警戒和讽喻的意义，是对权力神话的价值解构。政治上“得志”者而“轩冕在身”，在庄子看来是“丧己于物，失性于俗”，成为本末颠倒的人。孙叔敖“三为令尹而不荣华，三去之而无忧色”，对于权力始终保持平常心态。庄子厌倦权力阶层，不愿作为政治的牺牲品，颜渊自甘贫困，孔子给予高度赞赏。褚伯秀注《让王》篇云：“自尧舜、许由、善卷至于王子搜，皆重道尊生，不以富贵累其心，视天下如弊屣者也。子华、颜阖、曾颜、公子牟之徒，葆真守约，不以利禄易其操，视富贵如浮云者也。”[4] 淡泊政治权力是古典主义

① 《庄子·田子方》。
② 《庄子·列御寇》。
③ 《庄子·让王》。
④ 褚伯秀：《南华真经义海纂微·让王》。

的精神传统，庄子存在着强烈的逃避政治和淡泊权力的思想，这一思想奠定了后世中国文人的“桃花源情结”。古代文人厌倦政治，希冀逃避政治和权力，追求隐逸山水和躬耕田园的恬淡诗意的生活。尽管这一理念难免存在消极人生和政治惰性的成分，然而它保证不同流合污的道德人格，淡化了社会意识形态的权力情结，促使主体滋生审美情怀和诗性精神。与此相比，现当代民众对权力的沉迷和崇拜远远超越古人，使权力神话和革命神话达到了登峰造极的境地。庄子的上述思想可谓是对当代社会的权力神话的嘲讽和批判。古希腊的柏拉图提出“剧场政治”的概念，指出政治往往成为一个精心营造的表演，无论这种表演是否精彩或拙劣，它们都具有天然的虚假成分和包含明确的功利目的，其根本在于对权力的渴望。这也意味着，权力神话乃至于所有的政治神话都包含着表演的成分。当今的文化学者做出进一步分析：

> 政治总是一个表演，因为无论哪一方声称它代表了多少真理，争论的每个参加者都必须表演一个角色，通过这个角色他们才获得了他们的地位。表演或者表演性的概念在文化政治学的研究中是一个有用的概念，因为它强调特定的政治立场——无论是掌权者的立场还是抵抗者的立场——都不得不持续不断地被形成或重塑的方式。①

在后现代社会的公共空间，政治是一个最大和最显赫的舞台。同时，在各种场合，分布着无数的形形色色的政治表演的舞台。不同地位的政客是不同身份的演员，无论他们的演技如何，其本质上都属于政治表演，是“政治演员”。民众既充当观众，也无意识地参与表演，形成表演与观赏之间的“互动”。后现代的政治表演性

① ［英］阿雷恩·鲍尔德温等：《文化研究导论》，陶东风等译，高等教育出版社 2004 年版，第 236 页。

达到一个历史性的极致，它借助于现代媒体的信息传播手段令这种表演渗透到社会的每一个角落，强制输入到每一个主体的感官。后现代社会的政治表演，淋漓尽致地体现出人对于政治及其权力的梦想和渴望，它们共同建构了政治神话，使权力神话、革命神话和政治神话密切形成三位一体的有机结构，深刻而广泛地影响和左右着社会生活与民众心理。庄子和柏拉图的思想启迪我们保持对权力情结与政治表演相互关联的理性警惕，抗衡权力神话对社会意识的侵袭和渗透，告诫人们必须节制对权力的追逐和认识到当代社会的表演性政治运作。

第五章

当代神话及其审美意识

第一节 “神话”与“当代神话”

现代社会的实用理性和科技发展共同地终结古典神话，将之送入精神文化的博物馆。然而，神话思维和神话意识共时性地隐匿于人类的心理结构之中，对文明和文化依然施加重要影响。在后现代历史语境，神话以变形的方式潜藏于人类的精神文化活动之中，演变为一种富有当代意义的神话形式，继续发挥着强大的心理功能和扮演着意识形态助产士的角色。当代神话的基本结构包括科技神话、英雄神话、消费神话、政治神话等。当代神话一方面延续了古典神话的某些运作逻辑和审美特性，另一方面创新了象征符号、话语方式和理念内容，更多地适应了主流意识形态的需要，服从了世俗生活的愿望。当代神话依赖于科技工具和迅捷密集的信息传播方式，对于社会生活的各个领域都有所影响。

一 神话和当代神话的概念探究

罗兰·巴特认为：“神话是通过历史而选择的一种言谈。”强调神话与语言的逻辑关联。① 从词源学意义上考证，“‘神话’可以翻

① ［法］罗兰·巴特：《神话：大众文化诠释》，许蔷蔷、许绮玲译，上海人民出版社 1999 年版，第 169 页。

译为 *muthos*，但也可以译为 *die Sage*，*die Mythe* 或 *lili'u*。”“它既是‘阿斯迪瓦尔的故事’（la *geste* d'Asdiwal），又是‘西西弗的神话’（la *mythe* de Sisyphe）。神话，可以是世界观、某种反复出现的主题、某一人物类型、流传已久的观念、半真半假的陈言、传说，或许纯粹就是一派谎言。”[①] 显然，神话是一个内容芜杂丰富的模糊概念。另一位法国学者韦尔南关注神话和宗教的关联：“神话触及到宗教：神话处于宗教礼仪的旁侧，而有时，它会十分直接地与之交叉，它或者从细节上证明宗教实践的方式，或者表明其动力，发展其意义；同时，神话又处于各种造型艺术之象征的旁侧，赋予神明一种形象化的形式，体现出他们在世人心中的存在。对于希腊人的宗教思想，神话构成了最基本的表达方式之一。”[②] 在词源学意义上，“神话”（Myth）这一话语，起源于希腊语“Mythos”，词根为“mu”，表达用嘴发出声音的意思。显然，它隐含着神话和语言的原初和本质性的关联。海德格尔“语言是存在之家”的哲思，凸显语言的本体论意义。这也意味着，语言是神话之家。尼采在《悲剧的诞生》里断言：“没有神话，一切文化都会丧失其健康的天然创造力。唯有一种用神话调整的视野，才把全部文化运动规束为统一体。”[③] 强调神话在文化创造活动的先导性地位和统一性功能。卡西尔提出人是“符号的动物”（Animal symbolicum）的命题，进而指出：“符号化的思维和符号化的行为是人类生活中最富于代表性的特征，并且人类文化的全部发展都依赖于这些条件，这一点是无可争辩的。”[④] 神话的确是人类最早的以语言为核心的符号化活动的结果，而语言和神话的内在逻辑联结，共同奠定人类文化发展的精神

---

① ［美］斯特伦斯基：《二十世纪的四种神话理论》，李创同译，生活·读书·新知三联书店 2012 年版，第 1—2 页。

② ［法］让—皮埃尔·韦尔南：《神话与政治之间》，余中先译，生活·读书·新知三联书店 2001 年版，第 261 页。

③ ［德］尼采：《悲剧的诞生》，周国平译，生活·读书·新知三联书店 1986 年版，第 100 页。

④ ［德］恩斯特·卡西尔：《人论》，甘阳译，上海译文出版社 1985 年版，第 35 页。

基础。从这个意义上说，神话也是存在之家。在如此逻辑前提下，我们从更具体的哲学美学视角展开对于神话的阐释。

谢林借助于古人的阐述从而赋予神话一种本源性意义：“古人将神话以及（既然神话据他们看来同荷马史诗相契合）荷马史诗视为诗歌、历史和哲学的总的渊源。对诗歌来说，神话是一切赖以产生的始初质料，是一切水流所源出的海洋（借古人之说），同样是一切水流所复归的海洋。”[①] 卡西尔表达了和谢林不同的看法，不赞成将神话理解为理论真理的一种象征式描述。他认为：“如果我们想要说明神话感知和神话想象的世界，我们就不能把用我们关于知识和真理的理论范式观点去批评神话感知和神话想象作为出发点，而必须根据它们的‘直接性的质本身’来看待神话经验的性质。因为这里需要的不是对单纯的思想或信仰的解释，而是对神话生活的解释。”[②] 新批评的代表人物韦勒克、沃伦以参照的方式揭示神话与哲学的差异性：“‘神话’这一术语在亚里士多德的《诗学》中意味着‘情节’、‘叙述性结构’、‘寓言故事’。它的反义词是‘逻各斯’。‘神话’是一种叙述，是故事，与辩证的对话和揭示性文学相对照；它是非理性的、直觉的，与系统的、哲学的相对照；它是埃斯库罗斯的悲剧与苏格拉底的辩证法的相对照。”[③] 美国当代神话学家理查德·蔡斯则认为：“神话是故事，神话是叙述性或诗性文学。它无需比任何其他文学类别更富于哲学意义。因此，神话就是艺术，并且应当作为艺术来加以研究。神话之所以是一种认识方式，一种思想体系，一种生活方式，仅仅因为艺术也是如此。它之所以跟科学相对立，仅仅因为艺术也是科学的对立面。神话与科学

① ［德］谢林：《艺术哲学》，魏庆征译，中国社会出版社 1996 年版，上册，第 75 页。

② ［德］恩斯特·卡西尔：《人论》，甘阳译，上海译文出版社 1985 年版，第 101 页。

③ ［美］韦勒克、沃伦：《文学理论》，刘象愚等译，江苏教育出版社 2005 年版，第 218 页。

相辅相成，各自满足不同的需要。”① 神话被阐释为和世界观、认识论、生存论、方法论等密切关联的精神方式，它的内涵和功能一定程度上超越了艺术范畴，被寄寓一种形而上学的理性意义。尽管神话和哲学、科学之间存在本质性差异，然而，它们都属于人类精神对自然、历史、社会、自我存在等现象界的直觉、体验、想象、认识和反思的心灵活动。在阐释和综合上述观点的基础上，笔者做出历时性的逻辑推论：神话是人类精神对于现实存在的虚假超越，是精神界对于现实性的审美否定，追求终极和循环构成其基本特性。

在神话一般规定性的逻辑境域，我们进一步界定“当代神话”（Contemporary myth）的基本内涵和描述其主要特性。显然，当代神话承袭神话的最一般基质，保持着神话这一符号形式最基本的文化特性和心理特性。然而，在后现代历史语境，当代神话在思维形态、符号形式、表现方式和审美意识等方面和古典神话之间存在一定的差异，尤其在传播方式和意义表达方面呈现巨大的时间性变革，这些都是需要诠释的问题。当代神话是一个时间性或历时性（Diachronically）的概念，它指称神话这一符号形式在一定时间单位的差异性存在，也呈现一种历史语境的流动性表征。换言之，后现代的历史规定性决定当代神话的话语表达、符号形式和象征意义的独特性。因此，当代神话的能指方式被打上鲜明的时间印记，它的所指对象也相应地转换和改变。

当代神话的思维特性表现在：第一，神话生产的主体在理性思维上已经成熟和完善，在理智思维的过程中能够明确地意识到生产和传播的这些神话，内容与形式属于虚假的社会意识形态，一方面因为现实存在的利益诉求和日常审美态度的需要而生产这种当代意义的神话形式，另一方面根据社会需求去传播神话，以达到公共空间的实用目的。第二，当代神话的公共性意识决定当代神话的思维

① ［美］约翰·韦克雷编：《神话与文学》，潘国庆等译，上海文艺出版社1995年版，第13—14页。

方式。正如哈贝马斯所言："随着电子传媒的兴起，广告获得了新的意义，娱乐和信息的不断交融，所有领域趋于集中化，以及自由主义协会和一目了然的地区公共领域的瓦解，公共领域的基本结构又一次发生了转型。"① 公共领域的基本结构转型，以及技术手段和信息传播方式的巨大进步，影响到当代神话的思维方式注重新型的公共领域的利益需求和主体交互性以及意义传达的有效性。因此，当代神话思维的公共空间的交往意识更加鲜明。第三，实用主义成为当代神话基本的思维原则。由于工具理性构成当代社会的基本价值取向，功利主义和享乐主义成为流行的公共意识形态。所以，当代神话沉醉于权力、利益、感官、本能等因素的欲望叙事，古典神话的超越性原则和诗意精神被一定程度的缺席。当代神话和科学主义实行结盟，诞生相辅相成的不同思维模式的心理共同体。利明和贝尔德指出："新出现的神话似乎是在使科学与宗教结合。这种结合的结果不是只信仰某个宗派或科学的观点，而是导致新一代神话创造者称为'意识扩张'的东西。"② 当代神话呈现出科学、宗教、神话三者混合的迹象。一方面科学概念被神话借用为感性的外衣，成为神话诞生的逻辑基础和合理性证明，另一方面神话依赖于科学获得更广泛的心理接受可能。

在表现特性方面：第一，当代神话的唯美主义和理想主义的色彩逐渐减弱，古典神话有关终极和永恒的诗意许诺已经逐渐被解构，神话的创造者和接受者的心理已经普遍化认同审美活动的暂时性和当下性，拒绝相信美与爱的绝对和永恒。换言之，当代神话在祛除审美信仰的合法地盘的同时，打开了进入世俗生活和娱乐活动的大门。因此，当代神话中的实用主义的理念随着现实世界的经济繁荣和消费享乐越来越凸显，古典神话的审美纯粹性被商品需求和

① ［德］哈贝马斯：《公共领域的结构转型》，曹卫东等译，学林出版社1999年版，第15页。

② ［美］戴维·利明、埃德温·贝尔德：《神话学》，李培茱等译，上海人民出版社1990年版，第152页。

生活欲望所抑制，商品和消费成为主流的神话内容，神话人物和故事也围绕着金钱和权力的轴心。因此，彼岸性意义被放逐和此岸性意义被强化形成一种有对比意味的神话景观。第二，信息时代的高科技传媒工具极大地丰富和更新了当代神话的内容，普通人的日常生活内容借助于计算机和网络源源不断地渗透到当代神话的故事载体中。当代神话凭借互联网获得直接和快捷的传播，巨大的信息量给予社会大众的心理以不间断的情感冲击，导致一种理性休克和思考终止，从而获得影响社会意识形态的传播功能，而且虚拟的影像空间以优越于古典神话的视听效果，给予接受者一种惊异和奇幻的审美体验。第三，当代神话表现出社会大众和主流意识形态的结盟。古典神话基本上是民间意识形态的果实，它的生产和传播的主体是广大民众，一定程度上寄寓民间意识。由于现代社会的主要传播工具由政府掌握和控制，当代神话的生产过程尽管主要由民间主导，但当代神话的主要传播方式，必须依赖于主流传媒得以进行。所以，当代神话在传播过程中自觉或不自觉地被赋予主流意识形态的内容。而且执政者在一定程度上为了国家的根本性的政治和经济利益，为了维护国家形象和政府权力，顺利地展开管理机制和施展行政能力，也在一定程度上参与了当代神话的生产与传播，当然这种生产和传播必须依赖于众多的知识分子才得以实现。

第二节　审美意识特性

当代神话的审美意识显然和历史语境的变革密切关联。我们考察当代神话的审美意识特性，主要从以下几个方面予以揭示。

一　工具理性和现实原则成为当代神话的审美意识特性

康德在《判断力批判》“美的分析”的第二个契机，提出著名的“美是不依赖概念而作为一个普遍愉快的对象被表现出来的"[①] 的论断。克罗齐在《美学纲要》中则表达"艺术也不可能是功利的活动"[②] 的鲜明观点。他们的美学观念一定程度地适宜于古典艺术和近现代的部分艺术。当代文艺尤其是流行文艺的客观发展，很大范围消解康德和克罗齐的艺术哲学的思想内涵，概念性和功利主义的诉求已经成为艺术文本的必然性逻辑构成。换言之，当代神话意义里的艺术文本，已经密切地关联于功利主义和工具理性。

在商品与消费所构成的现代社会的经济链条中，附加高科技的消费品往往成为科技神话的直接象征。存在主体由对科技的崇拜转移到对商品的迷信，科技神话合乎逻辑地转换为商品神话。现代社会的每一个消费者都可能直接或间接地、有意识或无意识地感受和参与科技神话的传播和再制造。现代市场经济使科技和商品亲密携手成为一个时尚和享乐的象征符号，它们成为芸芸众生的理性与感性共同追逐的目标之一。在这种社会情境下派生的审美活动和艺术活动，显然具有明显的目的性和功利性。美国神话学家戴维·利明和埃德温·贝尔德在《神话学》中阐述了对当代神话的精湛见解：

> 纳粹神话含有传统神话的许多方面。它大多起源于在理查德·瓦格纳的歌剧中得到再生的德意志传说。在瓦格纳的故事和纳粹神话里，有两个主题格外重要：一个是对日耳曼民族的崇拜，另一个是对神圣土地的崇拜。瓦格纳笔下的金发碧眼的西格弗里德在纳粹看来就等于是要去统治一个已经清除掉犹太人的世界的超人英雄的模型。这些新一代英雄的领袖具有神一般的、超英雄的无限威力和不可战胜的品质。纳粹分子为了给自己树立根据，强调普鲁士英雄的神话般的传承：从西格弗里

① ［德］康德：《判断力批判》上册，宗白华译，商务印书馆 1964 年版，第 48 页。

② ［意］克罗齐：《美学原理·美学纲要》，朱光潜译，外国文学出版社 1983 年版，第 211 页。

德到弗雷德里克，再到俾斯麦、兴登堡，最后直到希特勒。[①]

后现代历史语境之中的神话现象密切地联系于商品消费活动，而高科技的传播媒介，尤其是计算机网络的出现与风行加剧社会意识形态的神话意识，虚拟的赛博空间拓宽了神话思维的天地和表现舞台。这样，审美活动的虚拟性和追逐商品消费的功利性达到历史性的和解，合乎逻辑地统一在感性享乐的自我世界之中。如果我们对现代广告进行理性观察，则不难发现，它们几乎无一例外地成为当代神话的象征品，对于各种商品的卓越性能或者完美功能的夸张，一种美学修辞学意义上的虚假话语附庸以美仑美奂的图像音响，都使消费者确信，他们将选择的商品无论是实用还是美感都是没有先例的，达到使用价值和审美价值的高度融合。商品消费在一定程度上成为符号消费，商品内在使用价值服从于商品外在的符号象征意义，成为消费一种社会身份炫耀的美感形式。

显然，作为社会意识形态的当代神话，进入到文艺的生产、流通、消费的全部过程。文艺作品在消费意义上都是商品和消费品，或者说它们在结构意义上客观地成为一种社会文化产业。当代神话意义下的文艺产品和文艺消费，典型代表之一就是“文艺晚会”或者带有文艺色彩的庆典仪式，这种政府和民众共同娱乐的流行文化模式，无疑是主流意识形态和民间意识的不谋而合的精神结果。它们凭借电视、广播、网络等传媒手段，实现既符合政府意志也迎合民众情感的两种目的。

二　符号消费和欲望叙事成为当代神话的普遍情结

波德里亚指出，现代消费主体在一定程度上依赖于商品的符号价值。商品超越于使用价值的符号价值构成对于消费主体的第二性

---

① ［美］戴维·利明、埃德温·贝尔德：《神话学》，李培茱等译，上海人民出版社 1990 年版，第 149—150 页。

诱惑，而且这种诱惑力量远大于第一性诱惑。消费者拥有的商品，包含使用价值和象征价值两种性质，后一种意义大于前一种的意义。消费者拥有商品除了它的使用属性之外，更重要的作用是体现出对于商品符号的消费意义，因为商品的象征符号是自我社会身份的一种炫耀性满足，当然，炫耀性的符号消费必须拥有一定的权力和货币作为前提和基础。当代神话所极力崇尚的审美趣味之一就是符号化的消费。本雅明借用泰纳在1855年的话："世界博览是人们膜拜商品的圣地。"他进而论述："商品登上了使人膜拜的宝座，它四周的超然之气熠熠闪光，这就是格朗德维埃艺术的神秘主题，与之相联系的是乌托邦和玩世不恭的矛盾心理。它表现死亡物的委婉词句相当于马克思所说的商品的'神学外衣'。"[①] 符号消费构成对于商品的符号崇拜的全部内涵。在商品经济中，主体沦落为沉迷于商品符号的主体，与其说是对于商品的崇拜，还不如说是对于商品所附加的符号和意义的崇拜。

和符号消费与商品崇拜相联系，当代神话的欲望叙事更关注身体的欲望叙事。马尔库塞在《论新感性》中指出："美作为一个可欲的对象，它与原初的本能相关，即同爱欲和死欲相关的领域。这两个对立的东西，在神话中，通过快慰与恐惧的表现而连接在一起。"[②] 后现代社会的大众文化或流行文化，一个显著的特征就是身体主体的张扬和无节制的欲望肯定。波德里亚在《消费社会》中指出："在消费的全套装备中，有一种比其他一切都更美丽、更珍贵、更光彩夺目的物品——它比负载了全部内涵的汽车还要负载了更沉重的内涵。这便是身体。……它（特别是女性的身体，应该研究一下这是为什么）在广告、时尚、大众文化中的完全出场——人们给它套上的卫生保健学、营养学、医疗学的光环，时时萦绕心头的对

---

① ［德］瓦尔特·本雅明：《发达资本主义时代的抒情诗人》，张旭东、魏文生译，生活·读书·新知三联书店1989年版，第185页。

② ［德］赫伯特·马尔库塞：《审美之维》，李小兵译，生活·读书·新知三联书店1989年版，第109页。

青春、美貌、阳刚/阴柔之气的追求，以及附带的护理、饮食制度、健身实践和包裹着它的快感神话——今天的一切都证明身体变成了救赎物品。”① 波德里亚敏锐发现这种身体美学或身体神话已经成为消费社会的必然结构，成为当代神话中合乎逻辑的组成部分。当消费具有神话的意义的同时，身体作为消费对象也相应地产生神话的内涵。身体欲望在当代神话中作为合理性和合法性的权力得以确立，并且在理论和实践的双重领域中被肯定。

在当代神话中，身体密切地联系于商品和经济活动，成为资本和权力的附属物，或者说是主体为了增值资本和攫取权力的一种重要的物质工具。身体不仅作为生命存在的象征形式，更重要的意义在于关联到社会公共空间的地位、身份、权力、知识等方面，上升为一种政治经济学意义的象征符号。在当代社会，身体密切地联系于琳琅满目的商品，或者说，商品密切地围绕着身体这个轴心而被生产、流通、交换和消费。因此，当代神话中欲望和消费紧密关联着身体这个焦点。身体的欲望一方面是关联着对商品的欲望，另一方面也关联着对身体本身的欲望，它们最终交汇于身体的消费欲望。与其说是消费商品还不如说是消费身体的欲望。所以，我们可以理解众多的广告都以身体消费为中心，可以理解广播、电视、网络、晚会、庆典等传播活动始终以身体为轴心上演着消费神话，“以人为本”的口号被演绎以身体消费作为潜在目的性。在当代神话场景中，身体的地位被提升到前所未有的高度，它的象征性意味和表演色彩越来越浓厚，一方面作为消费主体参与消费活动，另一方面作为消费对象进入到被消费的境域。当代的消费活动一定程度上成为神话性事件，参与消费的身体和被消费的身体则诞生了神话性质的内容，它们蕴含着神话般的审美价值。一些高科技商品被赋予了奇妙神秘的神话功能，与此相关，身体对于这些商品的消费也相

① ［法］让·波德里亚：《消费社会》，刘成富、全志钢译，南京大学出版社 2008 年版，第 120 页。

应产生了神话般的功效。广告和传媒在利益杠杆的驱使下积极地参与了这种当代神话的制造和传播，于是商品神话和身体神话成为当代神话中两个密切关联的逻辑结构，而这一切都以身体的欲望为逻辑前提。

三　当代神话的英雄崇拜呈现为现实性的偶像崇拜

崇拜心理的理性主义和科学主义的内容日渐增多，实用观念和政治工具的特性随着商品社会的系统化进程和政治控制的精密程度日益鲜明。当代神话一个显明的审美特性是，首先，英雄崇拜的对象发生历史性的流变。现代市场经济一方面促使知识在商业资本的诱惑之下投入其怀抱；另一方面政治权力对于知识的利用和拉拢，破坏了传统知识的纯粹性，从而使知识也成为一种权力（Power）；再一方面，是知识和科学权威的同盟，知识全方位地成为社会的一种权力结构。因此，构筑了当代社会的知识盛宴，也构成了一种当代意义的知识神话。于是，知识和知识分子就担当了崇拜对象和英雄化的偶像。其次，是资本和权力获得当代语境的利益勾结，权力忙于对货币和社会资源的占有，热衷于对知识的利用和垄断。而另一种景象是，资本一方面寻找在知识和权力之间的平衡，另一方面寻求自己利益空间的最大化和时间周转密度，以获得利润的最大增值。事实上，当代社会主要由政治权力、资本权力和知识权力的拥有者支配和垄断，由此决定当代神话的英雄崇拜对象增加了政治权力和资本权力的垄断者等内容。他们在社会活动的公共空间成为神话意义的人物被社会大众当作神话英雄所崇拜。最后，在现代传媒的巨大影响下，娱乐产业的日益兴盛，带动文艺和体育等方面明星的加盟，不同社会阶层的多方位的利益互动形成不同结构的权力与权利的交织，它们规定着公共的社会空间的英雄崇拜的对象性转移。因此，当代神话的英雄崇拜就有这样几种现实性的对象所组成。换言之，偶像崇拜主要由权力、知识、资本的占有者和垄断者以及所谓的文体明星们所构成。

第三节　当代神话的功能和公共空间的传播

神话的功能性分析是一项细致而复杂的工作。有关当代神话的功能分析，我们在这里只能简要地进行。与此相关，以对当代神话的功能分析为中心，初步揭示其结构、意义、话语等逻辑相关性。

一　当代神话在选取题材和表现内容方面的特性

在当代神话之中，乡村神话和自然神话越来越稀薄和淡化，与之形成鲜明对照的是，都市神话、科技神话、市场神话和消费神话越来越兴盛。因此，从题材意义上分析，当代神话呈现出明显的城市化和理性化的功能。在这一功能规定下，城市化的叙事结构和空间结构成为当代神话的基本结构模式，增大的时间密度和快速度的叙事节奏成为当代神话流行的时间结构方式。当代神话的意义群落是城市、技术、商品、消费、时尚、娱乐等现代化和后现代化等世俗化的构成，而最核心的意义就是感性享乐。当代神话的话语一方面是媒体、教育机构等公共空间的流行话语，也是以城市为中心的制造与传播的话语。它们是民间集体话语和政府话语的复制与重复，藏匿着社会意识形态的宰制性势能。另一方面，话语的个人性意义被降低，理想主义和唯美主义的诗意色彩被削弱，话语沉沦为集体性与功利性、世俗化与日常化等工具理性的特征。

二　古典神话中虚拟的神话人物被置换为当代神话的现实性偶像

在当代神话中，古典神话的虚拟化功能被现实性功能所替代。因此，当代神话的结构模式就是现实主义和实证主义的结构模式。当代神话的故事元素主要是和城市、商品、科技、消费等密切联结的现实场景，神话意义比较单一、明晰，能指和所指的对应性明确，丧失了传统神话的丰富、复杂的隐喻和象征的意义。当代神话的话语方式呈现了社会的通约性和流通性，给予大众心理是一种连续和强化性质的情感驯化。从这个意义上说，当代神话的理性认识功能超越了道德感化功能，审美功能已经普遍地沾染着功利、欲望和概念的尘埃。再次，当代神话放弃了对于时间和情感的永恒性守望，古典神话的时间循环性和无限性法则已经缺席。当代神话的理性结构模式和世俗化的感性追求都必然地决定它如此精神向度：不确立一种哲学化的超越历史的绝对理念，不追求一种诗化的能够克服瞬间性的唯美主义的想象与虚构，不寻觅一种宗教意义的共时性的纯粹信仰，也不关切在任何历史时间都普遍适用的根本性伦理原则。换言之，当代神话在精神和心理的意义上，不许诺时间永恒的爱与美、真与善的共时性意义。所以，当代神话放逐了彼岸性和理想主义，它的理性主义的目光只投射于此岸和现实。

当代神话的传播是另一个值得我们探讨的问题。它的传播媒介、方式、功效、公共空间的影响力都和古典神话有了历史性的巨大差异。

首先，当代神话的传播载体产生变化。如果说古典神话主要依赖口头或纸质媒介，当代神话主要运用科技为手段的电影、电视、计算机网络，加上传统的报纸、杂志、广播等传播工具。确切地说，是运用现代传媒进行传播。传媒在当代神话的传播过程，它们不断地输入、增加和修改神话的内容与意义，进行着神话素的重新编码和再创造活动。媒体的意识形态导向构成当代神话传播过程中隐藏的巨大势能。诚如西方学者所论：

媒体轻而易举地创造一个意义的网络，它们有其自己的叙述结构、有关音像、有关专家、证人、牺牲品，有时甚至还有自己的议会发言人。媒体讨论和关心这些问题互相作用，还常

> 常和新出现的社会问题交织在一起。这个体系非常复杂和有效，它应用最新的电脑技术和音像制造手段，在构建和维持国家生活和政治文化方面是一个中心参照点，如果从它的外面看，连社会学家也不得不承认他们被这样的成功的一个工业搞得目炫神迷。①

与其说是当代神话被媒体所传播，还不如说被媒体所制造更合适和更准确。其次，由于传播工具的先进性，带来了当代神话的传播方式的时间加速度和空间上无边界性。当代神话被迅捷而高效率地传播，成为公共性甚至国际性的热点话题。每年一度的美国电影奥斯卡颁奖仪式，华丽宏大的庆典仪式包含着被极端放大的荣耀和梦想，技术进步和金钱递增的力量角逐、身体美学和政治权力的有意识联盟、商业资本和文化产业的相互勾结，搅拌着喧哗与骚动的获奖悬念，这一切被编织成为当代神话的生动图景。这种以电视直播的方式所精心营造的既是好莱坞神话和美国神话，也是现代的庆典神话和影像神话。它既是一种当代神话的宏大叙事和华丽乐章，更是一种以高科技为手段的吸引世界眼球的传播策略。最后，当代神话成为社会性的集体表演，仪式化和庆典活动成为它流行的传播程式。当代神话的集体参与性和表演性特征日趋鲜明，神话的传播活动就是参与活动，也是集体表演活动。电视台众多的互动节目、娱乐板块强调观众的参与，从一个侧面显明了当代神话的传播特性。置身于当代神话的宏大场景，每一个人承担着既是观众又是参与者的双重角色。歌星演唱会的热烈气氛和近乎疯狂的场面，形成一个“神话场域”，几乎场内的每一个人都是表演者和参与者，挥舞的荧光棒应和着歌星的音乐和身体的节奏，观众和歌星的万众同声的演唱，以及现场直播的写真氛围都使当代神话激发出一种心理

① ［英］安吉拉·默克罗比：《后现代主义与大众文化》，田晓菲译，中央编译出版社2001年版，第269页。

迷狂和情绪感染的巨大力量。

现在，我们再就当代神话的传播元素展开进一步分析。显然，当代神话的传播元素的选择意图是理智化的和精心设计的，而“消费、娱乐、身体”三个关键词构成当代神话的传播基础。选择是创造的开端，当代神话对于传播元素的选择，从一个侧面显露了当代神话的创造动机。当代神话的传播元素从宏观上主要由消费、娱乐、身体这三个方面构成。由于后现代社会的“休闲、娱乐与文化已交织在一起，文化活动与娱乐活动已不再被完全分离开，同时，商品消费与文化消费也融合在一起。业余时间被视为文化、消费与娱乐合而为一的时间”。[①] 当代神话和这种现实境域密切关联，把消费和娱乐作为相互联结的两个最重要的传播元素，在市场经济的推动力作用下，进行夸饰性的广告宣传。或者以虚假意识为中枢，开始从物质到精神的全方位的审美伪装活动，诱导芸芸众生沉醉于消费和娱乐的感官享受。当代神话热衷的娱乐活动，一个重要的元素是“光”，它构成重要的神话道具之一。众所周知，“光”是古典神话中最基本和最普遍的崇拜对象，“赫拉克利特所说的‘太阳每天都是新的’，表达了真正的神话精神。我们在这里似乎找到了神话思维的最初的独特发端；光明与黑暗、昼与夜的矛盾，经过其进一步的发展，终于证明是一种有活力的和持久的主题”。[②] 乌纳斯在《神名论》中说，对光的崇拜编织成整个人类的存在。当代神话延续了古典神话的光崇拜传统，但是，它由自然光向人造光转移，尤其是向科技光源转移。在博览会、庆典仪式、开幕式、文艺晚会等经济、政治、文化、体育等重大场合，不可缺少的是“光”的出场。这些“光”是以先进科技手段和计算机程序控制，绚丽奇幻的视觉效果给予欣赏者以超越现实的神话般美感，它们成为当代神话

---

① ［德］彼得·科斯洛夫斯基：《后现代文化》，毛怡红译，中央编译出版社1999年版，第110页。

② ［德］恩斯特·卡西尔：《神话思维》，黄龙保译，中国社会科学出版社1992年版，第110页。

传播活动中运用最广泛最有效的道具。电视和电影是当代神话的典型的光崇拜的展览橱窗，它们以超越客观世界的视觉图像，创造出吸引观众的“光”崇拜和光神话。加拿大美学家威廉·维斯对著名电影导演昂格尔的文本分析，揭示了当代神话的光崇拜在电影领域呈现的一个侧影：

> 在《我的魔鬼兄弟的召唤》中，超自然光只显现了两次。一个身穿红色长袍的女人领着一列人走下楼梯，手持一把饰有宝石的短杖。也许她就是克劳利仪式中的“猩红女郎”。当转身退出屏幕时，宝石发射出黄绿色的光……为了召唤光之神，必须变得像光之神。而一旦像光之神，就有可能与他合为一体。这似乎是这部电影所要传达的新柏拉图信息，正如本章篇头引用普洛丁的话，“眼睛若不变得像太阳，就永远看不见太阳”。这同一信息也是《兔月》中那只太阳眼所象征的。是只太阳眼，而不是更为人们所熟悉的火神之眼（出现在《我的魔鬼兄弟的召唤》和《快乐圣殿》中），更确切地表达了昂格尔的视觉知觉的终极可能性。[①]

当代神话的光崇拜渗透在消费和娱乐的统一性结构之中，它实现了神话制造者的一个根本性的意图和动机，就是市场经济作用下的功利主义原则，任何活动方式最终必须以货币符号的支付为结果。因此，古典神话的超越性和纯粹的审美功能在当代神话中是被缺席和遗忘的。

当代神话最关注的传播元素是身体，它把“身体美学”（Somaesthetics）的理念运用到淋漓尽致的程度。在波德里亚看来，在消费社会中唯一成为最美、最珍贵和最光辉的物品，唯一具有最深

① ［加］威廉·维斯：《光和时间的神话——先锋电影视觉美学》，胡继华等译，四川人民出版社 2006 年版，第 174 页。

不可测的意涵的物品就是人的身体。和这种身体紧密相关就是服装、化妆、美容、瘦身、表演等一系列符号化的活动。时装及其表演，成为消费社会的一道风景，一种富有吸引力的神话方式。时装和时尚携手开始当代神话的制造，而电视和网络的强大传播功能更使其增加诱惑力。流行不衰的牛仔裤成为当代神话中的服装时尚，在这个时尚背后隐藏着的是美国神话：

> 正如西部边疆的开拓乃是美国历史上一个独特而明确的阶段一样，牛仔裤也被视为一种独特而明确的美国服装，这也许是美国对国际时装行业唯一的贡献。尽管西部神话很容易出口到美利坚之外，并易于被吸收到其他民族国家的大众文化中去，但它仍不失其美国精神，因此，它容许美国的价值观念与其他民族大众意识融聚一处。类似的，牛仔裤实际上已被带入世界各国的大众文化当中，无论其地方性意义如何，它们总是会留下美国精神的痕迹。[①]

牛仔裤不仅仅作为时尚的服装符号，而在现代的传播活动中，也成为一种消费神话的符号，成为当代神话中的美国神话的象征品，它的符号后藏匿着“美国精神”甚至是美国的意识形态。服装之后，就是“化妆”。化妆成为备受关注的话题，它不仅仅只关涉于女性和专门行业。“脸”，在当代社会已经成为一种变化不定的神话面具，它构成身体的菲勒斯中心和焦点，也作为神话传播的中心和焦点。对于脸的化妆可以划分为两类，一种是物质形态的，另一种是表情形态的。两种不同方式却服从同一性动机，就是以欺骗和夸张方式获得美的表现和权力、利益的垂青。当代神话是一种彻底的化妆术，不仅是脸，还有声音和肢体以及身体的所有一切。德里

① ［美］约翰·费斯克：《理解大众文化》，王晓珏、宋伟杰译，中央编译出版社 2001 年版，第 4 页。

达指出西方文化史上的“逻各斯中心主义”（Logocentrisme），是一种以语音或言语为中心的精神形态①。有趣的是，在后现代历史语境的当代神话之中，身体主体成为神话的“逻各斯中心”，而公共空间的身体获得彻底的“化妆”。以电视节目主持人为代表，他们的脸、表情、肢体、姿态、语音、话语，所有一切都是精心化妆的结果。它们共同组成一个符号系统，一个包含丰富信息的音像载体。主持人以语音为逻各斯中心，凭借一种乔装和化妆的语音在说话，辅佐以精心“化妆”后的表情、身姿、动作等元素，成为当代神话中最被崇拜的虚假的偶像群体。最后，我们简略讨论当代神话传播过程中对于身体和性的美学修辞术。身体和性的符号重叠成为当代神话中最富有诱惑力的景致，媒体对于它们的传播不遗余力和费尽心机。无论是电影、电视、网络、书刊等传播载体，还是广告、庆典仪式、演唱会、运动会、开幕式等传播类型，还是政治、经济、文化、体育、文艺等传播场域，当代神话中身体和性的符号成为最有魅力和经久不衰的主题。身体和性的重叠符号在经历彻底和全面的“化妆”之后，开始它们的集体性表演的视听盛宴。它们携手成为当代神话中最艳丽珍贵的符号，和权力游戏、政治投机、商业广告、资本运作、知识垄断、话语霸权等一系列的社会活动密切关联，同台共舞。这些被精心化妆后尽兴表演的身体和性的符号，一方面成为后现代观众的乌托邦象征，另一方面调动欣赏者的参与心理，在短暂时间之后，他们成为摹仿者和表演者。因此，后现代的传播活动始终把握着身体和性这两个本能的也是最宝贵的神话元素，展览着当代神话的最有魅力的审美影像。

第四节　当代神话的二重性

和古典神话一样，当代神话在意义和价值方面同样禀赋二重

① ［德］雅克·德里达：《论文字学》，汪堂家译，上海译文出版社1999年版，第3页。

性，存在着积极和消极的两重意义、正面和负面的两重价值，这是我们必须认识、分析和给予适当引导、调控的问题。

一方面，当代神话存在着诱导心理的虚幻性和蒙蔽认识的功能，容易混淆现实存在和可能存在的界限，从而导致盲目崇拜和极权主义，也可能激发社会公众的强烈情感冲动，引发一定的社会冲突和政治动荡。在本体论和认识论意义上，当代神话显然是一种虚假的意识形态，它的意义是虚构的和想象性质的，呈现强大的思想诱拐、情感绑架和心理麻痹等精神机能。显然，这些都客观地构成它的消极意义和负面价值，对此我们必须有清醒的认识。在一定的条件下，必须给予适当的干预和调控，积极引导社会公众认识它的存在局限性和可能诱发的社会危险性。以清醒的理性和社会责任感消解它可能引发的社会矛盾和冲突。另一方面，当代神话寄寓着一定的工具理性和实用原则，尽管它的存在形式和表现方式呈现感性化、符号性和想象活动的特征，但是，和古典神话相比，当代神话在思维形态上，属于主体世界的理性活动的果实，也是一种世界观和方法论的感性显现。因此，在本质上，当代神话属于一种社会意识形态，是体现“当代性”各种特征的一种精神文化产品，是现实存在的必然产物。当代神话的正面价值显而易见：有助于强化民族精神和国家意识，坚定主体的意志与信仰，延续地域文化和保持文化的多样性活力，扩张主体的想象力和直觉体验的能力，更大程度地有利于艺术和审美的心理活动。当代神话的积极意义还在于，它对于维护国家的政权稳定、刺激经济发展、促进商品消费和繁荣大众文化有着积极的功用。事实上，当代神话客观地影响着我们生活世界的每一个方面。显然，我们依然生活在一个充满神话的时代，每一个存在主体都可能是神话思维的主体和被神话意识悄然征服的主体，保持对当代神话的理性警惕和辩证反思应该构成理论的应有使命。现在，我们在具体形态上分析当代神话的二重性结构。

一　民族神话构成对现代社会的意识形态的强大力量

民族神话如果不加以控制，它们可能成为一种危险的社会意识形态，这曾经给予我们深刻的历史教训。当代神话之中，民族神话依然是一种重要的结构形式。传统的神话观念无疑蕴含着浓厚的民族意识，民族情感占据为任何一种神话传说的内容之一。在现代社会中，尽管民族神话的外观似乎不再呈现十分明显的无理性色彩，然而其深处仍然隐藏着强烈的非理性情结。“雅利安神话”“纳粹神话”和“天皇神话”可以看作现代历史上最不幸的民族神话的典型象征，它必须为我们所批判和否定。第二次世界大战的历史悲剧有多种原因，其中之一就是强烈的民族神话左右了国家的意识形态和国民情感，使整个社会丧失理性和智慧。亨廷顿的《文明的冲突》提出如此的观点：其一，未来国际冲突的根本原因是文化冲突而不是意识形态或者经济方面的矛盾。其二，文明冲突是未来世界的最大危机。其三，全球政治版图以文化和文明为界限重新构成并呈现出多种复杂的趋势。其四，文化之间或文明之间的冲突，主要是目前世界七种文明模式的冲突，而伊斯兰文明和儒家文明可能共同对西方文明带来威胁或提出挑战。尽管亨廷顿的观点不乏个人主观假定的性质，却也存在某些合理的内核。然而，他没有意识到民族神话构成对现代社会的意识形态的强大力量。民族神话是各种文明的一个根本性基础，文明的模式往往由一个民族或多民族创造，在创造文明模式的过程中，不断地制造出民族神话，为自己民族寻找存在的合理性和合法性，用神话制造自己民族的正义性并寻求话语权。因此，民族神话也是引起不同民族之间冲突的意识形态缘由。在当代社会中，所谓的“民族复兴”就是民族神话的一个折射，它包含着的价值的二律背反：一方面可能具有正义的内涵，另一方面可能具有非正义的因素。判断的前提在于，这种“民族复兴”是否违背和妨碍了其他民族的生存权力和文化模式的选择自由。在当代的文艺作品中，民族神话依然是不可缺少的主题之一，它成为社会意识形态的潜在结构之一，影响着一个民族的价值观和审美观。在生活世界，民族神话同样是激发民族矛盾和挑起国家冲突的诱因之一。民族冲突的悲剧不间断地重演也证明我们必须辩证地看待民族神话的复杂意义和双重价值。

二 现实生活人物成为当代神话中新型的崇拜对象

崇拜活动的偶像化和利益倾向越来越明显。现实性的人物被赋予神话色彩，成为社会公众的膜拜对象。政治领袖、知识权威、节目主持人、娱乐明星、体育名人等，他们被不同程度地看作当代神话中的英雄人物被社会大众所崇拜。尽管他们客观上是现实性人物，但是，他们的生活经历被涂抹了浓厚的传奇色彩，他们在现代传媒精心的包装和策划之下，通过不同版本的传说和故事，被演绎成为神话性的神奇人物，提升为具有审美价值的象征符号，一度成为教科书、影视、网络媒体中的大众偶像。现实生活人物上升为当代神话的偶像，消解了神话的理想主义的完美性，而代之于现实的功利主义诉求，一定程度上导致社会大众对于神话的彼岸性遗忘，导致人们集体无意识地对于审美信仰和审美理想的放逐，使功利主义成为潮流，造成价值取向的世俗化和道德理想国的没落。当代神话的偶像崇拜，负面影响在青少年群体中表现尤其显著。青少年追星族显然是以自我丧失为代价而借助于崇拜明星获得一个虚假的自我幻影，这个虚假幻影就是神话式的自我，他们借明星获得虚构的自我快乐和自我实现的满足。明星是神话性的自我，而自我只能依附于明星才寻求到存在的意义和生命的幸福感。更为悲哀的是，青少年的偶像化的神话崇拜，关切的焦点之一是被崇拜对象的商业利润，明星的高收入数字对他们而言是一个非常具有吸引力的话语，甚至金钱也成为一种神话意义的象征品，对青少年构成一个富有图腾意义的符号。对于被崇拜对象的外在符号的关切和迷恋成为当代神话中青少年追星族的又一个值得分析的焦点。明星的服饰、发型、相貌、饮食等外在形式成为他们的瞩目对象，这些平常的对象被青少年追星者赋予神话般的意义和审美价值，明星们的普通物品被灵异化的过程类似于宗教中教徒对于教主的崇拜现象，教徒们由对教主的崇拜而演化到和对教主有关物体的崇拜。显然，当代神话中的偶像崇拜散发出宗教崇拜的气味。这表明当代神话的一个有趣的事实，神话不但是媒体制造的，而且也在大众的传播中被增值了意义并被加强了力度。青少年对明星的偶像化的崇拜活动，构成当代神话的常见景象，呈现愈演愈烈的趋势，这不能不说是当代神话中一个快乐和悲哀两种情绪交织的境况。

三　当代神话的娱乐功能逐渐抵消理想主义的诗性功能

娱乐成为神话的主题词和关键词。神话的道德功能和审美价值被单纯的游戏功能逐渐抵消，审美超越性让位于享乐内容，而理想主义和诗性精神等传统理念成为一抹苍凉无奈的夕阳，沉沦在感官享受的欲望叙事之中。这就是当代神话中另一个消极的景观。与此相关，当代神话中的情感世界的永恒和专注呈现明显的二重性：一方面是矫情和虚假的“纯情叙事”；另一方面，对于情感的恒定性和专注性采取反讽态度，惟有感性欲望才成为它的恒定主题，唯美和诗意在不断流动的时间过程中被放逐。因此，当代神话的话语方式主要是日常生活话语和公共性流行话语，它只热衷于制造大众化无个性的话语，在缺乏创造新颖的个性化和诗意话语的热情的同时，更丧失这种创造能力。此外，集体化的意识形态控制和情感驯化成为当代神话的本质特性。当代神话体现最普遍的社会意识形态的强化功能，如果说古典神话呈现一种无意识结构的状态，而当代神话显然是集体意识的有目的、有计划的逻辑运作的结果，是一种高度技术化的预谋和程序化的精心编码。因此，当代神话的结构是逻各斯（Logos）结构和严密的技术性结构，在精致的结构之中，隐藏着政治经济学的功能和欲望心理学的逻辑。它的意义是确定的和被规范的，显明着神话制造者、传播者和接受者的有目的性的合谋。由于话语的约定俗成，具有普遍性适应性，因此在意义的理解上一般不存在误读和曲解。

第六章

当代神话与文艺生产

第一节　神话的复活

现代社会的科技发展和理性思维的强化共同终结了古典神话。然而，在主体心理结构中，神话意识、神话情感和神话思维依然隐匿地存在，只是转换为一种不同的存在方式，从而滋生出当代意义的神话意识和神话思维，它们依然宰制着人们的意识形态和实践行为。当代神话的典型表现是科技神话、政治神话、民族神话、英雄神话、消费神话等样式，它们承袭了传统神话的符号、结构和表现形式并有所变异发展。尤其在文艺生产中，表现出一定程度上的“神话复活”或复兴的倾向。有学者指出：

> 20世纪的文学艺术发展史上，一个十分引人注目的倾向就是“神话复兴”或“新神话主义”的潮流。从世纪中期的托尔金的《指环王》（《魔戒》），到世纪后期的《星球大战》和《哈利·波特》系列，乃至新世纪伊始的《达·芬奇的密码》，现代人仿佛又重新回到了神话想象的奇幻世界。①

---

① 叶舒宪：《后现代的神话观——兼评〈神话简史〉》，《中国比较文学》2007年第1期，第46页。

神话的复活和卷土重来是一件有意义的文化现象，尤其是文艺作品大量地借鉴神话要素呈现出新的美学风貌，丰富了文学的意象和表现技巧。这在西方现代派文学和中国20世纪末迄今文学创作中均较为普遍和流行。

“神话”（Myth）作为人类重要的思维方式曾经施予历史和文明以巨大的影响，随着科学理性的不断强化和技术高度发展以及现代社会制度的日益精密化与逻辑化，神话在一定程度上缩小活动空间和改变自己的功能结构，选择新的存在方式继续参与各种社会活动。在精神文化领域，神话思维和神话依然发挥潜在的和强大的功能，影响社会发展和历史进程。就文艺生产而言，当代神话改观了古典神话缺席后的文学想象力匮乏和表现技艺下降的局面，在一定程度上复活和扩大了文学的创造力和表现力，带来审美活动的新景观，为被现代技术统治和理性奴役的接受者开启了一扇认识自我和他者的窗口。

马克思在《政治经济学批判·导言》中写道：“任何神话都是用想象和借助想象以征服自然力，支配自然力，把自然力加以形象化；因而，随着这些自然力之实际上被支配，神话也就消失了。”① 这一论述曾经普遍地被作为“神话消亡论”的理论依据。马克思在当时的历史语境对于神话特性的阐释，包含着一定的历史与逻辑相统一的合理性。然而，他所指向的是古典神话而非现代意义的神话形式。在当下的历史语境，科学技术的发展水平已经远远超越了马克思生活的工业时代，但是，并不意味着“神话”和“神话思维”的完全消解和终结。斯特劳斯认为，神话只可能在空间意义上消亡，它可以穿越时间而改变存在形式。从结构主义理论意义上看，任何神话的基本元素和基本结构是恒定不变的，一则神话在进入不同的地理环境和人文背景后，它的符号、意义可能发生改变，但是

① 《马克思恩格斯选集》第2卷，人民出版社1966年版，第113页。

基本结构、要素不会发生根本的变化。因此，神话在历史时间中不会消亡，而只可能在某个地域消亡。斯特劳斯说："神话在从一个部落到另一个部落的传播中发生了变化，最后它终于筋疲力尽——但还没有完全消失。有两条道路仍然敞开着：虚构加工的道路和重新用来为证明历史的合理性这个目的服务的道路。这个历史可能有两种类型：回溯型，以发现古昔的传统秩序；或展望型，以使往昔成为开始明确起来的未来的开端。"[①] 我们更为关注的问题是，在现代性的历史背景中，古典主义的神话如何演变为"当代神话"并对社会意识形态产生怎样的影响？而且，它们和文学生产之间存在着何种美学联系？

在某种意义上，神话属于人类精神对于实存世界的虚假的和审美化的超越，神话是主体存在得以理解世界和阐释自我的感性工具。换言之，神话是伴随社会存在和历史发展的永久性的社会意识形态，只不过由于历史语境的不同，神话存在的方式和特性有所不同。因此，随着古典神话的消解，必然导致当代神话的产生。卡西尔不无睿智地指出："在当代政治思想的发展中，也许最重要的、最令人惊恐的特征就是新的权力——神话思想的权力的出现。在现今的一些政治制度中，神话思想显然比理性思想更具优势。"[②] 显然，卡西尔所论述的就属于当代神话的一个类型：政治神话。当代神话理论是指承认神话和神话思维在现代社会生活的客观存在并对其特性、结构、功能、表现、传播等方面进行研究的理论。这一理论坚信，神话在现代社会中甚至在后现代社会都不可能消亡，它只是改变了和古典神话不同的存在模式和符号象征。例如当代神话在很多场景以现代科技作为构成元素和感性形式。美国当代神话学家戴维·利明和埃德温·贝尔德在《神话学》说："新神话的时代似

① ［法］列维—斯特劳斯：《结构人类学》，陆晓禾等译，文化艺术出版社1989年版，第272页。

② ［德］卡西尔：《国家的神话》，范进等译，华夏出版社1999年版，第3页。

乎已经到来。”[①] 在当代神话理论看来，神话和神话思维广泛介入到日常生活和意识形态之中，影响人们的生活准则和价值观，悄然地改变其审美态度和艺术经验。可以推断，当代神话改变了古典神话某些特征以适应现代语境，某些神话元素、象征符号、叙述模式、表现形态有所修改，但是根本的思维方式和无意识的心理结构所构造的神话文本和审美意象，继续在社会生活中存在和发挥潜在的功用并深刻地影响着市民社会的精神文化生活。

第二节 思维特质

当代神话在思维方式和表现特性方面，都呈现和古典神话鲜明的差异性。维柯在《新科学》中认为，神话思维是以己度物的诗性思维。在列维·布留尔的理论表述中，传统的神话思维属于集体表象相互渗透的前逻辑（Prélogique）思维，它们不遵循同一律、不矛盾律、排中律、因果律等逻辑原则，在本质上属于综合性的思维。卡西尔在《神话思维》中指出传统的神话思维具有相似性范畴的特性：“感性外观的任何相似性都足以把它出现于其中的实体归入单一的、神话的‘类’（Genus）。”“对神话来说，物与自身之部分同在；任何事物只要与给定的事物相类似，它就以整体出现。”[②]就传统神话意识中的空间构造和时间顺序而言，“相对于纯数学的功能性空间，神话的空间是结构性的”。空间直观是神话思维的一个基本要素，空间不是以物质和运动形态而存在，是以主体心理的感觉和体验而存在。“原始神话的‘阶段意识’（Sense of phases）只能借助对生命的印象领悟时间，因而它必须把随时间运动，以固

① ［美］戴维·利明、埃德温·贝尔德：《神话学》，李培茱等译，上海人民出版社 1990 年版，第 155 页。

② ［德］卡西尔：《神话思维》，黄龙保等译，中国社会科学出版社 1992 年版，第 75—76 页。

定节律生生灭灭的万事万物，都转换和化解为生命的形式。”① 当代神话的文化场景显然在很大程度上不同于古典神话的历史语境，因为以实用理性和工具理性为主宰的主体，无论是逻辑工具和认识能力都高于古典神话的制造者和传播者。从知识论和认识论的意义上，当代神话对于知识和认识采取类似现象学的悬置（Epoche）策略，以存而不论的态度忽略它们的客观存在，而采取主观假定的方法，类似于审美移情的方式，虚拟性地承认它们的合理性存在。换言之，他们在理智上明确地知道这属于虚假的存在，却在情感上和审美上认同它们的合法性。

从上述理论视阈出发，我们可以获得对于当代神话的思想特性的初步阐释。首先，当代神话的生产主体在理智形态上都比较清楚地意识到自己所生产和传播这种神话的内容与形式都是虚构的社会意识形态，它们很大程度上是由于情感和审美态度的需要而生产这种现代意义的神话形式，然后才是根据理性需求去传播当代神话，以达到社会性或个人的实用目的。其次，当代神话的理想主义的色彩逐渐减弱，实用主义的理念随着经济繁荣和消费享乐越来越凸显，古典神话的审美纯粹性被商品需求和生活欲望所抑制，商品和消费成为主流的神话内容，神话人物和故事也围绕金钱和权力而展开。再次，现代化传媒工具和信息时代的到来丰富和更新了神话内涵，当代神话故事依赖计算机和网络获得新颖的内容与快速的传播，尤其是虚拟的赛博空间赋予当代神话以更加优越于古典神话的视听形象的奇幻性和惊异效果，古典神话征服物理时空的理想性色彩被当代神话借助于影视艺术或者计算机、网络这样的科技载体强化到无以复加的地步，当代神话搭载着现代科技不断创造着新的精神存在方式。最后，当代神话隐喻着大众意志和官方意识形态的合谋。古典神话在一定意义上属于民间意识形态的产物，它的生产和

① ［德］卡西尔：《神话思维》，黄龙保等译，中国社会科学出版社 1992 年版，第 125 页。

传播的主体是广大民众，因而广泛地体现民间意识。由于现代社会的政府对于现代传媒工具的强有力的控制，当代神话的生产过程尽管主要由民间执行，而缺乏主流传播工具的民间，却要依赖于官方的传播工具进行传播活动。因此，当代神话在传播过程中自觉或不自觉地沾染官方意识形态的色彩。另一方面，官方在一定程度上为了国家的政治和经济利益，为了维护政府的形象和权力，为了顺利地展开管理机制和施展行政能力，也以不同程度和不同方式参与当代神话的生产与传播，他们首脑成员经常扮演为近似于神话人物和英雄现象，被民众所崇拜和赞美，从而实现政府的职能和获得执政的权威。

和上述的思想特性相关联，当代神话在表现形式上，也呈现和古典神话的差异性。现在，我们从“放弃”和“选择”这两个逻辑联系的关键词切入，描述当代神话的某些表现特性。

第一，当代神话放弃了创世神话的样式。众所周知，古典神话的一个重要表现特性是，无论哪一种神话形式，也无论这一神话产生于哪一个地域，哪一个民族，或者哪一个历史时期，它们的共同性特征之一，都涉及创世内容。由于主体的知识理性的完善，当代神话当然舍弃了创世神话的样式，选择现世神话的内容。神话中的人物和故事都以现实性的因素构成，以当下性的生活内容为叙述对象。第二，当代神话放弃了生命循环的故事元素，否定了复活和永生的不死信仰，它接受生命的生物学规律，承认生命存在的过程性和暂时性。但是，当代神话选择了对英雄人物的生存意志顽强和生命力非凡的表现方式，或者借助于生命科学的手段达到生命力非同寻常的效果，让接受者获得审美惊异。第三，当代神话在生活理念上放弃了古典神话中常见的乱伦和禁忌的内容，也不再寻求图腾对象作为崇拜符号。但是，当代神话却醉心于欲望叙述，使欲望在和权力的互动中完成，使权力成为一种结构性力量，从而成为新的崇拜对象和潜在的现代图腾。所以，当代神话之中，权力成为古典神话之中的崇拜对象和图腾对象的替代品，对于权力的表现性选择，成为当代神话中最重要和最鲜明的情感选择。第四，当代神话放弃了古典神话的悲剧性和世界末日的恐怖性，文克尔曼推崇的“高贵的单纯，静穆的伟大”和尼采心仪的酒神精神与日神精神等等古典神话的审美趣味，已经成为历史的尘封遗迹。当代神话选择了一条走向喜剧化和节日庆典化的流俗道路，低俗的大众狂欢成为神话的主旋律，神话的主角主要由明星担当，他们成为世俗大众的崇拜偶像。在当代神话中，世界末日的恐怖性预设被消解在当下性的生活享乐之中，传统神话的严肃主题往往被消费趣味和享乐意义所置换。第五，在具体的表现方式上，当代神话放弃了古典神话的戏剧化的叙事模式，传奇性和故事的矛盾冲突与曲折性普遍降低，宝物的奇幻作用和神秘的法术操纵已经失去作用，更多让位于高科技的手段，只不过这种高科技手段一般远远高于当下水准。当代神话在很多场景，选择平常化或日常化的叙事，只有在政治神话和国家神话的情形下，由于主流意识形态的需要，必要时候才选择尖锐的矛盾冲突和紧张的情节去刺激接受者心理。

我们还可以从同一性方面诠释当代神话的思维特性和表现特征，它继承古典神话的英雄崇拜的传统，只不过英雄的内涵和外延都产生一定程度的变化。当代神话延续了古典神话的终极性信念，尽管这种信念常常因为感性欲望和理性目的而灵活地变更。当代神话复制了古典神话之中的杀戮和征服的主题，延续人类的原始暴力的倾向和战争本能，格斗和血腥的场面依然成为创造者吸引欣赏者的法宝之一，成为接受者津津乐道的话题。总体上，当代神话的思维方式，体现实用理性和审美情感的双重混合，继承了审美超越的艺术精神，这也许是它给予我们的有限吸引力和相对魅力的原因之一。

第三节　当代神话与文学创作

当代神话对社会思潮和文艺生产所构成的深刻影响是美学、文艺理论所忽视的一个问题。当代神话对文学创作的影响也显而易见，它不但影响着文学创作的意识形态和审美趣味，而且影响着文本的故事、主题、叙事、人物、情节、结构、修辞、话语等一系列因素。我们主要选择小说这一文学类型探讨当代神话与文学创作的逻辑关联，而就小说题材而言，着重提取武侠、魔幻、科幻这三种形式予以论述。

一　武侠小说

华夏的武侠小说源远流长，可以溯源至西汉司马迁的《史记》中的游侠、刺客列传，它们应该是中国文学史中最古老的武侠文学，其次，是魏晋六朝间流行的"杂记体"或"笔记体"的神异志怪小说，它们构成了古典文学中武侠小说两个重要的源头。武侠小说还包括唐传奇、宋元话本、明清小说中的诸多文本。然而，就当代神话这一论题而言，主要限定于探究当代"新武侠"小说。

"新武侠"小说发端于20世纪50年代的港台，以梁羽生和金庸为代表的历史虚构主义的武侠小说成为一个受大众青睐的文学流派。其后是60年代的古龙异军突起，金庸、古龙、梁羽生并称为"新武侠三大家"。再后来是温瑞安和黄易引领武侠小说的新潮。中国大陆20世纪80年代是新武侠小说的滥觞，王占君的《白衣侠女》被认为是新武侠小说的开山之作。自1984年之后，武侠小说逐渐被"武林小说"一词取代，但在审美特性和表现方法上两者没有根本性差异。20世纪90年代，为大陆新武侠小说第二阶段。以沧浪客（姚霏）的《一剑平江湖》为代表，同期涌现出青莲子的《威龙邪凤记》与《青猿白虎功》、火梨的《舞叶惊花》、张宝瑞的

《京都武林长卷》、熊沐的《骷髅人》、巍琦的《金帖侠盗》、周郎的《鸳鸯血》等新武侠小说。其后武侠小说进入所谓“新新武侠”“新世纪武侠”“网络武侠”“大陆新武侠”时期，尽管标签不同，但这些武侠小说在美学特征和艺术形式上基本雷同。20 世纪 90 年代末，伴随网络文学的兴盛，武侠小说迎来繁荣时期。1999 年《大侠与名探》（上海）、2001 年《今古传奇（武侠版）》（武汉）、2002 年《武侠故事》（郑州）等杂志的创刊，引发了武侠小说的新浪潮。2001 年《今古传奇（武侠版）》创刊，郑保纯提出了“21 世纪大陆新武侠”的概念，将新武侠小说分成四类：青春武侠（搞笑和无厘头），如《游侠秀秀》；奇幻武侠，如《诛仙》《搜神记》；女性武侠（类言情），如《血薇》《浮生萦云》《镜·双城》；类传统武侠，如《昆仑》《江山如此多娇》等。为了叙述的方便，我们在此将它们统称为“新武侠小说”。新武侠小说蕴藏着浓厚的当代神话意识，它们主要有以下几方面审美特性：

首先，小说的主要人物被赋予超自然的神异力量和怪诞意象。金庸的《射雕英雄传》中的郭靖、丘处机、周伯通、梅超风、黄药师、一灯大师、江南七怪等人物，等同于神话人物，他们禀赋着超自然的特异能力，已经远远超越于正常人。与此相关，梅超风和江南七怪以神秘诡异的外貌和形体构成了另一种神话意象，非正常形态的身体、行为、容貌、心理表现出诡异奇崛的审美意象，成为相象于神话人物的象征品。梁羽生的《七剑下天山》中的傅青主、张煌言、武元英、杨云骢、辛龙子、楚昭南、穆郎“七剑客”同样具有非凡卓绝的体魄、勇气、胆识、才智、意志，他们被提升为古典神话中半神半人的英雄。新武侠小说对主要人物的表现，基本模式之一是涂抹理想主义色彩，让人物承载超人的意志、完善的道德和卓荦的智慧。因此，新武侠小说的主角在精神结构方面和传统神话中神的形象存在着基本类似的规定性，他们弥漫着超越自然的神奇力量和近乎完人的道德操守。其次，新武侠小说遵守着循环的结构模式和固定的叙事模式。西方神话学家普洛普比较分析了一些俄罗斯的民间故事，他获得一个重要发现，就是无论故事的表面存在何种差异，它们都在某些重要的结构特性上存在着稳定的相似性。他从功能论的视角将人物进行分类，归纳为 7 种角色：（1）坏人。（2）赠予者。（3）协助者。（4）公主（或者要找的人）与他的父亲。（5）派遣者。（6）主人公或受害者。（7）假冒公主者。他由此推论：各种人物的功能在故事中构成稳定的要素，无论这些功能如何完成或者由哪个人得以完成，都不妨碍他们构成一个故事的基本组成成分。民间故事或神话故事中已知功能的数量是相对的和有限的，而且功能的排列顺序保持着固定的模式，它们呈现出持续的一致性。民间故事和神话故事都是基本固定的结构形态。普洛普概括出 31 种功能，按照它们在情节发展中所处地位而将它们分别归类在更广泛的叙事群中。一方面，新武侠小说拥有着丰富多姿的故事元素，但这些故事元素所组成的基本结构类似，叙事的主要方法与策略也保持着大同小异，它们的功能虽然有所差异，但其所显示的小说模式和修辞方式也比较类似。所以，无论就某位新武侠小说家的自身作品而言，还是比较不同新武侠小说家之间的不同文本，它们在故事结构和叙事模式上都存在着本质的一致性。另一方面，新武侠小说在主题模式上也存在着思想的同一性。例如它们都程度不同地蕴藏正义与邪恶的较量，表现好坏人物的对立模式，书写官方与民间的裂隙，揭示江湖和庙堂的冲突，描摹儒、道、释等武侠派别的斗法等。这些故事元素或思想内涵稳固地成为新武侠小说的表现对象。再次，新武侠小说经常表现神奇的道具或器具和法术，它们成为重要的神话元素之一。这些道具或器具主要有两类：一类是传统的物质存在方式，主要为冷兵器；另一类是用高科技武装的先进器具，它们琳琅满目又各显神通，有着传统武器所无法企及的效能。例如《七剑下天山》中的“七剑”——莫问剑、游龙剑、青干剑、天瀑剑、舍神剑、竞星剑、日月剑。它们的特征和神异在于：莫问剑，象征“智能”，身长而具弹性，招式变幻莫测。剑主为傅青主，剑法高手，是七剑中“智能”的象征，也是七剑的精神领袖。游龙剑，象征“进攻”。剑的发声既是提醒也是宣告，人未到而声先至。剑主楚昭南，天山派晦明大师的大弟子，是“七剑”中代表“进攻”的人物。青干剑，象征“防守”，稍有光照，此剑便会闪闪发亮，光线四散处，窥视不清剑锋，令人无法躲避。剑主杨云骢，天山派晦明大师二弟子，品格敦厚诚实，为“七剑”中代表“防守”的人物。竞星剑，为双手剑，剑柄扎有钢丝剑絮，有铁珠。剑主辛龙子，天山派晦明大师的三弟子，性情古怪异常。日月剑，为双子剑，分长短两把，主攻型，七剑中最闪亮的一尊，越是打斗越是呈现耀眼光芒。剑主穆郎，晦明大师的四弟子。天瀑剑，将剑法转易颠倒，柄芒不分，忽攻忽守，前后左右飘忽不定，意到随成。剑主武元英。舍神剑，剑身粗犷野性，象征剑客的愤怒，剑身含有强烈生命力，无处不利。剑主韩志邦，为坦荡君子，感情单纯而朴质。显然，这“七剑”均饱含着强烈的神话意味，它们被赋予灵异神奇的特性，是审美虚构的产物。与器具或道具相关的是奇妙神异的法术，诸如宝典、秘诀、绝招、神器之类，它们构成新武侠小说中的神话元素，在本质上都是虚构和欺骗的神话策略。这些器具和法术，它们既有古老的传统方式，也有现代科技的成果，成为武侠中不可缺少的制胜工具和手段。最后，英雄崇拜和女神崇拜。新武侠小说继承了传统武侠小说的英雄崇拜和女神崇拜的审美意识，因为赋予了英雄角色超自然的神异力量，男性英雄成为神话场景的偶像，成为接受者膜拜的对象。与此相应，某些女性角色被装饰为女神形象，成为美与爱的象征、纯情和智慧的偶像，如金庸笔下的小龙女和黄蓉等女性人物。她们之所以赢得无数观众的倾倒迷恋，除了其他的因素之外，还因为她们具备的唯美主义和理想主义的女神品质，成为男性崇拜的中心。美国神话学家艾斯勒指出：“女神是在不同的名字下面而且以不同的形式被崇拜的。但是，它也是一神论的，就是说，我们可以恰当地说，信仰女神就像我们说信仰作为一种先验实体的上帝一样。换言之，在与各个不同地方崇拜具有母亲、女祖先或女创世祖以及贞女或处女等各种不同面貌的女神有关的象征和形象之间，存在着明显的相似之处。”① 新武侠小说中的女神崇拜饱含着艾斯勒所论述的基本因素。

二 魔幻小说

20世纪迄今为止的文学呈现一个鲜明的景观就是“神话的复活”。一些作家在自己的作品中引入各种神话的因素，诸如汲取古典神话中的素材、人物、故事、背景、结构、话语等创造出新颖别致的文本。更多作家立足于自己所处语境，利用现实世界的感性材料，借鉴神话思维的方法进行构思与写作，建构独特的艺术情境和审美特性。“弗里德里希·席勒是最早表明怀念这种丧失了的神话的先驱之一，如果艺术想要存在下去就必须重新获得这种神话。”② 席勒对神话的怀念和珍视表明他的一个重要美学立场，那就是艺术必须持续不断地从神话中汲取营养，获得素材和灵感。“弗里德里希·施雷格尔在其《关于神话的谈话》（1800）中号召创造一种新神话，它也许能以从前古典神话统一古代文学那样的方式统一现代文学。”③ 施雷格尔更是强调新神话的建构，认为这是复兴现代文学的重要途径和策略之一。

纵观东西方现当代文学版图，几乎每一个文学流派都程度不同、方式不同地对于传统神话予以借鉴，并且发展出新的类型和新的样式。有学者认为：

当代文学中，有着大量的神话叙事，如“17年文学”和

① ［美］艾斯勒：《圣杯与剑——我们的历史，我们的未来》，程志民译，社会科学文献出版社2009年版，第36页。

② ［英］卢斯文：《神话》，耿幼壮译，北岳文艺出版社1989年版，第115—116页。

③ 同上书，第121—122页。

> “文革文学”中英雄神话，寻根文学中的原始神话思维，家族文学中的神话叙事母题等。它是当代人出于解决现实文化问题的需要而对古典神话故事的重新虚构，是古典神话叙事传统的当下继承。[①]

中国的当代文学存在着当代神话的身影，或者说当代神话的审美意识和思维方式渗透到当代文学之中，构成了存在的艺术特性和美学风韵，这是对文学存在样式的必要丰富。当代神话在西方文学的魔幻现实主义和黑色幽默这两个文学流派中表现得比较明显。魔幻现实主义的经典之作《百年孤独》饱含深刻的神话意识和神话思维，俄罗斯学者梅列金斯基指出：

> 《百年孤独》这一史诗般的鸿篇巨作，理应称之为“神话小说”(从《芬尼根的苏醒》及《约瑟及其弟兄们》的意义说来)。加·加西亚·马尔克斯在这一著作中极广泛地仰赖于拉丁美洲的民间创作，而对其借用则堪称随心所欲：辅之以古希腊罗马情节和《圣经》情节、历史传说中的细节、祖国哥伦比亚及其他拉丁美洲国家的史实，并不乏种种怪诞的、带有幽默意味的变异及作者异常丰富的虚构，——诸如此类虚构有时则是对生活和民族历史之任意的神话化。……加·加西亚·马尔克斯神话创作的别具一格之处在于：生与死、记忆与遗忘、生者与死者、空间与时间的对比，呈现一派繁复的景象——死者可以复苏，如果为人们忆及而且“确有必要”；而生者，如果失去与真正生者的联系，则进入布恩迪亚庄园内的“死”房。失去对家庭眷恋的上校奥雷利亚诺，没有看到他那已故的父亲，而他人却亲眼目睹；士兵们前来逮捕何塞·阿卡迪奥二

① 叶永胜：《论中国当代小说中的“神话叙事”》，《阜阳师范学院学报》2008年第2期，第40页。

世，却视而不见，因为他在他们的意识中已不存在；历史记忆的消失，在马孔多居民中表现于梦境的消失及周围世界的不可辨识，如此等等。[①]

梅列金斯基将《百年孤独》阐释为“神话小说”，显然这里的神话不同于古典主义的神话内涵，而显现为当代意义的神话样式及其美学特征。黑色幽默的代表作家纳博科夫（Vladimir Nabokov，1899—1977），他创作《洛丽塔》（1955）、《普宁》（1957）、《幽冥的火》（1962）等小说。纳博科夫的小说充满幽默的摹拟，作为叙述者时常直接出场，颠倒时序，制造“中世纪的梦幻”。作家喜欢以镜像、戏仿和错位等策略表现存在者内心充满矛盾和虚无感、孤独感的生命境域。因此，《洛丽塔》有如此的哲学质问：“在不可抗拒的时间面前人的渺小感和失败感。永恒只存在于理念之中，对时间而言，人的永恒就是虚无。”他的小说将哲学与神话交融，将生命存在赋予了神话和哲学的双重色彩。另外一位黑色幽默作家约瑟夫·海勒（Joseph Heller，1923—1999），代表作《第22条军规》，描写世界大战时军队的荒诞状态，飞行员持续不断地执行死亡任务，人的命运必须绝对服从荒诞的“22条军规”，它被隐喻为神话般的政治悖论和黑色命运。库特·冯内古特（Kurt Vonnegut，1922—2007），以充满幽默感和奇崛古怪的艺术风格的长篇小说而著称于世。代表作《第五号屠场》（1969）是黑色幽默文学达到峰巅的标志。《第五号屠场》以追忆的方式揭示战争的非理性和非人性的疯癫本质，作家生动描述了毕勒对战争的感受，呈现出战争的荒谬和疯狂，隐喻了人类通过战争将自己活埋的悲剧事实。黑色幽默文学均不同程度地带有神话色彩，通过神话因素和借助于神话思维表现出对人类命运的担忧和深度思考，使文学焕发着哲学的思想

① ［俄］梅列金斯基：《神话诗学》，魏庆征译，商务印书馆2009年版，第393—395页。

光芒。中国当代作家陈忠实的长篇小说《白鹿原》尽管是一部现实主义的作品，然而，在某种意义上也可以被理解为当代神话小说，因为作者在文本中蕴藏着丰富的神话因素和深刻的神话思维。例如小说对白鹿意象的魔幻般地描摹：

> 很古的时候（传说似乎都不注重年代的准确性），这原上出现过一只白色的鹿，白毛白腿白蹄，那鹿角更是莹亮剔透的白。白鹿跳跳蹦蹦像跑着又像飘着从东原向西原跑去，倏忽之间就消失了。庄稼汉们猛然发现白鹿飘过以后麦苗忽地蹿高了，黄不拉几的弱苗子变成黑油油的绿苗子，整个原上和河川里全是一色绿的麦苗。白鹿跑过以后，有人在田坎间发现了僵死的奄奄一息的狐狸，阴沟湿地里死成一堆的癞蛤蟆，一切毒虫害兽全都悄然毙命了。更令人惊奇的是，有人突然发现瘫痪在炕的老娘潇洒地捉着擀杖在案板上擀面片，半世瞎眼的老汉睁着光亮亮的眼睛端着筛子拣取麦子里的混杂的沙粒，秃头老二的瘌痢头上长出了黑乌乌的头发，歪嘴斜眼的丑女儿变成鲜若桃花……这就是白鹿原。
>
> 一只雪白的神鹿，柔若无骨，欢欢蹦蹦，舞之蹈之，从南山飘逸而出，在开阔的原野上恣意嬉戏。所过之处，万木繁荣，禾苗茁壮，五谷丰登，六畜兴旺，疫疠廓清，毒虫灭绝，万家乐康，那是怎样美妙的太平盛世。

神话结构中一个重要因素是英雄崇拜，它成为神话得以可能的前提，也是神话拥有魅力的条件之一。《白鹿原》的神话特性之一就是对于白鹿的图腾和崇拜。“白鹿”的神话意象，一方面寄寓着图腾祖先的情结，因为“白鹿”象征着白家与鹿家两个姓氏的祖先；另一方面，“白鹿”意象隐喻了英雄崇拜的心理。白鹿虽然不是传统武侠中的英雄形象，也非历史动荡时期的伟大人物，但是，白鹿承载了身处乱世的人们渴望安宁和平、恬淡幸福的生活理想。在这个意义上，“白鹿”具有了“拯救”乱世和涤荡人心的双重功能。因为这个世界布满了灾祸与饥饿、瘟疫与死亡，也因为人心中充斥着太多的欲望与阴谋、贪婪与争斗的种子，所以，白鹿担负着拯救世界与人心的责任。白鹿不是一个表象上看起来勇武的存在，而是一个唯美主义的意象，是一个充满慈悲、博爱、良知和智慧的神灵形象。白鹿是一个柔美空灵的英雄，一个被道德情感所浸泡而绽放的芳香艳丽的神话之花。“白鹿”作为小说中的唯美英雄和神话英雄，它能够救渡众生脱离苦海地狱。“白鹿”为白、鹿两家或者整个白鹿原确立善恶的标准和区分原则，它扶济善良和惩罚邪恶，给乡村带来安宁与幸福。总而言之，白鹿象征着美善的最高境界，是神话中假定的艺术意象。

白鹿隐喻着世代居住于白鹿原的“白”“鹿”两大宗族，换言之，他们都是白鹿繁衍的子孙后代。由此，作为小说中的白鹿意象，它实际上是隐喻着祖先崇拜意识，“白”和“鹿”两家祖宗的象征符号。或者说，白鹿是白鹿原民众的祖先图腾的神话形象。白鹿具有庇护后代、造福乡村的神秘功能。白鹿附着白鹿原的人们对祖先的神圣信念与伦理原则，它成为整个白鹿原的精神家园和心灵偶像。“白鹿”的显灵，是祖先对于子孙的心灵呼唤和神秘启示，告诫他们应该守护世代相传的道德信仰和人性良知。白鹿神灵可以抗拒时间的短暂性而获得生命的永恒，它可以不断地复活，或者显示自己在白鹿原的存在和魔力，保佑着自己的后代避免灾祸和祈求幸福。卡西尔认为：“中国是标准的祖先崇拜的国家，在那里我们可以研究祖先崇拜的一切基本特征和一切特殊含义。”① 从神话学意义看，白鹿正是神话思维中祖先崇拜的产物。格鲁特指出：“正是祖宗崇拜使家族成员从死者那里得到庇护从而财源隆盛。因此生者

① ［德］卡西尔：《人论》，甘阳译，上海译文出版社 1985 年版，第 107 页。

的财产实际上是死者的财产；固然这些财产都是留存于生者这里的，然而父权的和家长制权威的规矩就意味着，祖先乃是一个孩子所拥有的一切东西的物主……因此，我们不能不把对双亲的祖宗的崇拜看成是中国人宗教和社会生活的核心的核心。”① 格鲁特强调了祖先崇拜中的财产意识，但是，白鹿神话悬搁了财产追求，它强调的是祖先对于后代子孙的保佑生命的功能。卡西尔和格鲁特都认为中国是标准的祖先崇拜的国家，这在小说的“白鹿意象”上面也得以体现。《白鹿原》这部带有浓厚的神话意识或神话思维的小说，尽管在总体上属于现实主义的流派，但它寄寓着鲜明的魔幻现实主义的美学特性。

魔幻小说除了承袭神话意识和神话思维，还借鉴了神话的结构和故事元素。有学者认为：

> 神话早已成为许多西方作家们构造文学作品必不可少的组织原则之一，他们对于神话的热爱不仅是形式的、结构的，同时也是内容的、精神的。于是，理解神话已经成为20世纪的庞大思想体系中的一个中心问题。因为，从理论上讲，神话戏剧性地表现了我们隐藏最深的本能生活和宇宙中人类的原始意识，它体现着一种文化的原始意象，作为人类集体无意识的深层积淀，神话思维渗透于西方文学特别是20世纪文学中，对文学作品中的神话理解也就成为把握20世纪西方艺术精神的一个有效途径，可以帮助我们去透视隐匿于文本之下的丰富蕴意。②

诚如所言，神话构成现代作家和当代作家进行文学创造必不可少的组织原则之一，成为结构方式和叙述故事的策略之一。《白鹿

① 参见［德］卡西尔：《人论》，甘阳译，上海译文出版社1985年版，第109页。

② 任媛：《朦胧诗意下的厚重蕴意》，《理论与创作》2006年第4期，第8页。

原》小说中的“白鹿”神话意象，同样有着叙事和结构的功能，作家以白鹿的神秘消逝表现故事的一个终结和人物的神秘死亡：

> 冬日一抹柔弱的阳光从院子里收束起来，墙头树梢和屋瓦上还有夕阳在闪耀。朱白氏正打算让儿媳把孩子抱进屋里坐到火炕上去，忽然看见前院里腾起一只白鹿，掠过房檐飘过屋脊便在原坡上消失了。那一刻，她忽然想起了丈夫朱先生，脸色骤变；心跳不住，失声喊起来：“怀仁怀义快去看你爸——”怀仁怀义相跟着跑到前院去了。朱白氏惊魂不定心跳仍然不止，接着就听见前院传来怀仁怀义的丧魂落魄的哭吼。

一方面，陈忠实借助于对白鹿意象的隐喻与象征的方法，以神话修辞格暗示主人公和“白鹿”的微妙关联，让接受者产生自由联想：“白鹿”是朱先生的轮回转世。或者说，“白鹿”是主人公的象征符号，也是寄托作家的审美理想的神话形象。另一方面，“白鹿”在小说中担当了叙事和结构的功能，成为故事起承转合的媒介和工具。从20世纪至当下，文学程度不同地关涉于神话的范畴，使自身获得多样性可能并焕发出独特的审美魅力。

自20世纪迄今，是一个神话复活与复兴的时期，这在西方现代派文学中表现得尤为明显。乔伊斯的《尤利西斯》和托马斯·曼的《魔山》可谓两大代表作。梅列金斯基指出：

> 复现和循环的理念作为一种准神话构想，见诸《尤利西斯》和《魔山》：在《尤利西斯》中，这一理念并未寻得神话的增益，尚不成其为神话化诗艺的因素；而在《魔山》中，一成不变的仪典图式则予以隐喻性的模拟。神话复活的诗艺，无论是詹·乔伊斯，还是托·曼，都在其创作道路那继之而来的阶段进行探讨：对詹·乔伊斯说来，这将是其哲学之直接的文

学现实化；而托·曼，从哲学角度看来，则置身于这一构想之上，并试图将其导入某种历史范畴。[1]

神话思维趋向于复现与循环的认知，它认为空间与时间、生命与死亡、物质与历史都处于无限地复现与循环的过程之中。西方现代派文学的某些文本对人生与历史的描摹和阐释即借鉴了这一神话思维。而戈尔丁的《蝇王》所建构的神话世界眷注于对未来可能性的思考。有学者认为：

《蝇王》是一部具有深刻蕴意的“现代神话”，它如其他神话一样演示着人类精神的最初取向和人类独立意识的构建，展现着人类的追根溯源，追思着宇宙生发、人类演化和弥久恒新的集体无意识本性，以及共同性、集体性为主体的人类性。而戈尔丁也始终希望人们将《蝇王》界定为“神话”，而不是“寓言”或其他，因为只有神话才能更加深刻地映现人类普遍的“文化 DNA”。[2]

“蝇王”即苍蝇之王，源于希伯莱语 Baalzebub，在《圣经》中“Baal”被当作“万恶之首”，在英语中，“蝇王”是污秽物之王，也是丑恶灵魂的象征品。威廉·戈尔丁（William Golding）的小说《蝇王》，寄寓着强烈的神话意识和魔幻色彩。《蝇王》尽管以儿童为主人公，但不是纯粹的儿童文学，而是包含深刻的思想内涵。小说将故事与人物置放在未来世界，表现作家对人类未来命运的沉思。

魔幻小说虽然在美学性质上不完全等同于神话小说，但它们之

① ［俄］梅列金斯基：《神话诗学》，魏庆征译，商务印书馆 2009 年版，第 341—342 页。

② 王晓梅、李晓灵：《试论〈蝇王〉神话原型体系的建构》，《北京第二外国语学院学报》2009 年第 4 期，第 80 页。

间存在着密切的逻辑关联。

三　科幻小说

科学幻想小说（Science Fiction），一般简称“科幻小说”（Sci-Fi）。达科·苏文将科幻文学定义为：“一种文学类型或者说语言组织，它的充要条件在于梳理和认知之间的在场与互动，它的主要策略是代替作者经验环境的想象框架。”① 布罗德里克“用更加精准的语言捕捉了科幻文本运用的策略”：

> 科幻属于故事讲说类型，它原生于一种经历着生产、分配、消费和丢弃的技术—工业模式所带来的认识论变化的文化。它具有下列特点：1）隐喻策略和转喻战略；2）来自集体构成的通用“元文本”（mega-text，即前人的科幻著作）的图符前景化（foregrouding）和解释性图景，以及随之而来的不再那么强调“精细书写”和特征化；3）某些相比文学文本而言能在科学和后现代文本中找到的优先性：具体的说，就是在优先某一主题的时候对客体的关注。②

也有人认为科幻小说是“一个巨大代码的传统游戏”，强调了科幻小说的游戏特性。综上所述，科幻小说在美学特征上，是指描摹想象的科技对整个社会或者个人产生影响的虚构性文本。科幻小说属于西方近代文学的新型文体，其特性是故事情节不可能发生在人们已知的现实世界。科幻小说可能关涉到宇宙起源和人类诞生、发展等问题的想象或假设，也可能涉及对科技领域某种虚构的发明或发现。科幻小说是以科技为载体、为媒介、为内容的对人类生活方式和精神价值的假设和超前的想象，因此，科幻小说所假设的因

① ［英］亚当·罗伯茨：《科幻小说史》，马小悟译，北京大学出版社 2010 年版，第 2 页。
② 同上。

素有可能成为未来的真实情景。在当代的西方世界，科幻小说是最受读者欢迎的读物之一，影响力和销售量均有很大的空间，它仅次于惊险小说和侦探小说。

与其说有评论家认为科幻小说饱含了宗教神话或者世俗化了的宗教主题，还不如说科幻小说寄寓着浓厚的神话意识和神话思维，科幻小说在本质上存在着和神话相关联的缘由，神话因素在一定程度上激活了科幻文学的灵感并提供了丰富奇特的素材。

科幻小说以对科技富于想象力和预见性的假设创造类似于神话般的人物、场景和故事。在西方科幻小说的黄金时期（1940—1960年），由美国作家阿西莫夫（Isaac Asimov，1920—1990）创作的系列“机器人”科幻小说，在此之前的“机器人”几乎无一例外地都是作为技术威胁的具体体现，它们既没有情感，又构成对人类的安全威胁。然而，在阿西莫夫的充满想象力的科幻小说中，“机器人”具有了人情味，甚至比人类更有道德感和人性。20世纪40、50年代科幻小说与漫画的联姻催生了新颖的科幻文艺类型，“超人漫画”成为风靡一时的科幻文本。在“超人”角色中，比较典型的有四类：

> 一、很像波塞冬的“潜水人”（由比尔·艾弗雷特创作）是一个半人半亚特兰蒂斯的变种。而火焰人（由卡尔·博格斯创作）是一个人造人，当遇到空气时便会燃起一团火焰。（二者都始于1939年）
>
> 二、民族主义标志的“美国上尉”（始于1941年，由乔治·西蒙和杰克·科比所创作），体弱多病的青年通过注射“超级战士的血清”和被照射以“维他射线”而成为了这样一位超人，他以星条旗为战衣，开始与纳粹作战。
>
> 三、闪电侠（起自1940年，由加德纳·福克斯和哈里·兰珀特所创）是一位叫做杰·盖瑞克的大学田径好手，在吸入

了“重水蒸气”之后，成为一名像赫尔墨斯一样的神行太保。

四、很像阿拉丁的“绿灯侠”（1940；Martin Nodell 和 Bill Finger 所创）是一位叫做阿兰·司各特的工程师，他拥有一盏绿色灯盏和一枚由前者注入能量的“魔力戒指”，能够将任何他所想象的东西变为现实（这种能力除了木头，奏效于其他任何物体）。1959 年，约翰·布鲁姆（John Broome）和吉尔·凯恩（Gil Kane）的漫画以更为科幻的方式将绿灯侠再造为飞机试飞员哈尔·乔丹，他从保卫银河的“绿灯军团”成员——一位临死的外星人那里得到“魔力戒指”。[①]

无论是“机器人”还是“超人”，他们显然都是神的象征和替代品，和古典神话中的“神”或“英雄”有着本质的同一性。他们借助于科技手段和科技道具成为具有超越人类能力、智慧、意志、勇气等伟大品质的审美意象，确切地说，是成为科幻小说中“超人”的艺术典型。诚如罗伯茨所言：“这些人物具有不可忽视的神话般性质（甚至并没有模仿哪位神仙的闪电侠也是四大元素之一的火的拟人化）。不过对本书而言，最有意思的是他们的演变。比如当神奇船长被移植到英国，成为神奇人的时候，他的新魔法咒语不再取自古代的诸神或者英雄，而是变成了原子能这一战后‘新神’的双关语。”[②] 因为科幻小说中的“超人”形象置换了古典神话中的神灵形象和英雄形象，所以，对“超人”的崇拜也取代了对神灵和英雄的崇拜。或者说，超人就是神话意义上的神灵与英雄的组合物，是神话意识所创造出来的艺术象征品，属于一种富于隐喻意义的审美符号。

科幻小说另一个代表是战争小说或军事小说，战争题材的科幻

① ［英］亚当·罗伯茨：《科幻小说史》，马小悟译，北京大学出版社 2010 年版，第 240 页。

② 同上书，第 241 页。

小说以表现军国主义和战争情结为主。在本体论意义上，战争是人类心理结构所潜藏的动物性的原始本能在现实世界的延续，也是在人类历史发展过程中所采取的最高形式的政治方式。克劳塞维茨在《战争论》中写道："社会共同体（整个民族）的战争，特别是文明民族的战争，总是在某种政治形势下产生的，而且只能是某种政治动机引起。因此，战争是一种政治行为。……战争不仅是一种政治行为，而且是一种真正的政治工具，是政治交往的继续，是政治交往通过另一种手段的实现。"[①] 无论如何，战争是人类无可辩解的罪恶形式，中国古代伟大思想家墨子早就对战争进行深刻的反思与批判。他说：

> 杀一人，谓之不义，必有一死罪矣。若以此说往，杀十人，十重不义，必有十死罪矣；杀百人，百重不义，必有百死罪矣。当此，天下之君子，皆知而非之，谓之不义。今至大为不义，攻国，则弗知非，从而誉之，谓之义。情不知其不义也，故书其言，以遗后世。若知其不义也，夫奚说书其不义以遗后世哉？
>
> ……今小为非，则知而非之；大为非，攻国，则不知非，从而誉之，谓之义。此可谓知义与不义之辩乎？是以知天下之君子也，辩义与不义之乱也。[②]

科幻小说的一个重要题材是战争或军事，它以高科技为工具和载体，表现战争故事与场面，迎合了大众的消费趣味，因为在人类最普遍、最深沉的心理结构中隐匿着暴力冲动和战争本性。科幻小说的战争对象除了假定的"邪恶人类"之外，还包括诸如机器人、

① ［德］克劳塞维茨：《战争论》第1卷，中国人民解放军军事科学院译，商务印书馆1982年版，第42—43页。

② 《墨子·非攻·上篇》。

怪异生物、外星人（“邪恶星球”的邪恶生物）、妖魔怪兽、半人半兽等。“罗伯特·海因莱因的《星际战舰突击队》（*Starship Troopers*，1959）成为了美国军国主义科幻小说的开山之作，转变了含蓄与直接之争，并在很大程度上由此将其定型。”[①] 除了海因莱因之外，诸多科幻小说作家涉及战争题材或军国主义内容，如果说“美国科幻小说还没有找到一条摆脱战争和军国主义的可靠出路”[②]，那么诸多国家的科幻小说也很难摒弃战争题材和军国主义的主题，人类以保卫国家或者地球的正义名义，借助于高科技工具或手段对邪恶生物进行充满快感的大肆杀戮，杀戮成为一种科技游戏，这是诸多科幻小说提供给接受者的阅读美感。“在所有的军事科幻文学里，他们都被热情洋溢地描述为：全副武装、精良装备，能更加神速、更大规模地进行屠杀。这样的生产完全就是机器里跳出来的神（*deus ex machina*），即所谓的‘技术’（或用今天更加准确的叫法：科技）。”[③] 毋庸讳言，某些科幻小说潜藏着人类的暴力本能和另一种形态的恐怖主义，是我们必须予以警觉和反思的艺术现象。

除此之外，科幻小说存在着先天的美学缺陷，主要表现为：其一，人成为科技的奴仆，而不是科技的主人。科技成为超越人之上的神秘或神异的力量，成为神话的象征品。其二，一些科幻小说远离人感性生存的背景，虚幻地想象所谓的“外星人”或“怪兽”，它们和传统神话中的妖魔鬼怪没有本质的差异，只是缺乏更多更深刻地关注人类的客观生存和当下命运。其三，摒弃人类的历史进行抽象叙事，故事元素和人物形象都成为空洞符号，整个文本建立在一种虚假和荒诞的逻辑之上。由此，科幻小说成为一种丧失人道主义和历史主义的双重意义的飘浮神话。

---

① ［加］达科·苏恩文：《科幻小说面面观》，郝琳等译，安徽文艺出版社2011年版，第449页。

② 同上。

③ 同上书，第442页。

第四节　当代神话与影视艺术

显然，当代神话以不同于古典神话的感性样式表现出对于意识形态的深刻影响以及对于文学艺术的审美机能，它对于现代文艺的生产具有的功能是文艺学和美学必须正视和探讨的理论任务之一。有学者认为：

> “神话主义”是20世纪文学中引人注目的现象；它既是一种艺术手法，又是为这一手法所系的世界感知（当然，问题不仅在于个别神话情节的运用）。无论是在戏剧、诗歌，还是在小说中，它均有明晰的反映；在小说中，现代神话主义的特性最为彰明显著，其原因在于：回溯上世纪，小说不同于戏剧和抒情诗，几乎从未成为神话化赖以实施的场所。伴随古典形态小说的改造及在一定程度上对19世纪传统的批判现实主义加以屏弃这一过程，上述现象无疑变本加厉。①

显然，神话主义已经超越了文学的疆场而延伸到各种的艺术类型。尤其在影视艺术领域，神话主义倾向越来越流行和显著，成为一道不可忽视的美学景观。

1. 武侠影视

当代神话在影视艺术中一个得以呈现的窗口之一即是武侠题材的文本。在此，我们主要以新武侠题材的影视借以阐释它与当代神话的逻辑关联和美学特性。②

武侠影视是观众津津乐道的一个话题，因为平庸的日常生活无法满足人们对虚幻对象和理想世界的渴望，也因为人类的主体内部

① ［俄］梅列金斯基：《神话诗学》，魏庆征译，商务印书馆2009年版，第316页。
② “新武侠影视”以港台和大陆地域的影视作品为样本。

潜藏着娱乐的本能需求，所以武侠影视担当着应和人类如此需要的职责。毋庸讳言，武侠影视在美学上不像某些艺术类型那样羞羞答答地掩饰自我的虚假和欺骗的面目，它比较坦诚和率真地表明自己的虚拟特征。早在古希腊时期，柏拉图就说过史诗与悲剧就是说谎的艺术，其实，艺术在本质上都是“人类精神的自我伪装”[①]，在一定意义上，它也是“真实与真理的缺席”。[②] 这样我们就欣然认同武侠影视类似于神话的虚幻色彩和它们的假定性快感，顺理成章，也就可以理解这两种类型存在着本质上的相似了。

首先，武侠影视假定和建构了神话般的人物意象，众多主角必然性地身怀绝技并掌握着奇妙法术，除此之外，他们还拥有五花八门的诡异装备，有的甚至借助于高科技工具或者科幻对象，诸如激光宝剑、光速飞船、生物迷幻剂、机器人、克隆人、克隆怪物、飞碟等，操持着神奇玄妙的兵器和克敌制胜的法宝，媲美于希腊神话中海神波塞冬（Poseidon）的三叉戟、太阳神阿波罗（Apollo）的竖琴和银箭、维纳斯（Aphrodite，Venus）的腰带、信使之神赫尔墨斯（Hermes）的魔杖等。由周星驰自编自导自演的喜剧片《国产凌凌漆》，堪称武侠影视的经典之作，这部纯粹虚构的“无厘头”的幽默故事，甚至颠覆了好莱坞类型片的艺术理念。电影讲述了特工凌凌漆和黑帮金枪人的卓绝而精彩的搏斗故事。凌凌漆的那把神奇无比的屠刀，有如庄子寓言《庖丁解牛》中那把技艺精湛的神奇的庖丁之刀，它被赋予了神话般的功能和意义。这把刀具有抗衡所有现代武器的特异功能，在凌凌漆的手中焕发出奇妙无比的喜剧色彩，成为整个影片绝对不能缺少的幽默道具。与其说剧情赋予了主人公具有神话人物的审美特性，倒不如说“刀”这个道具赋予角色以奇妙可爱的神话品质。

其次，武侠影视的虚构故事常常包含反讽（Irony）的方法与意

① 颜翔林：《怀疑论美学》，上海人民出版社 2004 年版，第 7 章，第 2 节。
② 同上书，第 7 章，第 3 节。

蕴。"反讽"的创作策略，其作者扮演一种类似柏拉图对话录中苏格拉底的角色，或者《庄子》寓言中的庄子角色。如果说"反讽的基本性质是对假相与真实之间的矛盾以及对这矛盾的无所知：反讽者是装作无知，而口是心非，说的是假相，意思暗指真相"[①]，换言之，反讽所建构的是喜剧效果或幽默情境。如果我们考察古代神话，如希腊神话、罗马神话、印度神话、北欧神话、美洲神话、埃及神话、中国神话等众多故事，都程度不同地隐匿着反讽策略和喜剧性，包含着幽默特性。神话故事中反讽的美学手法在众多的武侠影视作品中屡见不鲜，构成了它们的接受魅力。反讽叙事的文本诸如《武林外传》《新龙门客栈》《大内密探零零发》《国产凌凌漆》《功夫》《鹿鼎记》《唐伯虎点秋香》《武状元苏乞儿》《大话西游》等，它们以"游戏"的美学趣味获得观众的青睐。武侠影视吸引观众的重要途径就是营造喜剧性效果或幽默情境，而达到这一艺术消费目的的重要手段之一就是反讽，而反讽的生成往往借助神话要素。它们之间构成一系列的逻辑关联。所以，从这个意义上看，武侠影视往往渗透着神话、寓言、童话、宗教等要素相互混合的审美特性，而神话为武侠影视带来了最丰富和最广泛的故事元素。

最后，武侠影视往往创造虚拟和梦幻的神话情境，尤其造成视觉听觉的唯美主义效果，以期确证自己的艺术价值和存在意义。人物、情节和场景是神话故事的三要素，武侠影视除了建构人物与故事之外，作为直接诉诸接受者感性直观的艺术形式，它比任何艺术类型都重视场景的营造，而这些场景和某些道具在一定程度上都是超现实的虚拟存在或者拟象化的东西。与此相关，武侠影视的另一个要素是"特技"，它在某种意义上等同于神话的复现。翱翔太空的潇洒、钻地入墙的本领、水面行走的技巧、穿越时空的能力、生

① 赵毅衡编选：《新批评文集》，百花文艺出版社 2001 年版，"序言"。

命的复活和肢体的嫁接等奇幻效果，都可以借助于影视特技得以可能，获得视觉的逼真实现。《神话》营造类似于太空失重状态的秦陵宫殿，汲取电子游戏或动漫的技巧，电影以飘浮着的动感天宫给予欣赏者以梦幻的背景视觉，也只有置身于如此神话场景，女主角才像“飞天仙子”一般轻慢飘逸、美艳空灵，闪射出女神的气韵。这一切都得益于电影特技的作用，得益于影视艺术的梦幻般的场景制造。《英雄》和《卧虎藏龙》这两部武侠电影，同样精心设计了假定和虚拟的奇幻场景，创造出具有神话意味的审美意象。《英雄》的武打场景纷繁华丽，其中给观众深刻印象之一是：两位超级美女在破碎的唯美主义、虚假的浪漫主义和矫情的理想主义的意境中表演武侠打斗的戏，艳丽服饰和烂漫胜于春花的秋叶交织出媲美神话的意境，却无法掩饰剧情故事的苍白思想和人物行为的荒诞逻辑。《卧虎藏龙》同样的神话场景和虚幻的特技，却建构出符合历史逻辑和呈现人物性格合理发展的浪漫故事。看来，神话元素也必须遵循事物的合理性和情感逻辑，否则就是荒诞无稽的编造，从而丧失美学的合法性。

2. 魔幻影视

“魔幻”这一能指和玄幻、奇幻等话语的所指基本接近和类同，确切地说，它们之间没有根本性差异。魔幻影视近年来逐渐流行或盛行，迎合了大众追求新颖奇异的欣赏对象的审美倾向。和武侠影视相比，魔幻影视无论在故事内容、人物形象、审美趣味、思想蕴涵等方面，还是在情节背景、道具服饰、造型化妆、特技效果等方面，都秉赋着神话特质，或者说，神话思维和神话意识对受众产生着广泛而深刻的美学影响。

魔幻影视和当代神话的关联呈现出以下几个方面的特性：

其一，神话元素直接或间接地被引入文本。魔幻影视的叙事和结构遵循着传统神话的基本模式，但现代文明依然占据主导地位，文本的社会背景和人物心理都立足于当代社会。这以托尔金的《指环王》改编的电影《魔戒》为代表。《魔戒》仿袭传统神话中英雄历险的故事元素，结构上也遵循古代神话的基本模式，但意识形态和语境却是在当下。“历险、受难与胜利”构成神话的基本模式，而“拯救”主题则象征着主人公的道德品种。“神话中英雄历险的标准路径是成长仪式准则的放大，即从‘隔离’到‘启蒙’再到‘回归’，它或许可以被称作单一神话的原子核心。英雄从日常生活的世界出发，冒着种种危险，进入超自然的神奇领域。他在那里获得奇幻的力量并赢得决定性的胜利。然后，英雄从神秘的历险地带着能为同胞造福的力量回来。”①《魔戒》主人公既是故事主角也是戏剧般的英雄，更是神话中美善偶像的象征，影片的神话主旨之一就是“历险”。

其二，与恶势力的冲突和胜利。《魔戒》的故事即是叙述少年英雄弗罗多和邪恶魔君索伦的冲突与胜利的故事。弗罗多·巴金斯从叔叔那里获得一枚戒指，它是一个充满魔力的戒指，拥有统治全世界的能量。邪恶的黑暗魔君索伦得知这一消息，于是集结无数的半兽人准备劫夺魔戒，从而征服全世界。为了不让魔戒落入索伦之手，弗罗多和他的朋友们决定摧毁魔戒，他们的魔戒远征队一次次地经历危险，最后战胜魔鬼和克服人类的权力欲望，销毁了魔戒。坎贝尔在《千面英雄》里指出：“童话故事中的英雄所成就的是本土的、个人的胜利，而神话故事中的英雄所成就的是世界性、历史性和集体性的胜利。童话故事中最年轻的孩子或被鄙视的孩子，会变成非凡力量的主宰——战胜他个人的压迫者，神话故事中的英雄则冒险带回整个社会重获新生的方法。”②《魔戒》故事呈现了童话与神话的混合，弗罗多既扮演了童话中“个人胜利”孩子角色，变成非凡力量的主宰，也扮演了神话中的英雄形象，他和集体的冒险

① ［美］坎贝尔：《千面英雄》，朱侃如译，金城出版社2012年版，“开场白：单一神话”，第20页。

② ［美］坎贝尔：《千面英雄》，朱侃如译，金城出版社2012年版，第25页。

“带回整个社会重获新生”。曾经风靡一时的《哈利·波特》系列电影，同样包含着童话和神话的混合特征，儿童作为英雄形象代表正义与善良的力量和邪恶势力进行殊死搏斗，最终取得胜利，实际上是重复古典神话的类似模式、结构和主题。

其三，奇幻浪漫的经历和唯美主义的情节。魔幻影视一个鲜明的美学特性是追求奇幻故事和奇幻视觉效果的统一，唯美与诗意成为它的吸引观众的法宝之一。《查理和巧克力工厂》（*Charlie and the Chocolate Factory*）影片（2005 年），改编自 1964 年罗尔德·达尔的同名小说。电影由蒂姆·伯顿导演，这是在 1971 年的电影《威利·旺卡和巧克力工厂》之后的第二部改编自此书的作品，这是一部神话和童话相互交织的经典杰作。诗意与浪漫的故事，脉脉如水的亲情氛围，和谐精巧的温馨叙事，弥散着童心的真率……影片无论给儿童还是成人观众都是精致而浪漫的审美享受。《画皮》（*Painted Skin*）是一部由中国大陆和香港合作拍摄的爱情魔幻电影，根据古典小说家蒲松龄的《聊斋志异》故事改编，被赋予了当代语境的审美意识。这一神话故事，表现着人妖之间的诱惑与冲突、人伦之间的和谐与矛盾、纯情男女之间的爱与恨、吸引与分离、妖魔之间的勾结与争斗。充满魔幻意味的电影以爱恨情愁和生死诀绝作为主题，表现主人公的正义良知，以神话英雄的形象确证生命的价值与意义，最终以自我的惨烈毁灭，书写了一段爱情与伦理的唯美诗篇。《少年派的奇幻漂流》（*Life of Pi*）以超自然的诗意手法建构了宛如神话般的美景，暴风雨过后的海岛景色，梦幻般唯美浪漫，挑战了观众的审美想象力。《加勒比海盗》（*Pirates of the Caribbean*）营造了加勒比海清澈湛蓝的海水，像高出地面的海洋，构成了一个充满冒险和神秘色彩的乐园。其他文本，诸如《龙与地下城》《暮光之城》《木乃伊》系列、《爱丽丝漫游仙境》《波西杰克逊神火之盗》《潘神的迷宫》《仙境之桥》《范海辛》《龙骑士》等作品，都不同程度地创造出呈现神话特性的唯美情景，吸引欣赏者的注意力，产生振荡心灵的视觉冲击力。与此相关，魔幻影视中还存在“女神崇拜”的情结。例如《魔戒》中有两位美丽、智慧和善良的女人，一位是亚玟（Arwen），为精灵王埃尔隆德的女儿，金色的洛丝萝林的王后盖拉德丽尔夫人的外孙女。她佩戴一颗充满神奇魔力的小精灵珠宝“暮星”，它既象征着她的善良与美丽，也隐喻了她不朽的生命。另一位是黄金森林的女王凯兰崔尔（Galadriel），她为佛罗多的远征准备了一件特别的礼物：她在水晶瓶中注入魔镜的水流，并在其中加入了埃兰迪尔之星的光芒，因精灵宝钻的缘故而格外光彩夺目。她们作为美与爱的偶像，在文本中由世俗女人升格为艺术世界的女神形象，尤其满足了男性观众对女神的爱慕和梦想。美国著名文化学家艾斯勒指出：

> 女神崇拜既是多神论的，也是一神论的。说它是多神论的，就是说，女神是在不同的名字下而且以不同的形式被崇拜的。但是，它也是一神论的，就是说，我们可以恰当地说，信仰女神就像我们说信仰作为一种先验实体的上帝一样。换言之，在与各个不同地方崇拜具有母亲、女祖先或女创世主以及贞女或处女等各种不同面貌的女神有关的象征与形象之间，存在着明显的相似之处。……在所有古代农业社会中，似乎最初崇拜的是女神。我们在农业发源的三个主要中心——小亚细亚和东南欧，东南亚的泰国，以及后来的中美洲——发现了把女性神化的证据，因为就女性的生物属性来说，她正如大地那样给予生命和食物。①

影片中两个女人是作为两个感性形式不同却精神结构类似的女神被崇拜的，两个优雅高贵、空灵美妙的意象为生活在后现代社会

① ［美］艾斯勒：《圣杯与剑》，程志民译，社会科学文献出版社2009年版，第36页。

中的芸芸众生复活了彼岸世界的梦幻女神。在其他魔幻影视作品之中，女神崇拜也是引发观众喜欢情绪的重要策略之一。

3. 科幻影视

科学是人类理性发达的辉煌成果，也是人类引以自豪的精神产品。科学使人类具有一定的克服困难和挑战自然的手段，也为生存获得丰富的物品和多样可能性。如此而已，人类对科学产生了越来越高的期许，甚至滋生出强烈的崇拜和幻想的情绪。这就是科幻小说和科幻影视之所以诞生的心理基础和精神逻辑。

科幻影视往往建立在科幻小说的基础之上，然而，影视文本比小说更具有审美接受的优势。它们以视觉与听觉的直观性和冲击力吸引观众，更擅长以现实世界所无法获得的奇幻的视听感征服观众的审美心理。科幻影视以假定或超前的科技水准，呈现出人类的工具理性和实用理性的能力，并制造令人惊异的故事。因为科学幻想远远超越实际的科技状态，它在客观上非常容易构思出奇妙怪异的场景、情节与角色，所以能够产生神话般的艺术意境和美学效果。这是科幻影视文本等同或类似于当代神话的根本性缘由。

科幻影视的审美特性在于，科技是结构故事的元素和推动情节发展的动因。科幻元素在影视艺术中表现为涉及科学的多种门类，诸如天文学、物理学、数学、生物学、生理学、心理学、化学、医学、建筑学、考古学等。这些元素被极度地夸张和放大，超越了客观实际甚至成为永久非可能性的存在，成为人类心理中的图腾并予以崇拜，然而它们借助于虚构的影视叙事而达到影像世界的直接现实性。诸如《人工智能》《星球大战》《阿凡达》《超人》《侏罗纪公园》《回到未来》《外星人》《蝴蝶效应》《终结者》《独立日》《12 只猴子》《异形》《地心引力》《生化危机》《盗梦空间》《冰河世纪》等影片，它们都是借助于被神话了的科技假象进行叙事和塑造审美意象，制造出令人惊异、欣喜或恐惧的视觉空间，吸引观众渴望刺激的眼球。

科幻影视具有两个相互联系最直接的艺术特征，其一是科学化的神灵形象代替传统艺术的人物形象，它们成为影视文本最吸引观众目光的审美意象。其二是人类与这些神灵形象的冲突构成故事的基本要素，成为推动情节发展和形象逐渐完善的张力。

科幻影视中最引人注目的是虚构了一些神灵形象或神灵意象，它们主要有三种类型：机器人、外星人、异形人。后者构成了与人类冲突和战争的主要对象。

“机器人”这一灵感显然触发于早期的关于机器与人之间的联想和幻想，它们是机器与人的巧妙综合。使无机物具有人类的生命和情感，并蕴含人类的智能、德性、美感和魅力。换言之，最初的机械机器人奠基于科学尚不发达时期，尔后才是智能机器人或生物机器人的出现。科幻影视中也许最多最能吸引观众注意力的就是机器人形象了。从早期的机械机器人到后来的生物机器人和智能机器人，它们显然是神灵和人类的混合体，一方面它们可能担负着人类工具的职能，成为人类的助手和朋友。另一方面，也可能成为人类的敌人，给人类带来危害和灾难。无论哪个方面，机器人和人类形成关联并发生冲突，在科幻影视中成为构成故事的机缘与动力。有关机器人的经典科幻影片《终结者》系列，包括《终结者2：审判日》《终结者3：机器的觉醒》，影片的未来世界，人类与机器人进行一场惨烈残酷的世界大战，片中的终结者是一个人形机器人，被设计用来屠杀人类。当然，最终的结局是人类战胜机器人。显然，科幻影片借助机器人这一神灵形象隐喻着人类之间的暴力美学，机器人只不过是人类处于短暂和平时期的满足战争渴望和幻想的替代性产物。外星人属于影视创作主体的纯粹想象，是人类有史以来对宇宙的幻想产物，它们常常扮演人类的假想敌，构成冲突性的故事情节。

最经典的外星人科幻电影莫过于卢卡斯的《星球大战》系列，故事原形来自于坎贝尔的《千面英雄》中的荣格式结构主义的沉思。罗伯茨认为:"值得称赞的,并不是该电影的内容(当然不是意识形态化的内容,这些保守内容接近于美国军事团体的种族军事主义),而是它天才般的惊奇感视觉效果。电影中'原力'的宗教神秘教义则在电影之外获得了生命力。""星球大战最成功之处便是它所营造的视觉神话。"[①] 除了表层的视觉神话之外,影片还潜藏着人类征服宇宙和寻找地球之外假想敌的神话狂想。《星球大战》的外星人被寄寓着双重的隐喻:一是人类对地球之内假想敌的摧毁,二是对整个宇宙空间假想敌的征服。包括《星球大战》在内的几乎所有战争类型的科幻影视,都无一例外地隐匿着人类的暴力美学。另一著名的外星人影片《铁血战士》,他来到地球,用各种高科技武器和伪装技术捕食人类,最终被人类的英雄代表所消灭,表现着雷同的神话模式和暴力美学。当然,有些关于外星人的影视作品将外星人描绘成富有爱心的善良形象,它们表征着人类的道德原则。因此无论外星人的善恶如何,它们都潜藏着人类心理深处的神话思维与神话意识。

除了机器人和外星人这两个固定模式之外,科幻影视还青睐于异形意象的建构。异形意象是古典神话中常见符号,中国神话中的《山海经》、楚辞《离骚》《天问》《招魂》《九歌》《九章》等文本都有众多的异形的神灵、英雄、妖魔、野兽等意象,古希腊、罗马神话、埃及神话、北欧神话、美洲神话中都不乏异形形象。"异形"是人类神话思维最普遍的现象,也是神话想象必然性的结果。希腊神话中著名的异形形象:Alcmene(亚拉曼妮):上半身为女人,下半身为蜘蛛,长有八只脚,生活在一张巨大的蜘蛛网内,片刻不停地织布。传说她能够寄生于人的大脑之中,吞噬人的精神。Argus(阿耳戈斯):长有一百只眼睛,睡眠时只闭上一两只眼睛。Amphisbana(双头蜥):希腊语"Amphisbana"的意思是"双管齐

① [英]亚当·罗伯茨:《科幻小说史》,马小悟译,北京大学出版社2010年版,第298—299页。

下”，双头蜥的两个头并不是长在一起，而是身体前后两端各有一个，有着两双明亮犀利的眼睛。Catoblepas（卡托布莱帕斯）：生长于尼罗河的源头，体小笨重，头部巨大，它时常将头垂在地上，不然很可能把周围的生命杀戮。“Catoblepas”在希腊语里的意思是“向下看的”，它的目光和气息都能致人非命。它的身体如同牛，皮肤坚韧，喜欢食用剧毒灌木。Medusa（美杜莎）：希腊神话中的蛇发女妖三姐妹，居住于遥远的西方，为海神福耳库斯的女儿。她们的头和脖子长满鳞甲，头发都是无数条蠕动的毒蛇，有着野猪一般的獠牙，一双铁手和金翅膀，任何看到她们的人都会瞬间变化成冰冷的岩石。这些神话中的异形意象，它们一方面是人与动物、植物的想象性组合，另一方面是所有物质现象在主体内部的自由联想的产物。它既是人类初期对自然界恐惧的心理原型的折射，也是人类自我追求自由的幻象，更是人类对自然界的各种生命类型的艺术组合，所以说异形意象满足了人类对自我和对世界的自由想象。科幻影视延续了古典神话中有关异形形象的思维方式和美学传统，以科技为媒介创造琳琅满目的异形形象。好莱坞 1979 年拍摄的《异形》可谓这一类型影片的代表。导演司各特“给《异形》的设计发展了自己的风格：邪恶，扭曲，古怪生命体和机器的黑色画面，它们通常用黑墨水和树脂颜料涂抹，看上去就像是生长起来的，而不像建造的，表面上的高光突出了异形如同性器官般的复杂类生物形态，这传达了一种触手可及的死亡与暴力的味道”。[①] 显然，在直觉层面上，异形隐匿着反美学意义，它背谬着人类传统的审美标准，也是传统神话意识中的非美感对象。科幻影视中的异形形象的人类对假想敌的妖魔化，与其说是异形人包含着原始暴力和高科技的结合，呈现着外来物种的暴力倾向，还不如说它们折射着人类的暴力情结和暴力美学。

① ［英］亚当·罗伯茨：《科幻小说史》，马小悟译，北京大学出版社 2010 年版，第 300—301 页。

科幻影视叙述的机器人、外星人、异形人和人类之间的冲突或战争，体现着善恶对立和美丑对立的原则，在多数情形下，人类主要担当着善与美的职责，作为善美的象征品，而机器人、外星人、异形人则扮演着丑恶的角色。当然，有些场合机器人、外星人、异形人也被附加了人性的内涵，被表现为美善的意象。但是，有一点是确定的，在科幻影视中，无论是人类，还是机器人、外星人、异形人，它们之间消解了真假原则，因为科幻影视全然是虚构的文本，包裹着神话的感性外衣。

科幻影视在神话思维和神话意识的统摄之下，还施展了喜剧氛围、暴力美学、唯美主义这三种屡试不爽的艺术策略。好莱坞的《傻瓜大闹科学城》和《黑星球》可谓科幻影视的喜剧类型代表，影片运用了不少讽刺与反讽、幽默与诙谐的技巧。而《星球大战》《终结者》《滚球大战》《罗根的逃亡》等作品则无疑作为暴力美学的崇尚者和渲染者，它们借助于假定的科幻力量将现实性的暴力提升到更高的等级、程度与规模，给观众更强烈刺激的视听效果，满足一部分接受者的暴力妄想症。而《银翼杀手》和《黑客帝国》以其优美奇幻的景象和绵延叠嶂的视觉营造以及“子弹时间”的精妙演绎，构造了只有神话世界才可能有的运动图像，也只有神话意境才可能出现的如梦如幻、胜于诗画的美感。

最后，科幻影视存在着普遍的局限还在于，一方面，过度地夸饰科技的作用，将之高度地神化和理想化。在科幻世界，人成为科技的奴隶，谦卑地屈从于科技的支配，沦落为技术工具，从而颠倒了科技与人的逻辑关系。另一方面，科幻影视消解了历史因素和审美感性，使人脱离历史语境和疏远充满美感的自然，成为一种被机器、电子、信息等科技役使的抽象符号，科技形成对主体的宰制，人的诗性精神被降低，从而被淹没在科技的滚滚浪潮之中。

小结

当代神话弥补了近代以来古典神话缺席后的审美想象力匮乏和表现技艺的下降，在一定程度上复活和扩大了文艺的创造力和表现力，从而为被现代技术统治和理性奴役的接受者开启了一扇认识自我和他者的窗口。沉湎于实用理性和工具理性的芸芸大众，在后现代的历史背景里，尤其关注利益的分配和再分配，关注市场经济条件下的消费活动和娱乐活动，对于商品的追逐和购买后的炫耀性展示构成现实性生存的重要内容之一。与此同时，热衷于权力的分配和运作，围绕着权力张力的亢奋和焦虑，组成了现代人的生命图景之一。在这样的存在场景里，当代神话就合乎逻辑地成为现代人抗衡日常委琐生活的精神工具，成为文艺家从事创造活动的重要选择。一方面，由于古典神话的消解，文艺的想象力日趋萎缩并伴随着表现技艺的平庸和重复，当代神话成为文艺生产应运而生的逻辑选择。各种艺术类型都开掘神话思维的矿藏，在新的历史语境重构神话模式。《变形记》《荒原》《鼠疫》《尤利西斯》《喧哗与骚动》《等待戈多》《犀牛》《百年孤独》《西西弗斯的神话》《魔山》《第22条军规》《少年派的奇幻漂流》《星球大战》《犀牛》《苍蝇》《哈利·波特》《真实的谎言》《蜘蛛侠》《超人》《功夫》《威利·旺卡和巧克力工厂》等众多的艺术文本都以当代神话为营养，丰富和提升艺术表现力。另一方面，许多不甘于沉浸在日常平淡生活的现代接受者，渴望新奇怪诞的陌生化审美效果，期待文艺作品中灵异化的人物和故事，濡润干涸良久的审美心灵。其中，尤其儿童和青少年接受者，更加喜欢具有奇幻色彩的当代神话滋养出来的文艺作品，满足幼小的和青春骚动的好奇心理，以对应他们充盈的想象力。

从某种意义上说，没有现代科技就没有当代神话，现代科技是当代神话的催生婆。现代科技史无前例的惊人成就，使人类抵达了古典神话所幻想的某些目标，很大程度上满足了人类征服自然和攫取财富的欲望，也为人类赢得丰富先进的商品消费。现代科技和当代神话高度融合，导致二重性的结果：一方面，人们进一步认识到科技的生产力量和对社会结构的深刻变革作用，它被称誉为现代社会的“第一生产力”。另一方面，人们对于科技的无限许诺和盲从，转向为主体对于科技的膜拜，科技反倒成为人的异己化的压抑性势能。正是这种现代科技和当代神话之间两重性的逻辑关系，自觉和不自觉地渗透到文艺生产的过程中。计算机和网络技术的出现，催生了赛博空间，在一定程度上促进当代神话的样式翻新，而当代神话又良性地刺激了文艺生产。其后，两者之间互动循环，形成一个互为因果的逻辑链条。计算机和网络时代的来临，使社会进入到一个大众狂欢的文艺消费的美学场景。当代神话借助于计算机和网络的虚拟空间，最大限度地利用数字化技术使文艺创造登临到全新的审美境界，尤其是视觉和听觉的审美快感以及与之相对应的内在的心理与生理的本能享乐，都被提升到一个前所未有的高度。现代科技和当代神话为它们的成功结盟而振臂欢呼、弹冠相庆的时刻，也就是现代文艺的灵光闪耀、光荣与梦想的可能实现之日。

当代神话和大众文化在意识形态方面形成心照不宣的共谋，它们互动性地建立彼此通约的价值观和审美观。当代神话许多情形下来源于大众的狂欢化仪式和庆典活动，这种公共领域的集体狂欢无论出于何种政治、经济、文化的目的，都将神话活动的主体还原为一种集体意识，古典神话的个体性和自由主义色彩被减弱，而代之以小至社团大至国家、民族、政治经济共同体的范围，都是携带着一定理性目的的文化活动。官方和民间一致乐此不疲的“文艺晚会”、“广场文艺”的模式，文化产业领域内的明星效应和娱乐新闻的普及化，以及商业活动所精心策划的庆典、包装、广告、表演等仪式与行为，都服从于集体性或集团性的利益诉求和主流意识形态的传播。当代神话的大众性，或者说大众文化的当代神话的性质，都合谋地决定了现代文艺生产的个体化主体性意识的逐渐退化和丧失。因此，无论在当代神话或大众文化哪个逻辑范围之内，都可以观看到精英逊位于大众，高雅谄媚于平庸，感官享乐服从于审美超越的纷繁现象。文艺的消费性高涨成为不可阻挡的滔滔洪水，它已经淹没了古典神话的彼岸性和永恒性的审美信仰与价值承诺。然而，我们也欣喜地观察到，在当代神话影响下的文艺生产，它的大众性成功地消解以个人意志凌驾于众人之上的启蒙主义神话，尽管存在着主流意识形态的主导性势能，它还是比较成功地以娱乐性和审美性抵消传统文艺的道德说教功能。从宏观上考察，文艺已经成为当代神话的一个剪影，而不是神话作为文艺的单一性依附。当代神话在一定程度上决定文艺生产的动机、性质、规模和审美趣味。换言之，它在悄然地左右着作为大众文化重要构成的艺术生产。

当代神话在当下的文艺生产活动中，对于古典神话的几个主题的继承与转换，构成我们探讨这一问题的另一个要旨。第一，正义的象征符号。和古典神话相一致，当代神话思维派生的文艺生产，它喜好塑造正义的偶像，只是这种偶像不具有古典神话中人物形象的完美性和理想性，可能带有瑕疵和缺点，如周星驰主演的《功夫》、《大话西游》《大内密探》《审死官》等影片里的主人公。体现当代神话意义的文艺作品，几乎无一例外地表现出作为正义原则象征的倾向。无论是《指环王》《终结者》《蜘蛛侠》还是《真实的谎言》，也无论是《007》系列还是《星球大战》系列，它们都将主人公扮演为神话里的正义偶像。第二，降魔与冒险的故事。与正义的象征符号相对应，当代神话里的人物必然要有降魔的历险故事。和古典神话里的降魔故事不同的是，当代神话中的“魔”，不再单纯是凶猛的动物或者半人半兽的形象，也不再是传说中的妖魔怪物，一方面他们可能是由文艺创造者的意识形态所决定的、想象中的敌对国的人物，如恐怖分子、叛乱分子或者犯罪分子等。另一方面，他们可能是虚拟世界的恐龙之类等幻想性的怪物，如《侏罗纪公园》影片中凶恶的恐龙形象。第三，法术与宝物。无疑，古典神话中的法术和宝物这两个故事元素给予接受者新奇和陌生化的审美效果。当代神话中的法术和宝物，当仁不让地由高科技来承担。影片主角 007 手中的各种新奇的武器和通讯、交通工具，担当了古典神话中法术与宝物的功能。而《哈利·波特》中更显魔幻色彩的各种器具，媲美于古典神话中的奇妙宝贝。第四，复仇和杀戮。这是古典神话中密切联系的两个主题，它们是构成神话魅力的重要故事元素。如果说，古典神话中“复仇”成为“杀戮”的理由和逻辑前提，成为戏剧冲突的情感依据；那么，现代文艺生产对于“复仇”意识的渲染已经淡化，它们已经被“案件”或“事件”所取代，潜在地成为“杀戮”的合理性需要。文艺作品中代表正义的人物，他们常常以痛快淋漓的杀戮行为的表演获得广大观赏者的认可和称赞。对于现代观众而言，观看文艺作品的杀戮场面成为流行的审美嗜好，而杀戮的手段和方式往往由传统的或者现代高科技的手段进行交叉替换。无论是电子游戏室的电脑荧光屏还是影视空间，那些恐怖而刺激的杀戮场面，都作为审美形式和艺术符号被大众接受和欣赏。第五，英雄与美女。这是古典神话中老套陈旧的话题，也是欣赏者百读不厌的常新内容，它们依然在当代神话中获得永不衰竭的活力。现代文艺不断制造新的英雄与美女的神话故事，《007》的系列作品，《大话西游》《功夫》《英雄》《卧虎藏龙》《十面埋伏》等都是典型代表。难能可贵的是，当代神话中的英雄，撇弃古典神话中英雄的完善性形象，以有缺点的圆型人物给予接受者以真实可爱的审美感。第六，生命与死亡。今道友信认为，死亡“自古以来，就是一般哲学最正统的课题”。[①] 死是最高的哲学命

① ［日］今道友信等：《存在主义美学》，王生平等译，辽宁人民出版社 1987 年版，第 70 页。

题，也是最高的美学命题，它当然地构成神话的永恒主题。当代神话对于文艺生产的一个重要影响就是，它把生与死的主题提升到本体论的高度，在强调生命的尊严和神圣性的同时，减弱死亡的恐怖性和回避死亡的冰冷法则，将死亡的美感色彩带入到文本之中，从而给人以暂时和空幻的慰藉。第七，神话与写实。匈牙利电影理论家皮洛指出：

> 格里菲斯的《被摧残的花朵》和《一个国家的诞生》都是在不同历史背景与环境中对相同经验的神话性引申，这种经验把现代生活视为对传统理想的威胁和暴力日益增长的时代。对立双方的冲突是公开的和激烈的，甚至田园诗般的“大团圆结局”最终也无法改变它们。俄国二十年代的影片还充满着新伦理学的浪漫主义社会精神气质的和谐性：《兵工厂》和《圣彼得堡的末日》是如何以真实性风格表现革命前景与人们向往胜利的实例。借助影象语言，工人的力量和觉悟获得可见与可感的确实性。善与恶再次搏斗，善是必胜的。似乎工人阶级手中的武器可以放出异样的光芒：真理的最高体现必然显现为一种绝对真理。当然，我们无意断言唯有电影创造了现代世界的神话。①

在一些写实主义题材的影片中，依然可能存在着神话意识或神话思维的痕迹。例如，把一种社会革命的理论视为“绝对真理”这本身就是神话思维的精神特征，无论是《被摧残的花朵》和《一个国家的诞生》，还是《兵工厂》和《圣彼得堡的末日》，它们都不同程度地存在着神话思维，体现出一种政治神话意识。

综上所述，神话不仅仅是一种幻象和想象力的感性结果，也是

---

① ［匈］伊芙特·皮洛：《世俗神话——电影中的野性思维》，崔君衍译，中国电影出版社2003年版，第111页。

主体世界的理性活动的产物，当然，也是一种世界观和方法论，它客观地影响我们的政治、经济和文化的生活。当代神话潜藏在我们的生活世界的方方面面，而对于文艺生产的影响仅仅是它诸种功能的一个侧影。

主要参考文献

一　古代典籍

《诸子集成》，中华书局1954年版。

《老子》，中华书局1986年版。

《论语》，中华书局2006年版。

《墨子》，中华书局2011年版。

司马迁：《史记》，中华书局1982年版。

《南华真经注疏》，郭象注，成玄英疏，中华书局1998年版。

王弼：《老子注》，楼宇烈校释，中华书局2008年版。

《王弼集》，中华书局1980年版。

《阮籍集校注》，中华书局1987年版。

《嵇康集》，人民文学出版社1962年版。

刘勰：《文心雕龙》，上海古籍出版社2010年版。

钟嵘：《诗品》，上海古籍出版社2007年版。

《金刚经》，中华书局2007年版。

慧能：《坛经》，中华书局2012年版。

陆德明：《经典释文·庄子音义》，中华书局1983年版。

释赞宁：《宋高僧传》，中华书局1987年版。

释普济：《五灯会元》，中华书局1984年版。

郭熙：《林泉高致》，中华书局2010年版。

《张载集》，中华书局1978年版。

《二程集》，中华书局 1981 年版。
《沧浪诗话校释》，人民文学出版社 2005 年版。
《朱子语类》，中华书局 1999 年版。
宣颖：《南华经解》，清康熙六十年宝旭斋刊本。
郭庆藩：《庄子集释》，中华书局 2004 年版。
王先谦：《庄子集解》，中华书局 1987 年版。
王夫之：《庄子解》，中华书局 1964 年版。
李渔：《闲情偶寄》，中国社会科学出版社 2009 年版。
刘熙载：《艺概》，中华书局 2009 年版。
何文焕：《历代诗话》，中华书局 1981 年版。

二　今人著述

王国维：《人间词话》，中华书局 2009 年版。
冯友兰：《中国哲学史新编》，人民出版社 1980 年修订本。
侯外庐等：《中国思想通史》，人民出版社 1957 年版。
崔大华：《庄学研究》，人民出版社 1992 年版。
全增嘏：《西方哲学史》，上海人民出版社 1983 年版。
李泽厚：《批判哲学的批判》，人民出版社 1984 年版。
刘放桐：《现代西方哲学》，人民出版社 1990 年修订本。
任继愈主编：《中国哲学史》，人民出版社 1979 年版。
范明生：《晚期希腊哲学和基督教神学》，上海人民出版社 1993 年版。
汪子嵩、范明生、陈村富、姚厚介等：《希腊哲学史》，人民出版社 1993 年版。
陈鼓应：《老庄新论》，上海古籍出版社 1992 年版。
陈鼓应：《悲剧哲学家尼采》，生活·读书·新知三联书店 1987 年版。
北京大学哲学系中国哲学史教研室编写：《中国哲学史》，中华书局

1980 年版。
朱光潜:《西方美学史》，人民文学出版社 1979 年版。
蒋孔阳:《德国古典美学》，商务印书馆 1980 年版。
蒋孔阳、朱立元主编:《西方美学通史》，上海文艺出版社 1999 年版。
伍蠡甫主编:《西方文论选》，上海译文出版社 1979 年版。
侯外庐等主编:《宋明理学史》，人民出版社 1997 年版。
徐崇温主编:《存在主义哲学》，中国社会科学出版社 1986 年版。
《现象学与哲学评论》(《现象学在中国》特辑)，上海译文出版社 2003 年版。
《现象学与哲学评论》(《现象学与中国文化》)，上海译文出版社 2003 年版。
冯俊等:《后现代主义哲学讲演录》，商务印书馆 2003 年版。
高宣扬:《福柯的生存美学》，中国人民大学出版社 2005 年版。
高宣扬:《当代法国思想五十年》，中国人民大学出版社 2005 年版。
高岭:《商品与拜物》，北京大学出版社 2010 年版。
袁可嘉:《欧美现代派文学概论》，广西师范大学出版社 2003 年版。
徐复观:《中国艺术精神》，华东师范大学出版社 2001 年版。
田兆元:《神话与中国社会》，上海人民出版社 1998 年版。
颜翔林:《后形而上学美学》，中国社会科学出版社 2010 年版。
姚文放:《当代审美文化批判》，山东文艺出版社 1999 年版。
王蕾、代小琳:《霓裳神话——媒体服饰话语研究》，中央编译出版社 2004 年版。

三　中文译本（按作者姓名汉语拼音字母音序排列）

［德］阿多尔诺:《美学理论》，王柯平译，四川人民出版社 1998 年版。
［美］S. 阿瑞提:《创造的秘密》，钱岗南译，辽宁人民出版社

1987 年版。

［英］阿姆斯特朗：《神话简史》，胡亚豳译，重庆出版社 2005 年版。

［法］莫娜·奥祖夫：《革命节日》，刘北城译，商务印书馆 2012 年版。

［加拿大］约翰·奥尼尔：《身体五态——重塑关系形貌》，李康译，北京大学出版社 2010 年版。

［美］艾斯勒：《圣杯与剑——我们的历史，我们的未来》，程志民译，社会科学文献出版社 2009 年版。

［美］艾斯勒：《神圣的欢爱：性、神话与女性肉体的政治学》，黄觉等译，社会科学文献出版社 2004 年版。

［法］雷蒙·阿隆：《知识分子的鸦片》，吕一民等译，译林出版社 2005 年版。

［美］V. C. 奥尔德里奇：《艺术哲学》，程孟辉译，中国社会科学出版社 1986 年版。

［英］艾耶尔：《20 世纪哲学》，李步楼等译，上海译文出版社 1987 年版。

［法］《波德莱尔美学论文选》，郭宏安译，人民文学出版社 1987 年版。

［阿根廷］豪尔赫·博尔赫斯：《博尔赫斯论诗艺》，陈重仁译，上海译文出版社 2002 年版。

［苏联］巴克拉捷：《近代德国资产阶级哲学史纲要》，涂纪亮等译，中国社会科学出版社 1980 年版。

［法］热尔曼·巴赞：《艺术史》，刘毅明译，上海人民美术出版社 1989 年版。

［美］波兹曼：《娱乐至死》，章艳译，广西师范大学出版社 2009 年版。

［法］列维—布留尔：《原始思维》，丁由译，商务印书馆 1981

年版。

［希腊］《柏拉图文艺对话集》，朱光潜译，人民文学出版社 1963 年版。

［希腊］柏拉图：《理想国》，郭斌和、张竹明译，商务印书馆 1986 年版。

［法］罗兰·巴尔特：《符号学原理》，王东亮译，生活·读书·新知三联书店 1999 年版。

［法］罗兰·巴特：《符号学美学》，董学文、王葵译，辽宁人民出版社 1987 年版。

［法］罗兰·巴特：《流行体系》，敖军译，上海人民出版社 2011 年版。

［法］罗兰·巴特：《神话修辞术·批评与真实》，屠友祥译，上海人民出版社 2009 年版。

［德］瓦尔特·比梅尔：《当代艺术的哲学分析》，孙周兴、李媛译，商务印书馆 1999 年版。

［英］克莱夫·贝尔：《艺术》，周金环、马钟元译，中国文联出版公司 1984 年版。

［美］露丝·本尼迪克特：《文化模式》，王炜等译，生活·读书·新知三联书店 1988 年版。

［英］鲍桑葵：《美学史》，张今译，商务印书馆 1985 年版。

［英］阿雷恩·鲍尔德温等：《文化研究导论》，陶东风等译，高等教育出版社 2004 年版。

［美］威廉·巴雷特：《非理性的人》，杨照明、艾平译，商务印书馆 1995 年版。

［苏］《巴赫金全集》，李兆林等译，河北教育出版社 2009 年版。

［德］瓦尔特·本雅明：《发达资本主义时代的抒情诗人》，张旭东、魏文生译，生活·读书·新知三联书店 1989 年版。

［法］米盖尔·杜夫海纳：《美学与哲学》，孙非译，中国社会科学

出版社 1985 年版。
[法] 丹纳:《艺术哲学》，傅雷译，人民文学出版社 1963 年版。
[法] 笛卡儿:《第一哲学沉思集》，庞景仁译，商务印书馆 1980 年版。
[法] 笛卡儿:《哲学原理》，关文运译，商务印书馆 1959 年版。
[德] 威廉·狄尔泰:《体验与诗》，胡其鼎译，生活·读书·新知三联书店 2003 年版。
[德] 玛克斯·德索:《美学和艺术理论》，兰金仁译，中国社会科学出版社 1987 年版。
[古希腊] 塞克斯都·恩披里克:《悬搁判断与心灵宁静》，包利民等译，中国社会科学出版社 2004 年版。
[德] 费尔巴哈:《基督教的本质》，荣震华译，商务印书馆 1984 年版。
[法] 福柯:《性经验史》，佘碧平译，上海人民出版社 2003 年版。
[法] 福柯:《疯癫与文明》，刘北成、杨远婴译，生活·读书·新知三联书店 1999 年版。
杜小真编选:《福柯集》，上海远东出版社 2003 年版。
[美] 弗洛姆:《人心》，孙月才、张燕译，商务印书馆 1989 年版。
[美] 弗罗姆:《爱的艺术》，李健民译，商务印书馆 1987 年版。
[美] 弗罗姆:《逃避自由》，北方文艺出版社 1987 年版。(该书未标明译者)
[奥地利] 弗洛依德:《梦的释义》，张燕云译，辽宁人民出版社 1987 年版。
[奥地利]《弗洛伊德论美文选》，张唤民、陈伟奇译，知识出版社 1987 年版。
[奥地利] 佛洛伊德:《图腾与禁忌》，杨庸一译，中国民间文艺出版社 1986 年版。
[美] 约翰·费斯克:《理解大众文化》，王晓珏、宋伟杰译，中央

编译出版社 2001 年版。
[英] 弗雷泽：《金枝》，徐育新等译，大众文艺出版社 1998 年版。
[英] 费瑟斯通：《消费文化与后现代主义》，刘精明译，译林出版社 2000 年版。
[希腊] 北京大学哲学系外国哲学史教研室编译：《古希腊罗马哲学》，商务印书馆 1961 年版。
[荷兰] 高罗佩：《中国古代房内考》，李零等译，上海人民出版社 1990 年版。
[荷兰] 高罗佩：《秘戏图考》，杨权译，广东人民出版社 1992 年版。
[英] E. H. 冈布里奇：《艺术与幻觉》，卢晓华译，工人出版社 1988 年版。
[德] 哈贝马斯：《作为"意识形态"的技术和科学》，李黎、郭官义译，学林出版社 1999 年版。
[德] 哈贝马斯：《公共领域的结构转型》，曹卫东等译，学林出版社 1999 年版。
[德] 海德格尔：《诗·语言·思》，彭富春译，文化艺术出版社 1991 年版。
[德] 海德格尔：《存在与时间》，陈嘉映、王庆节译，生活·读书·新知三联书店 1987 年版。
[德] 海德格尔：《尼采》，孙周兴译，商务印书馆 2003 年版。
[德] 海涅：《论德国宗教和哲学的历史》，海安译，商务印书馆 2000 年版。
[美] C. S. 霍尔、V. L. 诺德贝：《荣格心理学入门》，冯川译，生活·读书·新知三联书店 1987 年版。
[美] D. C. 霍埃：《批评的循环》，兰金仁译，辽宁人民出版社 1987 年版。
[德] 黑格尔：《哲学史讲演录》，贺麟、王太庆译，商务印书馆

1959 年版。
[德] 黑格尔:《美学》, 朱光潜译, 商务印书馆 1979 年版。
[德] 黑格尔:《小逻辑》, 贺麟译, 商务印书馆 1980 年版。
[俄] 赫尔岑:《论科学中华而不实的作风》, 李原译, 商务印书馆 1962 年版。
[德] 胡塞尔:《逻辑研究》, 倪梁康译, 商务印书馆 1994 年版。
[英] 哈耶克:《通往奴役之路》, 王明毅等译, 中国社会科学出版社 1997 年版。
[英] 特伦斯·霍克斯:《结构主义和符号学》, 瞿铁峰译, 上海译文出版社 1987 年版。
[奥地利] 爱德华·汉斯立克:《论音乐的美》, 杨业志译, 人民音乐出版社 1982 年版。
[德] H. G. 加达默尔:《真理与方法》, 洪汉鼎译, 上海译文出版社 1999 年版。
[美] H. 加登纳:《艺术与人的发展》, 兰金仁译, 光明日报出版社 1988 年版。
[日本] 今道友信等:《存在主义美学》, 崔相录、王生平译, 辽宁人民出版社 1997 年版。
[丹麦] 基尔克郭尔:《概念恐惧·致死的病症》, 京怀特译, 上海三联书店 2004 年版。
[法] 加缪:《西西弗的神话》, 杜小真译, 西苑出版社 2003 年版。
[美] 凯·埃·吉尔伯特、[德国] 赫·库恩:《美学史》, 夏乾丰译, 上海译文出版社 1989 年版。
[德] 康德:《判断力批判》, 宗白华译, 商务印书馆 1964 年版。
[德] 康德:《纯粹理性批判》, 蓝公武译, 商务印书馆 1960 年版。
[俄] 康定斯基:《艺术中的精神》, 中国人民大学出版社 2003 年版。
[意大利] 克罗齐:《美学原理·美学纲要》, 朱光潜译, 人民文学出版社 1983 年版。

［德］卡西尔：《人论》，甘阳译，上海译文出版社 1985 年版。

［德］卡西尔：《语言与神话》，于晓等译，生活·读书·新知三联书店 1988 年版。

［德］卡西尔：《神话思维》，黄龙保等译，中国社会科学出版社 1992 年版。

［美］坎贝尔：《千面英雄》，朱侃如译，金城出版社 2012 年版。

［美］坎贝尔、莫耶斯：《神话的力量》，朱侃如译，万卷出版公司 2011 年版。

［美］菲尔·柯西诺：《英雄的旅程——与神话学大师坎贝尔对话》，梁永安译，金城出版社 2011 年版。

［德］彼得·科斯洛夫斯基：《后现代文化》，毛怡红译，中央编译出版社 1999 年版。

［德］克劳塞维茨：《战争论》，中国人民解放军军事科学院译，商务印书馆 1982 年版。

［英］赫伯特·里德：《现代艺术哲学》，曹剑译，百花文艺出版社 1999 年版。

［美］苏珊·朗格：《情感与形式》，刘大基等译，中国社会科学出版社 1986 年版。

［美］苏珊·朗格：《艺术问题》，滕守尧等译，中国社会科学出版社 1983 年版。

［美］戴维·利明、埃德温·贝尔德：《神话学》，李培茱等译，上海人民出版社 1990 年版。

［美］波林·玛丽·罗斯诺：《后现代主义与社会科学》，张国清译，上海译文出版社 1998 年版。

［英］亚当·罗伯茨：《科幻小说史》，马小悟译，北京大学出版社 2010 年版。

［美］M. 李普曼主编：《当代美学》，邓鹏译，光明日报出版社 1986 年版。

[英] 罗素:《西方哲学史》，何兆武、李约瑟译，商务印书馆 1963 年版。

[英] 罗素:《宗教与科学》，徐奕春、林国夫译，商务印书馆 1982 年版。

[法] 卢梭:《社会契约论》，何兆武译，商务印书馆 1980 年版。

[法] 勒维纳斯:《上帝·死亡与时间》，余中先译，生活·读书·新知三联书店 1997 年版。

[德] 莱辛:《拉奥孔》，朱光潜译，人民文学出版社 1979 年版。

《马克思恩格斯全集》第 1—4 卷，人民出版社 1972 年版。

《马克思恩格斯全集》第 19 卷，人民出版社 1963 年版。

《马克思恩格斯全集》第 26 卷，人民出版社 1974 年版。

《马克思恩格斯全集》第 31 卷，人民出版社 1972 年版。

《马克思恩格斯全集》第 40 卷，人民出版社 1982 年版。

《马克思恩格斯全集》第 42 卷，人民出版社 1979 年版。

马克思:《资本论》，人民出版社 2004 年版。

[法] 雅克·马利坦:《艺术与诗中的创造性直觉》，刘有元等译，生活·读书·新知三联书店 1991 年版。

[英] 马林诺夫斯基:《文化论》，费孝通等译，中国民间文艺出版社 1987 年版。

[英] 马林诺夫斯基:《巫术、科学、宗教与神话》，李安宅译，中国民间文艺出版社 1986 年版。

[德] 马尔库塞:《审美之维》，李小兵译，生活·读书·新知三联书店 1989 年版。

[德] 马尔库塞:《爱欲与文明》，黄勇、薛明译，上海译文出版社 1987 年版。

[俄] 梅列金斯基:《神话诗学》，魏庆征译，商务印书馆 2009 年版。

[法] 保罗·里克尔:《恶的象征》，公车译，上海人民出版社 2003 年版。

[美] 托马斯·门罗:《走向科学的美学》, 石天曙、滕守尧译, 中国文联出版公司 1985 年版。

[美] 马斯洛:《自我实现的人》, 许金声、刘峰译, 生活·读书·新知三联书店 1987 年版。

[美] 马斯洛:《存在心理学探索》, 李文湉译, 云南人民出版社 1987 年版。

[美] 马斯洛、弗罗姆等:《人的潜能与价值》, 华夏出版社 1987 年版。

[英] 安吉拉·默克罗比:《后现代主义与大众文化》, 田晓菲译, 中央编译出版社 2001 年版。

[美] 米尔佐夫:《视觉文化导论》, 倪伟译, 江苏人民出版社 2006 年版。

[英] 卢斯文:《神话》, 耿幼壮译, 太原: 北岳文艺出版社 1989 年版。

[加拿大] 麦克卢汉、秦格龙编:《麦克卢汉精粹》, 何道宽译, 南京大学出版社 2000 年版。

[美] G. F. 穆尔:《基督教简史》, 郭舜平等译, 商务印书馆 1981 年版。

[德] 尼采:《悲剧的诞生》, 周国平译, 生活·读书·新知三联书店 1986 年版。

[英] R. B. 培里:《价值与评价》, 刘继编选, 中国人民大学出版社 1989 年版。

[瑞士] 荣格:《人·艺术和文学中的精神》, 卢晓晨译, 工人出版社 1988 年版。

[瑞士] 荣格:《心理学与文学》, 冯川、苏克译, 生活·读书·新知三联书店 1987 年版。

[瑞士] 荣格:《分析心理学的理论与实践》, 成穷、王作虹译, 生活·读书·新知三联书店 1991 年版。

［德］斯宾格勒：《西方的没落——世界历史的透视》，齐世荣等译，商务印书馆 1963 年版。

［美］斯特伦斯基：《二十世纪的四种神话理论》，李创同等译，生活·读书·新知三联书店 2012 年版。

［美］舒斯特曼：《身体意识与身体美学》，程相占译，商务印书馆 2011 年版。

［德］叔本华：《作为意志和表象的世界》，石冲白译，商务印书馆 1982 年版。

［德］叔本华：《生存空虚说》，陈晓南译，作家出版社 1988 年版。

［美］赛义德：《文化与帝国主义》，李琨译，生活·读书·新知三联书店 2003 年版。

［加拿大］达科·苏恩文：《科幻小说面面观》，郝琳等译，安徽文艺出版社 2011 年版。

［美］杰克·斯佩克特：《艺术与精神分析》，高建平等译，文化艺术出版社 1990 年版。

［美］K. T. 斯托曼：《情绪心理学》，张燕云译，辽宁人民出版社 1987 年版。

［法］列维—斯特劳斯：《野性的思维》，李幼蒸译，商务印书馆 1987 年版。

［法］萨特：《存在与虚无》，陈宣良等译，生活·读书·新知三联书店 1987 年版。

［法］雅克·施兰格等：《哲学家和他的假面具》，徐有渔等译，社会科学文献出版社 1999 年版。

［美］乔治·桑塔耶纳：《美感》，缪灵珠译，中国社会科学出版社 1982 年版。

［德］舍勒：《死·永生·上帝》，孙周兴译，中国人民大学出版社 2003 年版。

［美］梯利：《西方哲学史》，葛力译，商务印书馆 1995 年版。

[德] 席勒：《美育书简》，徐恒醇译，中国文联出版公司 1984 年版。

[德] 谢林：《艺术哲学》，魏庆征译，中国社会出版社 1996 年版。

[英] 克里斯·希林：《身体与社会理论》，李康译，北京大学出版社 2010 年版。

[德] 文德尔班：《哲学史教程》，罗达仁译，商务印书馆 1997 年版。

[意大利] 维柯：《新科学》，朱光潜译，人民文学出版社 1986 年版。

[德] W. 沃林格：《抽象与移情》，王才勇译，辽宁人民出版社 1987 年版。

[美] 理查德·乌尔海姆：《艺术及其对象》，傅志强、钱岗南译，光明日报出版社 1990 年版。

[美] 雷·韦勒克、奥·沃伦：《文学理论》，刘象愚等译，生活·读书·新知三联书店 1984 年版。

[美] R. 韦勒克：《批评的诸种概念》，丁泓、余徵译，四川文艺出版社 1988 年版。

[英] 威廉·维斯：《光和时间的神话——先锋电影视觉美学》，胡继华等译，四川人民出版社 2006 年版。

[美] 约翰·维克雷编：《神话与文学》，潘国庆等译，上海文艺出版社 1995 年版。

[德] 西美尔：《生命直观》，刁承俊译，生活·读书·新知三联书店 2003 年版。

[古希腊] 亚里士多德：《诗学》，罗念生译，人民文学出版社 1962 年版。

[古希腊] 亚里士多德：《尼各马可伦理学》，廖申白译，商务印书馆 2003 年版。

[匈牙利] 伊芙特·皮洛：《世俗神话——电影中的野性思维》，崔

君衍译，中国电影出版社2003年版。

［美］詹姆逊：《后现代主义与文化理论》，唐小兵译，北京大学出版社1997年版。

［美］詹姆逊：《语言的牢笼·马克思主义与形式》，钱佼汝、李自修译，百花洲文艺出版社1995年版。

四 外文文献

Benedetto Croce: *Poetry And Literature*, Carbondale: Southern Illinois University Press, 1981.

Benedetto Croce: *Aesthetics-As Science of Expression And General Linguistic*, Macmillan & Co. Ltd., London, 1922.

Theodor W. Adorno: *Aesthetic Theory*, London: Routledge & Kegan-paul, 1984.

Theodor W. Adorno: *The Philosophy of Modern Music*, New York: Seabury, 1973.

Hans-Georg Gadamer: *Truth And Method*, New York: The Crossroad Publishing Corporation, 1989.

Hans-Georg Gadamer: *The Relevance of The Beautiful And Other Essays*, Cambridge University Press, 1986.

James Dicenso: *Hermeneutics And The Disclosure of Truth—A Study In The Work of Heidegger, Gadamer, And Ricoeur*, America: The University Press of Virginia, 1990.

Pauline Marie Rosenau: *Post-Modernism And The Social Sciences Insights, Inroads, And Intrusions*, Princeton University Press, 1992.

Curt John Ducasse: *The Philosophy of Art*, New York: The Dial Press, 1929.

Nelson Goodman: *Languages of Art*, The Bobbs-Merrill Company, Inc.,

1968.

Wasily Kandinsky: *Concerning The Spiritual In Art*, George Wittenborn Inc., New York, 1955.

Frederic Jamesom: *Marxism And Form: Twentieth-Century Dialectical Theories of Literature*, Princeton University Press, 1974.

Robin George Collingwood: *The Principles of Art*, Oxford University Press, 1938.

Jean-Paul Sartre: *Essays In Aesthetics*, Selected And Translated By Wade Baskin, The Citadel Press New York, 1963.

William Barrett: *Irrational Man*, Doubleday & Company, Inc., Garden City, New York, 1962.

Hilary Putnam: *Reason, Truth, And History*, Cambridge University Press, 1981.

Virgil C. Aldrich: *Philosophy of Art*, Prentice-Hall, Inc., 1963.

George Santayana: *The Sense of Beauty: Being The Outline of Aesthetic Theory*, Dover Publications, Inc., New York, 1955.

Erich Fromm: *The Heart of Man*, Happer Colopkon Press, New York, 1980.

Michel Foucault: *Language, Counter-Memory, Practice*, Ithaca: Cornell University Press, 1977.

Michel Foucault: *The Archaeology of Knowledge*, New York: Pantheon, 1972.

Martin Heidegger: *Poetry, Language, Thought*, New York: Harper & Row, 1971.

Martin Heidegger: *On The Way To Language*, New York: Harper, 1972.

Ludwig Wittgenstein: *Philosophical Investigations*, Oxford: Blackwell,

Dualism	二元论
Dialectic method	辩证法
Dialogue	对话
Deconstruction	解构
Defamiliarization	陌生化
Descartes, René	笛卡儿
Derrida, Jacques	德里达
Dreams	梦幻
Dionysus	狄俄尼索斯
Death	死亡
Discourse	话语
Desire	欲望、期望
Discharge	释放
Despair	绝望

E

Emotion	情感
Empathy	移情作用
Evaluation	评价
Expression	表现
Essence	本质
Essentialism	本质主义
Epokhe	存疑
Epoche	悬置
Erlebnis	体验
Expectations	期望
Enthusiasm	激情
Element	要素

F

Feeling 情感
Form 形式
Formalism 形式主义
Feuerbach，Ludwig Andreas 费尔巴哈
Fromm，Erich 弗洛姆
Freud，Sigmund 弗洛伊德
Foucault，Michel 福柯
Freedom 自由
Function 功能
Fancy 幻想
Free association 自由联想
Fiction 虚构
Figuration arts 造型艺术

G

Gadamer，Hans-Georg 伽达默尔
Greek 古希腊
Genius 天才

H

Hanslick，Eduard 汉斯立克
Hume，David 休谟
Hegel，Georg Wilhelm Friedrich 黑格尔
Habermas，Jügen 哈贝马斯
Husserl，Edmund 胡塞尔
Hermeneutics 阐释学

Heidegger, Martin	海德格尔
Harmony	和谐
Human nature	人性
Horizon	视界

I

Individualization	个性化
Idea	观念
Id	本我
Intellect	理智
Inspiration	灵感
Introspection	内省
Isostheneia	均等
Imitation	模仿
Idealism	唯心主义
Illusion	幻觉
Instinct	本能
Imagery	意象、比喻
Images	形象
Image	想象
Imagination	想象力
Impression	印象
Interperetation	解释
Irrationalism	非理性主义
Inference	推断
Iension	张力
Infinite	无限性
Intuition	直觉

J

Judgement　判断
Jung，Carl　荣格
Justice　正义

K

Kant，Immanuel　康德
Knowledge　知识、认识

L

Levi-Strauss，Claude　列维—斯特劳斯
Lévy-Brühl，Lucién　列维—布留尔
Langer，Susanne　朗格
Logos　逻各斯
Logical positivism　逻辑实证主义
Logical realism　逻辑实在论
Laws　规律
Liberty　自由
Legality　合法性
Libido　原欲
Libe instinct　生命本能

M

Marcuse，Herbert　马尔库塞
Meaning　意义
Metaphor　隐喻
Mimesis　摹拟

Medium	媒介
Metaphysics	形而上学
Myth	神话
Mythology	神话学
Mask	面具
Mysticism	神秘主义
Madness	迷狂
Materialism	唯物主义
Margin	边缘
Mass	大众
Mainusch, Herbert	曼纽什

N

Nihility	虚无
Nihilism	虚无主义
Nietzsche, Friedrich Wilhelm	尼采
Negation	否定
Normative description	规范性描述
Nationalism	民族主义
Necessity	必然性
Nature	自然
Naturalism	自然主义
Narcissism	自恋欲
Narration	叙述

O

Object	客体
Objectivity	客观性

Originality	独创性
Ontology	本体论
Oedipus complex	俄狄浦斯情结

P

Plato	柏拉图
Pyrrhon	皮罗
Plotinos	普罗提诺
Pattern	样式
Perceptino	知觉
Phenomena	现象
Phenomenalism	现象主义
Phenomenology	现象学
Prehension	领悟
Psychical distance	心理距离
Premiss	前提
Philosophy of art	艺术哲学
Play	游戏
Probability	可能性
Pretence	伪装
Pure art	纯艺术
Pluralism	多元论
Purposiveness	合目的性
Psychoanalysis	精神分析学
Pleasure	快感
Peak—experience	高峰体验
Paganism	偶像崇拜
Poem	诗

Poetry	诗歌
Poet	诗人
Positivism	实证主义
Postmodernism	后现代主义
Power	权利

Q

Question	提问
Qualification	限定

R

Reticency	沉默
Rickert, Heinrich	李凯尔特
Representation	再现
Rules	规则
Relation	关系
Rationality	合理性
Reason	理性
Rationalism	理性主义
Rhetoric	修辞学
Recreation	娱乐
Religion	宗教
Primordial images	原始意象

S

Santayana, George	桑塔耶纳
Salvation	拯救
Skeptical aesthetics	后形而上学美学

Schiller，Friedrich	席勒
Schelling，Friedrich Wilhelm Joseph von	谢林
Schopenhauer，Authur	叔本华
Sartre，Jean-Paue	萨特
Saussure，Ferdinand de	索绪尔
Signifiant	能指
Signifier	所指
Synchronical	共时性
Structure	结构
Structuralism	结构主义
Semantics	语义学
Significant form	有意味的形式
Scepticism	怀疑论、怀疑主义
Sensation	感觉
System	体系
Spiritual distance	心理距离
Style	风格
Subjectivism	主观主义
Subculture	亚文化
Symbols	象征
Super-ego	超我
Symbolism	象征主义
Sign	符号
Self	自我
Soul	心灵、灵魂
Self-consciousness	自我意识
Sublimity	崇高
Symmetry	对称

Spectator	观众
Sentiment	情绪
Sympathy	共鸣
Sublimation	升华
Suppression	压抑
Simmel，Georg	西美尔

T

Truth	真理
Totem	图腾
Taboo	禁忌
Texture	结构、特征
Technic	技巧
Thinking	思维
Tragedy	悲剧
Tragic consciousness	悲剧意识
The death instinct	死亡本能
Taste	趣味
Traditon	传统
Text	文本
The persona	人格面具

U

Unconscious	无意识
Universality	普遍性
Ugly	丑
Unity	统一性
Utopia	乌托邦

Universe	宇宙、世界

V

Value	价值
Value judgement	价值判断
Viability	生存性
Vision	视觉、幻象
Vent	宣泄

W

Wisdom	智慧
Wittgenstein，Ludwig	维特根斯坦
Windelband，Wilhelm	文德尔班
Work of art	艺术品
Will	意志

月色永恒（代后记）

某年的一袭寒夜，迷离晃动的灯影之中，独自漂泊在京都的长安街。连绵的建筑群，像流动的崇高而神圣的符号。光秃秃的白杨树像一尊尊威严而冰凉的卫兵，守护着暗红色的围墙和金碧辉煌的大门。金水河闪烁着令人沉醉眩晕的唯美灯火，华表被投射的电光修饰成为两只优雅对称的晶莹玉柱。红墙左右，对称地书写着“中华人民共和国万岁”和“世界人民大团结万岁”的大幅标语，构成气韵崇高的政治美学。“万岁”这个词汇早在西周初期的《诗经·豳风·七月》中就出现过。所谓：“称彼兕觥，万寿无疆！”《事物纪原》云：“战国时，秦王见蔺相如奉璧，田单伪约降燕，冯谖焚孟尝君债券，左右及民皆呼万岁。盖七国时，众所喜庆于君者，皆呼万岁。秦汉以来，臣下对见于君，拜恩庆贺，率以为常。”从表层上看，万岁表征着祝福和欣喜的情状，既是对君王的能指，也是一种希冀永恒的符号。然而，在深层意义上，“万岁”一词隐喻着古人对生命时间的绝对性和永恒性的期待，也诉说着祖先们对完美对象的消解时间限度的梦想。因此，它象征着一种诗意与唯美的神话。

寒夜的长安街沐浴于灯火流光之中，它似乎告诉内心的直觉，迷幻心神的电子照明已经消解了自然的黑暗，人们对光的崇拜已经从对日月星辰的自然光仰慕而悄然地转换为对科技之光的崇拜。徘徊于璀璨华丽、晶莹眩目的灯影光河，早已忘却了漫长历史所遗留给内心的对黑暗的本能恐惧，享受、沉迷与陶醉在这灿烂无比的光神话之中。刹那间一个无名的趔趄，让目光邂逅了夜空一轮寒月。深邃高耸的湛蓝天宇，悬挂着一轮半抱琵琶犹遮面的圆月，在和人造科技灯光的比较瞬间，感觉月光不免几分暗淡、几分孤独、几分冷清，甚至几分忧郁和几分惆怅的意味。然而，在心灵片刻的静默之后，重新凝视，月色变得如秋水般的清澈澄明，如冰山美玉般的透明华美，消失了惆怅、孤独、清冷的情状，而持之以超然于悲喜苦乐的情绪，全然一幅不以物喜、不以己悲的无我境界。看来，所有的人工照明总是暂时的，它们都无法媲美于头顶的空蒙月亮，后者才是永恒的存在，是永恒的诗意与唯美的神话。

永恒的月色也曾经和永久地照射白宫、克里姆林宫、白金汉宫以及其他的宫殿或大厦，这些宫殿或大厦都沐浴在神话的光环之中。有些神话是暂时的，有些神话是永恒的；有些神话是真实的，有些神话是虚假的，有些神话是半真实和半虚假的。不知道月亮照射下的人间神话有多少真实和多少虚假的成分？这一夜，月色永恒。这一夜，神话也永恒。也许当天亮的时候，月色和神话都退隐到遥远的深山幽谷，躲藏到一个唯美和诗意的未来世界。那时候，也许是又一种悲剧的降临。这些问题没有答案，唯有向朦胧的月色发问了。

是为记。

颜翔林

2014 年元旦之夜于永嘉海角